U0068619

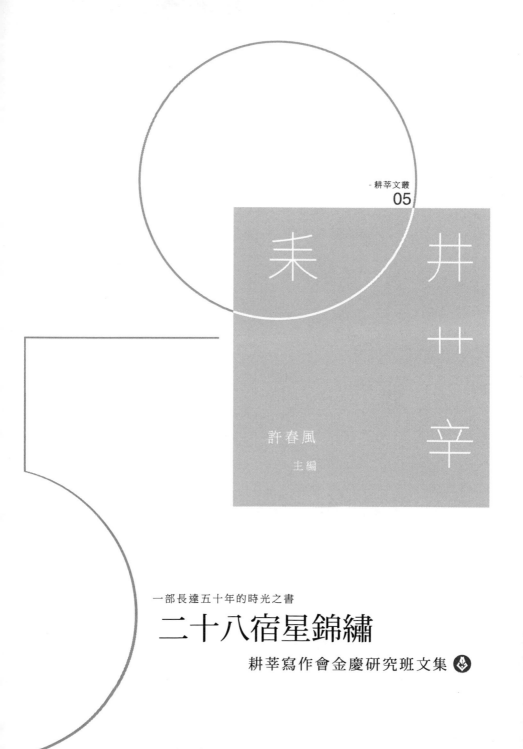

耕莘文叢
05

耕莘

許春風

主編

一部長達五十年的時光之書

二十八宿星錦繡

耕莘寫作會金慶研究班文集

1981年7月耕莘暑期寫作班，楊昌年老師於二排中間（楊昌年老師提供）

1984年，楊昌年老師於十九期結業式（耕莘寫作會提供）

1984年，前排由左至右依序為陸爸、洛夫老師與楊昌年老師，後排為馬叔禮老師（耕莘寫作會提供）

2015年，楊昌年老師在自宅書房拍攝紀錄片（陳雪鳳提供）

【總序一】
眾神的花園

陸達誠（耕莘青年寫作會會長）

多年前，聯合報副刊前主編瘂弦先生曾戲稱副刊是「眾神的花園」，此稱殊妙，聯副的作者與讀者一致叫好。

筆者初聞此語，立刻想到「耕莘青年寫作會」，這詞拿來形容本會再恰當不過。「眾神的花園」一語如憑虛御風般攜我們回到二千五百年前的希臘，看到的是：香氣撲鼻的萬紫千紅、纍纍碩果、藍天白雲、和煦太陽。這些描寫的確突顯了副刊的特色，眾神邀遊其間，得其所哉。耕莘寫作會何嘗不是如此，眾多的神明（老師和學生）漫步邀遊其間，樂不思蜀。耕莘寫作會與聯合報副刊的規模固然不可同日而語，但確有類似之處。

1963年耕莘文教院在台北溫羅汀文化區（台灣大學附近的溫州街、羅斯福路、汀州路）落成。院內除了住著在大學授課的十多位神父外，還有英美文學圖書館、心理輔導中心、原住民語言研究中心、多媒體教室、展演用的大禮堂、不少教室、中型聖堂、以及大專學生的活動場地。它很快地成為台北年輕人最愛的文化中心之一。

四年後（1966年），耕莘創設了兩個社團：一個是深入山區窮鄉僻壤耕耘的山地服務團，另一個即是可譽為「眾神的花園」的寫作會。兩會的創辦人是美籍張志宏神父（Rev.George Donohoe, S.J., 1921-1971）。該二團體甫成立即為耕莘帶來大批青年才俊，使原本安寧、靜態的房子充滿了喧囂嬉笑之聲，一到四層樓變得年輕活潑。隨著各種講座的開設，文學的氣氛亦變得濃厚起來。

　　為了解這個文學花園的特色，我們要稍微介紹這位創辦人。張神父創辦寫作會那年約四十五歲，在台師大英語所授課。他左眼失明，右眼弱視（看書幾乎貼鼻，他最後一次回美探親時，學了盲人點字法），聽覺味覺均欠佳。這樣一位體弱半老的人如何會有此雄心壯志，令人不可思議。

　　張神父在1971年2月寒假期間，帶了一百二十位年輕人去縱貫公路健行，因躲閃不及被一輛貨車碰撞，跌落崖谷去世。追悼大會在耕莘文教院的教堂舉行，悼念的人擠得水洩不通。筆者願意引述下面數位名作家的話來說明張神父給人留下的印象。

　　謝冰瑩女士用對話的口吻說：「張神父，您在我的心中，是世界上少有的偉大人物，您是這麼誠懇、和藹、熱情，有活力。」（《葡萄美酒香醇時：張志宏神父紀念文集》，1981，頁2）

　　朱西甯先生說：「初識張公這麼一位年逾花甲[1]的老神父，備受中國式的禮遇──那是一般西方人所短缺的一種禮賢下士的敬重，足使願為知己者死的中國士子可為之捨命的。命可以捨，尚有何不可為！我想，這十多年來，耕莘青年寫作會之令我視為己任，不計甘苦得失，盡其在我的致力奉獻，其源當自感於張公志宏神父的相知始。」（頁11）

　　張秀亞老師記得張神父如何尊師重道。她說：「為寫作班講過課的朋友都記得，課間十分鐘的休息鈴聲一響，著了中式黑綢衫的您，就會親自拿著一瓶汽水，端著一盤點心，悄悄地推開黑板旁的小門走了出來，以半眇的眼睛端詳半晌，才摸索著將瓶與盤擺在講桌上。下課後，有時講課的人已走到大門外，坐進了計程車，工作繁忙的您，卻往往滿頭汗珠的『追蹤』而至，您探首車窗，代為預付了車資，然後又將裝了鐘點費、同寫著『謝謝您』三個中文字

---

[1]　張神父去世時僅五十歲，朱西甯先生說「張公年逾花甲」，是因為寫此文時正值張神父去世十週年，冥壽六十，六十年為一甲子，故可稱「年逾花甲」。

的箋紙信封，親自遞到授課者的手中，臉上又浮起那股赧然的微笑，口中囁嚅著，似乎又在說：『對不起！』」秀亞老師加了一句：「您是外國人，但在中國住久了，也和我們一樣的『尊師重道』。」（頁95-96）

難怪王文興老師也說：「張神父未指導過我宗教方面的探求。但近年來，我始終認為，在我有限的宗教探索中，張神父是給予我莫大協助的三五位人士之一。」（頁18）

張神父去世已有四十五年，今天是他創立耕莘青年寫作會50週年的大節日。五十年來，寫作會藉著多位園丁的耕耘，這個花園的確經歷過數次盛開的季節，也綻放過不少美麗的花卉和鮮甜的果實。而這個團體一直保持某種向心力，使許多參加過的學員不忍離開，因為我們一直有愛的聯繫。是愛文學、愛真理，穿透在我們中間的無形、無私、永恆的愛。

為慶祝耕莘寫作會創立五十週年，我們聯絡到從第一屆開始的學員，他們中有些是已成名的作家，有些與本會有深厚感情，一起策劃了慶祝內容。

在本會任教超過三十多年的楊昌年教授指導下，我們決定出版七本書及拍攝一部紀錄片。後者由陳雪鳳負責，聚點影視製作公司拍攝；書籍由夏婉雲擔任總主編，計有：1.凌明玉編《耕莘50散文選》、2.許榮哲編《耕莘50小說選》、3.白靈、夏婉雲編《耕莘50詩選》、4.陳謙、顏艾琳編《葉紅女性詩獎精選集（2006~2015）》、5.許春風編《二十八宿星錦繡——耕莘寫作會金慶研究班文集》、6.李儀婷、凌明玉、陳雪鳳編《你永遠都在——耕莘50紀念文集》、7.我的傳記增訂版《你是我的寶貝——陸達誠口述史》，半年過去，七書陸續成形。在編書過程中，通過e操作，把久違的候鳥一一找了回來，從他們的义章中，我們看到他們從未離開過耕莘。這次，我們的文學花園因這慶典又回到當年的

熱鬧狀況，百花齊放、百家爭鳴，從他們的文章中我們讀到諸遠方候鳥對耕莘的懷念和認同。這塊沙洲是不會人滿人患的。新的神明不斷的還在光臨：我們每年舉辦的「搶救文壇新秀再作戰」（2006年開始）及「高中生文學鐵人營」（2010年始）吸收了一批又一批的新秀。他們遲早要在文壇上大顯光芒。

感謝五十年來曾在耕莘授課的作家老師，您們的努力使這個花園繁榮滋長，生生不息。張志宏神父在的話，一定笑顏逐開，歡樂無比。五十年來在本會費心策劃過課程和活動的秘書和幹部們，也是令我難以忘懷的。您們使寫作會一直充滿朝氣，使它成為名符其實的「青年」寫作會。

感謝《文訊》雜誌的封德屏社長，為七月份《文訊》做耕莘50的專刊，使耕莘能有發聲的平台。紀州庵還空出檔期，租借優雅場地給我們。我們永遠會記得「文訊」和「耕莘」密不可分的緣份。

為這次金慶慷慨捐助的恩人，我們也不會忘記您們。您們的付出玉成了未來作家的文學生命的資糧。眾神的花園中因您們的施肥，花卉必將永遠地盛開，不停提供國人靈魂亟需的芬多精。

「眾神的花園」五十年來所以沒有解體因為其中有愛，愛是生命力和創造力的泉源，為這愛而犧牲過的人都享受著真正的幸福，相信讀者也感染這份愛的熱力。讓我們一起發揚這愛，滿懷希望地繼續向前邁進吧！

【總序二】
文學的因緣與際會

白靈（詩人／1975年參加寫作會）

筆下二三稿紙，胸中十萬燈火

很少人會再記得，在台北的城南，紅綠燈繁忙的兩條路交叉口，曾站起一棟十幾層的大樓，十幾年後地牛翻了個身，轉瞬它又從地表消失。它曾是花園，旁邊大路更早之前是一群日式建築和蟬聲鳴叫的巷弄，現在上頭是停車場，下方是日夜車流穿梭的地下四線通道。

這棟樓的地下二樓，曾被整修為一座小劇場，演了近十年的舞台劇，間雜幾次詩的聲光，許多人的演員夢、導演夢從那裡沒來由萌發，把汗和淚都揉雜在裡頭。與劇場息息相關的是這棟樓的地上第四層，那是一間可容納百餘人的大教室，最靠近交叉路口的那方，一長條黑板，兩邊是褐色粘貼板，左邊寫著「在心靈的天空／放想像的風箏」，右邊寫著「筆下二三稿紙／胸中十萬燈火」。

這間大教室，除了暑期，通常白天人少，夜晚人多。入了黃昏，一棟白日堅實穩固的大廈轉瞬間會像一柱鏤空的大燈籠，開始向這城市散發出它的光華。更多的大廈更多的大燈籠被感染，不，被點燃了，於是或強或弱或高或低的幾百萬盞燈，這裡百簇那裏千團，整座城，在極短的時間內，就由城南這棟樓開始，像星雲般爆出無數的光芒來。

這棟樓曾存在過，現在不在了，像一盞、十盞、百盞、千盞

曾在這裏點亮過的燈，實質的還是心靈的，現在不在了，那他們的光芒就此消失了嗎？還是去了我們現在看不見的地方，還在繼續地前進？

那座小劇場、那間大教室都曾是耕莘青年寫作會的一部份，現在的確都不在了，但寫作會卻要在它們消失了十三、四年後，慶祝創會五十週年。而且深深感覺：十萬燈火正在一個團體裡默默發光，即使別人看不見。

沒有人能夠完整記憶這個團體

與大多數的台灣文學團體最不同的是，這是1966年由美籍耶穌會士張志宏神父創立的純民間寫作團體。關於張神父如使徒般犧牲奉獻的服務精神，都記載在已經印行第五版的《葡萄美酒香醇時──張志宏神父紀念文集》中，那種「不為什麼」的服務熱誠歷經鄭聖沖神父、到現在已擔任會長逾四十載的陸達誠神父，均不曾流失。他們只談文論藝、偶而說說哲學，宗教情懷從不口傳，乃是透過身體力行、心及履即及的實踐方式，無形中成了這個團體最堅定的精神支撐。

進入寫作會的成員一開始都不是作家，只有少數後來成為作家。大多數都在學生時代成為會裡的學員，有的機緣來了，成為幹事或輔導員，有的待了幾學期後成為總幹事或重要幹部，有的勤於筆耕，成了講師或指導老師，待得更久的乾脆留下來當秘書，不走的成了理事、常務理事、理事長。後來理事會解散，2002年寫作會隸屬基金會，老會員乃成立志工團，繼續志工到現在的不在少數。有百分之九十幾的成員始終是「純粹」的文學愛好者，卻可能是醫生、工程師、廣告人、美工設計者、記者、出版人、畫家、護士、老師、演員、律師、警察、推廣有機食材者……，這並不妨礙他們

繼續信自己原來的宗教、繼續自由貢獻心力、繼續偶然或經常當志工、繼續為某個活動或文集自掏腰包或幫忙募款，而且僅出現在團拜或紀念會上。

只因每個人對這個寫作團體都或多或少留下了一些記憶，聽了幾堂課、演了幾場戲、交了一兩個知心朋友，際會各自不同，像會裡常比喻的，這是一片自由的「文學候鳥灘」，有些晨光或夜光在灘上強烈反射，刺人眼睛，偶而看到自己泥灘上留下幾隻不成形的爪痕，不覺會心一笑，日後想起，雖是片段，也足回味良久。

沒有人能夠完整記憶這個團體五十年的點點滴滴。佇足河邊再久，有誰能看清聽清一條河的流動呢？又如何較比今昔河灘究竟多了多少隻蟹或泥鰍？何況這是一條不曾停歇、心靈互動頻繁的時間之河。雖然上中下游都曾駐足過人，其後也都消失了，後來的人憑著過去留下的片言隻字、幾張照片、幾本文集，也不可能完整記載它的晨昏或夜晚，何況是曾經陽光強烈或雷雨大作過的午後？

一切都是紀錄片起的頭

寫作會三十週年、四十週年也都辦過大型活動，但均不曾像這回這麼大規模。只因一個在法國一個在台灣的女性會員，臉書（FB）上偶然相遇，說起耕莘往事就揪了心。在台灣的那位乃揪了團去看陸神父，一年多前即大談特談如何過五十。然後臺灣兩個「熱心過頭」只偶而寫作的老會員陳雪鳳（廣告公司顧問）、楊友信（工程師／志工團團長）硬是將一部到現在經費都尚無著落的一小時紀錄片推上火線，一股腦兒就先開了鏡，動員邀請一大批多年曾來耕莘演講的老師、會內培養的作家、歷年秘書、總幹事，調閱存檔的無數照片、影片、且兮雜誌、文集，包括詩的聲光（1985-1998）、耕莘實驗劇團（1992-2002）的各種檔案，全部想辦法要塞

進紀錄片裡，塞不了的就整理成口述稿、出成紀念文集。

　　之後規模越弄越大，還要在紀州庵辦大型特展（7月14~31日）、北中南巡迴演講、研討會、紀錄片放映會；同時要出版七本耕莘文叢，包括《耕莘50小說選》、《耕莘50散文選》、《耕莘50詩選》、《二十八宿星錦繡──耕莘寫作會金慶研究班文集》、《你永遠都在──耕莘50紀念文集》、《葉紅女性詩獎精選集（2006~2015）》、《你是我的寶貝──陸達誠神父口述史》等，本來還有第八本《耕莘文學候鳥灘》，為數百期型式不一之且兮雜誌的選文，但因牽扯到一百多位老會員的同意權，只得延後。所有這一切，其實也只像天底下的任何美事，憑任何一人，都無法獨立完成，是一群文學人，不論他／她是不是作家，齊奉心力的結果。

從耕莘文集到耕莘文叢

　　最早出現「耕莘文叢」這四字是1988年由光啟出版社出版的短篇小說選《印象河》，及1989年的散文選《等在季節裡的容顏》，依序編號為文叢一及二。但1991年的《耕莘詩選》以寫作會名義出版，並未編為文叢三。三本選集的主編均由會長陸達誠神父掛名。再一次出現則是2005年出版的「耕莘文學叢刊」：《台灣之顏》、及《那一年流蘇開得正美》，分別標為文學叢刊一及二，前者為耕莘四十週年紀念而刊行，後者大半收入楊昌年老師所開創作研究班之學員優秀作品，另三分之一為葉紅的紀念追思文集。

　　在上述這些文叢刊行之前則曾出版過七集的「耕莘文集」，陸神父在上述兩本文叢的序文中即提及1981年8月由當時寫作會總幹事洪友崙策劃創刊的《志宏文集》，第二期起改稱《耕莘文集》（1982年2月），前後共出版了七期。每期收有詩、散文、小說、評論、人物專訪等會員作品。值得注意的是，所有文集的收支帳目均會擇時

公佈，比如第四期的末頁即公佈了一至四期的收入（分別是36,730／15,500／28,010／30,210元）及支出表（分別是36,515／21,998／37,801／28,624元），收入主項為捐款及義賣，四期大致收支平衡。此期並公佈了第四期的「捐款金榜」，有二十六位會員共捐了30,210元。由此可以想見一個寫作團體自主運作之不易（台灣迄今仍不准以人名如「耕莘」申請立案為文學團體，因此無法自行申請公部門任何經費）、及會員長期支撐這個團體的力量是何等強大。

這些文集主要是會員、會友、與授課老師之間的交流刊物，其性質一如1980年開始的寫作會刊物《旦兮》雜誌，雖然《旦兮》先後出現過週刊、月刊、雙月刊、季刊等不同階段，報紙型、雜誌型等迥異的面貌，前前後後、大大小小出刊了二百多期。《耕莘文集》與《旦兮》出版時也寄送圖書館、作家、出版社，但畢竟不是上架正式發行有販賣行為的刊物，一直要等到「耕莘文叢」之名出現為止。

1988年小說選《印象河》收有十一位會員及張大春、東年兩位授課作家的十八篇作品，會員作品均經此兩位作家的審核方得入選。《印象河》作者群在此次2016年出版的《耕莘50小說選》（許榮哲主編）中仍重複入選的則僅有羅位育、莊華堂等二位，其餘新加入的林黛嫚、王幼華、凌明玉、楊麗玲、姜天陸、徐正雄、許榮哲、李儀婷、鄭順聰、許正平等是九〇年代前後至新舊世紀交接時期崛起的作者，而黃崇凱、朱宥勳、Killer、神小風、林佑軒、李奕樵、徐嘉澤等則是近十年優異、活力十足的文壇新星。

1989年散文選《等在季節裡的容顏》收有三十八位會員的四十八篇作品，作品均經簡媜、陳幸蕙兩位授課作家的審核方得入選。其作者群在此次出版的《耕莘50散文選》（凌明玉主編）仍重複入選的僅有喻麗清、翁嘉銘、周玉山、羅位育、白靈、夏婉雲、陸達誠等七位，代換率極大。新加入則往前推可至1966至1970年前後幾

期的寫作班成員蔣勳、夏祖麗、傅佩榮、沈清松、高大鵬，至1980年的楊樹清、1990年後的林群盛、陳謙，之後就是前面提過的小說作者群，再就是新世紀才新起的一大批作者群，如許亞歷、陳栢青、王姵旋、李翎瑋……等。

1991年《耕莘詩選》收有四十八位會員的七十四篇作品，其作者群在此次2016年出版的《耕莘50詩選》（白靈、夏婉雲主編）仍重複入選的有羅任玲、方群、白家華、林群盛、洪秀貞、白靈、夏婉雲等七位。新加入則往前推可至喻麗清、高大鵬、靈歌、方明，八〇年代出現的許常德、莊華堂、葉子鳥、陳雪鳳，九〇年代後的方文山、陳謙、顧蕙倩、葉紅、邵霖、楊宗翰等，其餘就是新世紀才新起的一批作者群，如許春風、王姿雯、游淑如、洪崇德、朱天……等。而三十一位詩人中女性高達十七位，超過半數，為迄今任何兩性並陳的詩選集所僅見，也預見了女性寫詩人日漸增長的趨勢已非常明朗，這不過是第一道強光。

1988年由莊華堂策劃「小說創作研究班」（成員有邱妙津、姜天陸、楊麗玲等）開始運作，「研究」二字正式與創作掛勾。加上其後陳銘磻老師策劃十期的「編採研究班」（後三期改稱「研習班」）、寫作會主導至少七期的「文藝創作研究班」、及「散文創作研究班」、「歌詞創作研究班」等，「研究班」儼然成了耕莘培育作家的搖籃。楊昌年老師自1994年起即指定優秀研究班學員參與「作家班」，此後他開設了各種不同文類的創作研究班，以迄2011年為止，可謂勞苦功高。此回耕莘文叢重要的結集之一是《二十八宿星錦繡──耕莘寫作會金慶研究班文集》（許春風主編），此集收有楊昌年老師歷年所開各項文學研究班中，特別優秀的二十八位會員的作品，也是楊老師多年在耕莘辛苦耕耘的一個總呈現。其實早在1995年4月寫作會會訊《旦兮》雜誌新三卷三期就做過一個專題「文壇新銳十八」，為「十八青年創作之跡也，六男十二女采

姿各異的彙集」（見楊老師〈「十八集」序〉一文）。在2016年的
《二十八宿星錦繡》中則僅餘鍾正道、凌明玉、楊宗翰、於（俞）
淑雯四位，正見出進出耕莘的文藝青年追尋文學夢的真多如過江之
鯽，能堅持不懈者著實是少數。而此集中的作者群卻至少有楊麗
玲、羅位育、羅任玲、林黛嫚、莊華堂、凌明玉、許春風、於淑
雯、朱天、夏婉雲、蕭正儀、楊宗翰等十二位的作品被收入前述小
說、新詩、散文選集中，份量極重，表現甚為突出，其餘作者雖未
收入，也均極有可觀。

　　《你永遠都在──耕莘50紀念文集》（李儀婷、凌明玉、陳雪
鳳主編）是此回五十週年的重頭戲，共分六輯，前兩輯收入紀錄片
口述稿的原因是因在影片中受時間所限，每人只能扼要選剪幾句話
而無法暢所欲言，故當初拍攝的聚點影視公司，先找人做成逐字
稿，約十四萬多字，經許春風、黃惠真、黃九思等老會員多次一刪
再刪，現在則不足六萬字。包括王文興、瘂弦、司馬中原、蔣勳
（第一期寫作班成員）、吳念真、馬叔禮（八○年代擔任主任導師
約七年）、簡媜、陳銘磻（九○年代擔任指導老師、主任導師約十
餘年）、方文山（1998年參加歌詞創作班）、許常德（1983年參加
詩組）……等作家口述稿，以及陸神父、郭芳贄、黃英雄、許榮
哲、楊友信、莊華堂、陳謙、凌明玉、陳雪鳳、朱宥勳、歷任總幹
事……等互動頻繁之寫作會重要成員的口述稿，唯實因人數太多，
不得不消滅，最後共輯錄了十九位。其餘有早期成員如夏祖麗、趙
可式、朱廣平、傅佩榮……等的回憶，和中生代、新世代作家均各
為一輯，白日凌明玉帶領多年的婦女寫作班成員也另作一輯，再加
上多年精彩的各式活動照片、寫作會五十年大事記、近六年文學獎
得獎作品紀錄等，真的是琳瑯滿目，詳細地記載了耕莘過去的點滴
和輝光。即使如此，它也無以呈現寫作會五十年真實的全貌。

　　最後兩冊文叢是《葉紅女性詩獎精選集（2006~2015）》（陳

謙、顏艾琳主編）和《你是我的寶貝──陸達誠神父口述史》
（Killer編撰），前者是自2006年迄2015年舉辦了十年的「葉紅女性
詩獎」得獎作品的精選，其形式和內涵所呈現女性詩特質，絕對迥
異於男性詩人，足供世界另一半人口重予審視和反省。後者是寫作
會大家長陸達誠神父口述史的增補修訂版，原書名《誤闖台灣藝文
海域的神父》（2009），此回以「你是我的寶貝」重新命名，此與
世俗情愛或父母子女親情無涉，而是更精神意義、完全無我、出於
近乎宗教情懷的一種人對人的關照和親近，這正是自當年創辦人張
志宏神父所承繼下來的一種情操和付出。

結語

　　近十年，耕莘的青年寫作者人數激增，光這六年，獲得全台各
大文學獎的作品超過一百六十件（可參看《你永遠都在──耕莘50
紀念文集》的附錄〈近六年（2010-2015）文學獎得獎紀錄〉），
七年級八年級許多重要作者都曾涉足耕莘。這是小說家許榮哲、李
儀婷伉儷與時俱進、經營網路、月月批鬥會、透過寒假十一屆「搶
救文壇新秀再作戰文藝營」及暑期六屆「高中生文學鐵人營」的辛
勤引領，耕莘文教基金會在背後默默支持，乃能培養出無數戰鬥力
十足的新人，積累出驚人的輝煌戰果。而榮哲說：「沒有耕莘，如
夢一場」，他說的，絕不只他一人，而是一大票人。然而寫作會所
以能走上五十載文學之火的傳承之路，卻是從一位一眼近瞎一眼弱
視的耶穌會士偶然的文學之夢開始的。

　　常常穿梭百花園中的人，心中也會自開一朵花，坐在千萬盞燈
火裡獲得溫暖的人，心底理應也自燃了一盞燈，「人不耕莘枉少年」
（楊宗翰），指的就是一群浸染了一些文學氣息、走出耕莘後，自開
了一朵花、自點了一盞燈之人，不論他／她寫作或不寫作。

【本集序】
卅年種樹見繁英　我與耕莘寫作會

楊昌年

一、緣起之初

　　與耕莘寫作會結緣，最早是在1977年5月8日，我在耕莘講演英人辛約翰的戲劇名作《海上騎士》，沒想到自此與耕莘結下了卅餘年的文學之緣。當時我的情況是：1973年辭卸台中靜宜學院教職返回母校，拿手的「中國文學史」、「國文教材教法」早已有人講授，新來的我只好開「丟在地上都沒人揀」的「新文藝」。幸好這也正是我所願，早在59學年即已在靜宜鄰居中興大學開授新文藝。返回師大後全力開展現代文學系列課程：最早開授現代詩、現代小說，1976年開授「現代戲劇」選科，為謀充實，曾參加中視編劇班，沒想到除了幾個術語以外甚麼都未學到。結業獲第二名，被聘為編劇。在師大接任了寫作協會的指導，現代文學課程開授成功，學生反應熱烈，文學活動蓬勃展開，我又接任了師大話劇社的指導。當時的耕莘戲劇人材缺少（黃英雄還沒出現），所以才由我這半瓶醋來披掛上陣。

　　同年7月7日在耕莘講戲劇，8月在第十二屆暑期寫作班擔任戲劇組導師。自此展開我與耕莘的多項關聯：講演、寫作會、寫作班的導師、文藝營講師、導師、擔任作品評審、參加座談、接受訪問……浸成為我教學生涯中僅次於師大的第二陣地。

　　卅餘年的歷程回顧明澈如鏡，我之所以悉力付出者：除卻一己的原型性格以外，因素有四：一是我的宗教情懷。1962－72在靜宜十年，參與教會活動不遺餘力，在天主教「基督活力運動」中，受到同道們的推舉，1969年被推為全國總會主任，北返後加入耕莘，自是我宗教使命感的驅使。第二是被寫作會會長陸達誠神父所感動。其人之睿智、開明、謙遜，與我熟知神職人員的「自以為是」大不相同，使我感佩，進而銳力，總覺得如果我不曾盡力，那就是對不起他。第三是耕莘的學員不同於師大學生。這種「志願兵」與我並無功利關聯，想要滿足他（她）們可不容易，非得充實、更新教材，付出更多熱忱不克為功，而這也造成了引發接受挑戰的興味，符合我克服困難獲致「過癮」感覺的慣性。第四，耕莘學員與師大學生、研究生相較，相處更為親切。是他（她）們予我的回饋使我感動，想著必要使之滿意且有收穫，否則我即將有收多付少的慚愧。

　　就是基於以上四項的善性循環，織成了我卅餘年來差可告慰的一些成績。

二、早期的相知

（一）**談衛那**與**楊秀娟**：衛那是北師附小的教師，耕莘學員中的大姊頭，她與秀娟都已移民國外，但仍鍾情關懷著耕莘，每次返國都來探望，熱忱感人。衛那研究有成，著有《文思滿書香》提示「階梯式的寫作途徑」具有實用指導價值；秀娟著有《為贈玫瑰》散文結集，情文兼備，溫馨可感。

（二）**孫玉蓉**與**許莎白**：玉蓉豪爽而有俠氣，關懷當時我的家庭困境，使我衷心感謝，其後她遠去台中，連絡稀少，只知她在戲劇方面甚有績效。莎白的散文表現十分精緻，其後去新竹

擔任公職，又傳聞她被二豎相煎，健康如何令人懸念。

（三）**莊華堂、趙天福與趙中興**：三位男士中，華堂的表現最為出
色，，其人創作豐美，曾獲中央日報小說首獎，第四屆耕莘
文學獎散文第三，第六屆小說、散文首獎，第七屆新詩第
二，著作有小說集《水鄉》等種，趙中興的表現不弱，曾獲
第一屆耕莘文學獎小說第二。趙天福是一位說唱藝術家，記
憶中看過他朗誦向陽的詩作〈阿爹的飯包〉，感性淋漓，十
分成功。

（四）**管家琪、鄒敦怜、翁翠娟、黃惠鈴**：四位小姑娘其後均有所
成，家琪著有《小婉心》等創作。敦怜曾參加師大研習班，
小說創作表現卓犖。翠娟曾獲第一屆耕莘文學獎小說第三，
惠鈴其後致力於兒童文學編務，我曾多次出力支持。

（五）**袁善培**與柯玉雪：玉雪創作多樣，曾獲第十一屆耕莘文學獎
散文第三。記憶最深刻的是袁善培，他是一位羅鍋，幸有一
位美麗溫柔的女娃（名字記不得了，也是耕莘學員）愛他嫁
他，婚禮時我曾去參加，十分感動，可惜的是善培其後英年
早逝，令人懷念。

三、四方雋秀會耕莘

這是受我影響招引來耕莘的人材，如：

（一）師大菁英：隨著現代文學在師大的風起雲湧，學生中的菁英
多有隨著我來耕莘參與活動，擔任輔導的，他（她）們是：

    1.**張春榮**：師大國文系現代文學教學成效最早的菁英。使我
欣慰的是他具有兩項傳承，一是教學、研究、創作的三合
一；二是創作表垷各種文類的兼擅，曾獲第四屆師大文學
獎散文、極短篇首獎，第六屆全國學生文學獎散文首獎，

創作有《鴿子飛來》等三種；論述有《極短篇的理論與創作》等六種。最難得的是他能教能改，不同於一般只教不改的天橋把式。執教北教大多年，能使學生創作與研究並重，當是他最能承祧發皇的績效。

2. **梁錦潮**：師大僑生，師大第一屆文學獎的明星人物，獲小說特別獎、散文首獎、新詩二名。原本是創作前景看好的，竟在留美進修之後轉向經商，可能是調景嶺出身的窮小子不敢再窮，其後在馬來成了「燕窩大王」，我夫婦旅遊吉隆坡時由他全程接待，透露心願想要重返創作，但有如張愛玲在《半生緣》中的名言，他是「回不去了」。

3. **陳春秀**：患「小臉症」，師大學生參與聯副「新人獎」時，我曾擔心她會自卑閉鎖的，不料這妮子十分自信，以「陳燁」筆名創作鄉土題材的大河小說《飛天》等十餘種，聲名鵲起、大放異彩。惜乎人生得失互見，曾在我夫婦見證下結婚，其後生女，婚變離異，終因憂悒症自戕。

4. **蔡秀女**：曾獲第一屆春暉獎助。小說有《暗夜笛聲》、《乾燥的七月》等，留法，致力於影視傳播，成績斐然。

5. **張鈞莉**：各體文兼擅，她是個「慢郎中」，考博士常因未完卷而落榜，其後總算克服慣性考上了。師大文學博士（我就是她的指導教授），研究著作有《對酒當歌》（建安文學研究），執教中原大學，曾任華語文教學系創系主任。湖北菜「豆腐丸子」很好吃，其後全家移民澳洲，電話告知，豆腐丸子吃不到了。

6. **羅任玲**：女詩人，第三屆師大文學獎詩首獎，第一屆耕莘文學獎詩二名、第三屆詩三名、八屆小說二名。師大文學碩士，論文《台灣現代詩自然美學》係由我指導。形、神兩佳，獲隱地兄賞識，在爾雅出版。

7.**羅位育**：第四屆師大文學獎的風雲人物，獲小說首獎，詩組二名。首屆春暉獎助、新生報小說獎二名，蕭毅虹文學獎散文首獎，教育部散文獎，第四屆耕莘文學獎散文首獎。執教北一女，小說結集有《熱鬧的事》、《天生好男人》等，已是知名的新銳作家，在耕莘曾主辦暑期研習班，貢獻甚大。

8.**林寶芬**與**李瓊英**：寶芬在師大學生時代文學論評鋒利剽悍，看好她或能在論評文學承祧發皇，曾獲第一屆耕莘文學獎詩首獎。婚後在高職任教，及至在師大暑期在職進修班再晤，光芒表現似已不如曩昔。瓊英當年與羅菁同被我看重，其後羅菁返港，獲得學位，從事戲劇教授，表現甚佳。瓊英獲師大文學碩士，任教高職，曾來耕莘參與研習，原以為她的碩論接近詩、文綜合，想著影響她做「互文」文類、藝術之綜合研究、惜未如願。

（二）**林黛嫚與女師三姝**：曾去台北女師專（今市立教大）講演，引來了女師學生來師大旁聽，其後又引來耕莘。其中表現最為亮眼的是林黛嫚，在耕莘創作的小說〈也是閒愁〉經我推介發表，其後結集，就用這篇名為書名。黛嫚十分積極，創作豐富，寖成名家，曾主編中央日報副刊，進修獲得博士學位，現在大學執教。**蘇蘭**是著名的朗誦專家，婚姻不諧，又屢患絕症，最後早凋，可惜！**江惜美**曾在十七屆寫作班小說組徵文獲獎，其後獲得學位，返回母校執教。**黃宜敏**的詩、文均佳，極短篇〈一百一十一元〉成為我教學的範例，轉來師大唸輔導，博士畢業後執教。

（三）**私淑者**：有幾位私淑的弟子，出身台大中文的**龐振愛、林滋渝**來師大旁聽，振愛、滋渝進入耕莘，振愛的散文表現真切，滋渝的詩作一流，曾獲耕莘詩獎，估計她的詩才應可和

許春風、羅任玲比美,一直在等著她成名。還有一位留德的**張國韻**,來往於歐陸、台灣,每次返鄉都有作品,小說記往事、親情,親切感人,一次比一次進步。

(四)**楊麗玲、蕭正儀、朱隆興**與**人文班群英**:師大人文教育研究中心辦理的人文班,多有俊彥,其後有續來耕莘研習創作者,**柯玉雪**的所擅甚廣,著有廣播劇集《錦瑟恨史》,詩、文合集《爬蟲與人生》。自稱「大小姐」的**徐悌**,小品文十分精美,**劉立中**的散文流利親切。最令人刮目的是楊麗玲與蕭正儀,麗玲獲第五屆耕莘文學獎首獎,正儀獲第三屆小說二名。師大辦二屆研習班,獎額被二位姑娘包辦,麗玲獲第一屆小說首獎,二屆小說二名、戲劇佳作;正儀獲一屆小說三名,二屆散文首獎、小說二名、戲劇三名。兩位均列耕莘傑出會員榜,作品並已結集出版。還有一位小學老師朱隆興,致力於翻譯日本作家小川未明的成人童話,勤力貫徹,終有績效,在漢藝色研出版兩冊《主公的碗》、《紅蠟燭和美人魚》,我曾為書旨「良知的喚醒與再開發」感動,替他作序。

四、十八人集

1977年我升等為教授,七年之後應可休假,無奈被沉重的行政兼職所困,迄至1993年辭卸了行政兼職之後始得如願,應聘遠赴韓國漢城(今稱首爾),擔任外國語大學校中文所系的客座教授。漢城一年,初時還不覺得有甚麼不安,只到被許世旭(韓國名教授,作家,中國通)邀去郊外喝酒,聽到了鵑啼,頓時鄉愁洶湧,念茲在茲的無非我在台的親友,師大、耕莘的小伙子、小女娃們。1994年六月期滿返台,只因白靈的一通電話,就使我返回耕莘悉力付出。

　　這次開班是我在耕莘的分水嶺，在前從未開授過長達三個月12週的，自此（1994年9月）之後，開始了我致力於「研究班」新的衝刺。誠如白靈所言，這一次「文藝創作研究班」的成員，都是披沙揀金的優秀人材。帶著他（她）們討論、研究現代文學中的各文類，果然是成效卓著，結束後曾在《旦兮》出刊「十八人集」。才人們的創作表現使我滿意，更也策勵了我賡續努力的決志。這一期的群英會打破紀錄，成果輝煌的優秀寫手們抽樣如下：

（一）**凌明玉**：明玉已是當代知名的作家，小說創作結集已有《愛情烏托邦》、《不遠的遠方》等，她的〈複印〉一篇在此次嶄露頭角，奠定日後屢獲大獎、首獎的不基。誠如她的自述：「師繁不及備載」，她是耕莘眾多工匠合力雕琢而成的一粒明珠。（白靈、平路、羅位育……）猶憶應邀參加她得獎的慶功會，深深感受到「人之患」終能獲得「與有榮焉」的那一份欣慰。

（二）**楊宗翰**：很早就已認識，他是「植物園」中的領頭羊，這是三男三女組成的詩社，其中就有我所指導的師大資優生林思涵。宗翰是個活潑、精明的小伙子，教學、研究、創作三項全能，對台灣文學史、詩史等研究有成，常覺得其人最適合擔任文藝大拜拜的節目主持人。此番在研究班拜讀到他文辭的剽悍。曾獲耕莘十七屆文學獎小說優等，十八屆文化評論優等，十九屆新詩優等，知道他已博士畢業進入大學執教，相信以他的活力充沛，必能大放光芒。

（三）**管仁健**：這位青年的筆觸準確鋒利如刀，諧趣使用能把握在過與不及之間，甚好。題材有軍中的寫實暗喻，使我刮目且感慨。結集《塵年往事》獲第八屆聯合報文學獎新人獎、評審推薦獎，新書發表時我曾去作桴鼓之應捧場。知道他現在是老編，很想提醒可別犯上老編「眼高手低」的通病。

（四）**鍾正道**：對張愛玲的研究或許是曾受我的影響，近年得知他
　　　已是一位系主任，應邀去他的發表會擔任特約評論，當年的
　　　青衿如今已是一國諸侯，好啊！

（五）**張禎珍**：遠自苗栗趕來耕莘的，對她我總覺得該當多加助力
　　　否則難免歉憾的，禎珍的小說表現是這一班中的魁首，看好
　　　她必能大有成就。奇怪的是等到現在還不見她大發光熱？

（六）**白志柔、劉若蘭**：白志柔大漢外型而確有其「柔」性，很早
　　　加入耕莘，聚會時常見到他，知他念舊，甚感親切，他的散
　　　文頗具水準。劉若蘭的風格常用鬼氣森森的超現實，最近邂
　　　逅，她這昔日的小姑娘現已為人妻為人母，滄桑之感真箇深
　　　密也。

（七）**林素芳、林素芬**：孿生姊妹，時常一般裝束，使我永遠分不
　　　清孰芳孰芬？開班之初已知她倆是白靈移交來的菁英，慚愧
　　　的是我似乎未能對她倆多有助益，而這也印證了人生不全之
　　　理。雖非我所願，但必然有著我照顧不周之處！

　　「族繁不及備載」除了淑雯留待後述之外，尚有**李綾、曹彬
慈、朱賢貞、孫大白、沈春秀、吳佩珊、熊怡雯、王明鵑、王覺興**
等位，都是我記憶中永遠的風景。

五、研究班

　　自1977年至2011，十七年中，開授了「研究班」共十六屆。

（一）**作家班**：十八人之後開設此班，前期的菁英們悉數參加，而
　　　結果卻是並不成功。白靈曾問我原因何在？我以為是策劃錯
　　　誤，原在師大國文研究所使用的方式（師生各負責一年，學
　　　生分組自選題材，分工發表研究報告），移來耕莘使用，完
　　　全不對。原因是耕莘學員並不等同於師大研究生，學員之間

缺少橫的聯繫，是以各說各話，總體成效不彰。這一次前所未見的敗筆對我啟示重大，一是對象不同方式也必須不同；二是我自己對教材教法的抉擇必須謹慎為之。

（二）**古典小說研究班**：1995年6－11月，分上下兩期，共24週，內容是古典小說中的「四大奇書」（《水滸》、《三國》、《西遊記》、《金瓶梅詞話》），加上清代的《紅樓夢》、《儒林外史》。

（三）**現代文學析評講座**：1996年1－7月共24週，搜羅兩岸近、現代名家名作，進行析評。

（四）**散文班**：2004年3－6月共15週。使用我所著的《現代散文新風貌》，析介當代散文新貌十一種，要求學員分別習作，舉行創作析評觀摩四次，反應良好收效甚佳。佼佼者如吳易芹、陳姿瑾、包垂螢'林芝瑜、李洦涵、曾馨霈、朱天、任宇文、余玉琦、石芳瑜等都已加入，其後賡續加入小說班研習發表，有關各人析介容後敘述。散文班的陳瑪君，當時是政大圖書館的組員，多年後她與我夫婦同在一堂（天主教木柵復活堂），此次表現散文創作甚佳。

（五）**小說創作研究班（前一期）**：2004年9－11月。內容包括小說創作原理，極短篇、小小說、小說體散文、意識流、時空錯綜、主從錯綜、劇場設計、回溯體、三線錯綜等創作手法，另例舉張愛玲、張賢亮的短篇創作，要求學員創作小說，三次舉行析評觀摩學員作品。這一期散文班的健將們紛紛上場，小說創作表現令人滿意，各位才子（女）們的分述是：

1.**吳易芹**：她是研究班的小說創作的拔尖。重在她的「新」與「力」，題材活潑、心理細密，早在大學時就曾獲雙溪文學獎小說首獎，對於這小女娃我是時在念中，總在等著

她有成名的佳構出現。

2.**包垂螢**：人稱「包公」，中學教師致力寫作，題材特殊，超驗筆觸深密，創作每次都能保持水準，還需加力的地方是題材的擴大與筆觸的力道。

3.**任宇文**：師大國文系四年級生，題材寫實，只是小女娃太年輕，理念、感性的堅實還嫌不夠。

4.**蔡俊寬**：是使我懷念的一位，學員中他年歲最高，是以常擔心跟不上，不夠「新」。最初連我也不無擔心，其後始知我與他全屬多餘。其人不但消化良好而且能有進展，我曾點明他的創作早已能使用所授而且符合規格，不必心虛。他的創作，題材能有善惡人物之對比，自是他的經驗豐富，為一班同儕不及的。曾獲競賽優勝，一直參加研究班，可惜的是在前四期時罹病辭世，唉！

5.**劉思坊**：師大國文系高材生，文藝、琴藝兩佳。風格新美，創作表現上乘，其後入政大研究所，受到所長陳芳明的賞識，碩士後赴美進修，近期散文結集《躲貓貓》出版我曾應邀撰寫評序，許她是一顆初昇的熠煜的新星。

6.**曾馨霈**：散文創作深密，內子讀後說感動得想哭，碩士畢業後去中部教書，結婚且已為人母，希望她還能不忘文藝創作。

7.**黃俊榮**：小說表現剽悍著力，色彩奇異，短篇〈來日〉、〈阿得〉，在一班中大獲好評。

8.**王惠盈**：師大國文系出身，創作表現卓犖，入市立師大研究所，論文由我擔任指導，她是與我有三度師生香火之緣的一位。

（六）**前二期**：2005年3－5月。析介日人三島由紀夫，大陸作家嚴歌苓、張賢亮、蘇童，香港的鍾曉陽，台灣的李昂、張系

國、駱以軍。三次析評觀摩學員作品，學員中除第一期的各位才俊以外，新手表現令人刮目的有：

1. **陳秋茹**：小姑娘的進展是在小說創作中的人性寫實，極具張力，情真而句婉。

2. **鄭燕黛**：來自政大法律系，散文創作情致真切，而筆觸又復鮮活。

3. **梁嘉芳**：小小說表現精采，小說、散文表現魔幻與暴力美學，十分特殊，還應再加力充實此一線路。

4. **鄭楷得**：這位男生的工作是「烘培教室助教」，可能已有生活歷練，是以在散文、遊記、紀實之中已能有悲憫。

（七）**前三期**：2005年9－12月。內容重點在域外文學與戲劇，域外包括卡夫卡、馬奎斯、米蘭昆德拉，戲劇析介編劇實例、劇模，析介張永祥、張曉風的電影與舞台劇，並舉我所指導的師大蔡芳定的舞台劇《奔月》，學員作品析評觀摩四次。學員之中，欣幸又有人材輩出，如：

1. **朱天**：自1997至2008年，我在師大開授「新文學史」選科，選課學生人數均在130人左右，朱天就是文學史班的學生，這位清寒（在我青少年時極多，到現在卻是十分珍罕）有志的青年，參加耕莘後詩作表現強烈悲淒，其後努力有成，入淡江碩士班、政大博士班更上層樓，在高職擔任教職，經濟環境改善。著有論評《真全與新幻——葉維廉和杜國清之美感詩學》，詩集《野獸花》出版，我為他撰寫評序，稱許他勤懇有志，嗣後在詩作、評論上必能有成就。

2. **馬千惠**：傑出新人，勤力創作，各類文體均有出色表現，其後遠赴東部創作所進修，及至崔護重來，創作果然更見精美。作品已收入《聖誕老人的禮物》專集，但這只是她

牛刀小試的滄海一粟，假以時日，我們必能等到、看到她
的光芒大放。

3.**米允菁**：寫青年生活，淡中見真，理念充盈，網路小說表
現新穎鮮活。

（八）**前四期**：2006年3－6月。內容包括日人村上春樹的小說、井
上靖的散文詩、諾貝爾獎作品《鋼琴教師》、卡爾維諾的
《看不見的城市》、高行健的小說《靈山》等，學員作品析
評觀摩四次。新秀出色的表現有：

1.**辜炳達**：研究班本是「無辜」的，自此就「有辜」了，台
大外文出身，創作特色，他是歷來學員筆觸最「濃」的一
位，既濃且重，還好我們不難解讀，且能欣賞到他的迴旋
之美。

2.**陳姿瑾**：早入研究班，此番大顯威風。來自台大歷史系的
女郎，散文、小說均有創作，尤以小說表現蒼涼有境，實
是不凡。

3.**古煦清**：輔大西班牙文學系出身，詩、文兩佳。

（九）**前五期**：2006年9月至2007年1月。這一期主要在做比較文
學，包括張愛玲vs.徐訏、張愛玲vs.鍾曉陽、老舍vs.沈從文、
黃春明vs.王禎和，另有烏托邦析介，顧肇森〈冬日之戀〉的
析評，學員創作析評觀摩舉行四次。新人嶄露頭角的有：

1.**鄭婉琳**：曾獲第二十二屆耕莘文學獎小說首獎，此番仍以
小說表現獲致好評。

2.**劉雅郡**：師大心輔系學生，曾獲台積電青年文學獎小說優
勝，參加耕莘研究班之後，她在研究與創作兩環已能輔成
並進。

（十）**小說創作研究班新一期**：2010年11月至2011年1月。內容包
括古典與現代、域外。古典有李白詩、杜甫詩、南宋纖巧詞

風、陸游詩、李賀超現實詩。域外有2006年諾貝爾文學獎得主帕慕克的《我的名字叫紅》。現代有魯迅、余秋雨、張愛玲、曹禺、徐訏，以及台灣駱以軍的新作《西夏旅館》，學員創作析評觀摩三次，新銳介紹如：

1. **賴修淯**：理科的研究助理，熱衷寫作，表現出色。著有《青春夢》（筆名奇魯），被評為「披著武俠外衣的純愛小說」，內容繽紛多樣，表現暗戀與成全。

2. **陳韋帆**：「二手書店店員」，創作成績出色，形、神兩全，真切而可引領省思。

3. **曹堤（藍曉鹿）**：是研究班晚期的壓軸人物，小說表現足可與前期的吳易芹相頡頏，不同的是，依小說元素言，曹是「實」（年長、經驗豐富），而吳是「虛」（年輕、重想像）。曹的勤力夠，吳的潛力有待發揮；曹重在感慨有境，吳重在新穎優美。曹堤出生在江蘇，依親來台，婚後帶著小孩遠去北大唸「翻譯研究所」，以筆名「藍曉鹿」在時報出版的《拆哪！北京！：臺灣媽媽的北漂驚奇》對比海峽兩岸，寫實真切而深刻，看後為她而欣慰，同時又多有感觸，她的筆觸已能揮灑自如，創作價值具在，等著看她的更上層樓。

（十一）**新二、三期**：2011年3月至2011年8月，共24週。內容包括台灣現代詩，早期的藍星、創世紀、笠詩社詩人、中生代詩人、女詩人，早期散文、中期散文、新散文、大陸散文，台灣男性小說家、女性小說家、張曉風的舞台劇，大陸的傷痕、反思文學、尋根文學、後現代文學，姜戎與李銳、虹影與嚴歌苓、賈平凹，學員創作析評觀摩六次，新進雋秀有：

1. **王兆立（白千翌）**：青年寫手，作品接近許芳慈，題材

虛、實同存,貴在能深、廣兼具。

2.**林佳瑩**:她是一位舞蹈家,是故作品似有藝術的「互文性」,文學表現與婀娜動態同具,可稱新路。

3.**連采宜**:是一位中學教師,小說創作勤力,表現內容堅實,而形式也能新力。

4.**林雪香**:台北教大的研究生,論文析介出版家隱地《散文隱地:隱地散文創作觀及其實踐》,析介其人的創作觀,論評中肯,我曾在考評時給予肯定,並相信她由此出發,日後當可在論評文學這一線中承祧發皇。

(十二)**新四期**:2011年9月至11月。內容包括西洋文學中的後設小說,美傑克倫敦的《海狼》,伍爾芙的傳記電影《時時刻刻》,大陸文學楊光祖的文學理論,姜戎的《狼圖騰》、嚴連科的〈柳鄉長〉,台灣文學三毛的〈哭泣的駱駝〉,郝譽翔vs.虹影,台灣現代詩新銳凌性傑、吳岱穎的得獎詩作,學員創作析評觀摩三次。新人表現出色的有:

1.**楊家靜**:雖然這一期學員們的創作仍是先前參加的眾高手的天下,但在二期即已參加的楊佳靜在本期中頗有進層,表現出色。

2.**王詩儀**:可能不是這一期,但記得她是最晚的學員。這位小姑娘的詩作極具特色,濃、淡相間,口語鮮活。

六、四明珠

以上析介耕莘寫作會群英,無慮數十位,但在篇末留有我最為器重,甚至仗持的「四明珠」,她們與我相處最久,親如家人,全仗有這四粒熠煜明珠的鑲嵌,才使得我這火石能發光熱,稍具績效。

（一）**夏婉雲**：婉雲是我返回師大後所授的第一班的學生，由於她和耕莘的淵源（曾任寫作會執行秘書，擔任寫作會董事），當我來到耕莘之後，每次開班，得她的助力最大最多，與我相似的她亦是教學、研究、創作三途並進的全方位。其人性格熱誠積極，早年致力於兒童文學，其後開展至中、西比較，歷年獲獎無數，研究與創作的結集已有近十種之多。研究班經歷多年，是她無役不從（從策劃到連絡到參與）最難得的是有一陣子她的健康不佳，仍然抱病參與。博士論文《台灣詩人的囚與逃》（以商禽、蘇紹連、唐捐為例）係由我指導。完成之後由爾雅出版，我曾撰〈九仞之成〉為評序，表揚她最重的價值二項，一是她融合中西理論的紮實新穎；二是她勤力終成的驚人（她是一位異數，是我所指導近百位研究生中少見的自制、勤力的魁首）。

（二）**許春風**：春風與淑雯原是白靈的得意高足，移交給我之後，歷來為我服務、予我照拂，一如小女侍父，使我親切感動。春風是一位傑出女詩人，曾獲第六屆台北縣文學獎新詩首獎。其人心思細密，任事妥貼完善，多年來我若有事，常就去「賴」她經營。她的詩與散文表現新力深刻，常能引我讚賞，而閱讀既勤又細，我在研究班上使用的教材，有一些就是她推薦的，而我之所以樂用者，正也是對她十分稔知而且信任之故。

（三）**於淑雯**：淑雯性格純善溫柔，她是一位孝女，每週回南部去陪老爸，她的令尊高齡比我還小一點，是以我常把她當作女兒。乖女的堅忍之力可佩，擔任沉重公職竟還能努力進修，入東吳中文所進修，碩士論文是我擔任指導，很擔心她工作，進修難以兼顧，論文完成不了，可佩的是碩論《徐訏小說研究》終在她勤力堅持之下完成，使我大感欣慰，亦使我

亟願付出助力，用以稍酬她對我的信賴與親和。

（四）**許芳慈**：芳慈是張輝誠在中山女中所教的學生，進入師大教育系之後，輝誠移交給我，小女娃參加我的「新文學史」班，參加師大文學獎嶄露頭角獲獎，選國文系為輔系，教育系畢業入教育所，又來參加我在國文研究所所開的現代文學課程，再來參加耕莘寫作會研究班，也是她在網路上替我放置了部落格。小女娃的潛力、勤力兩佳，進入教育所博士班之後，又考上了公費留美，預計今歲十二月，即將學成返國。芳慈的創作線路側重超現實，小說風格「虛」勝於「實」。原本我總想以我的慣性引她改弦易轍，但又想著必應尊重她的自我，隨她自然發展就好，出國前夕獲得九歌少兒文學首獎，創作《四時迴轉歌》、《她的名字叫Star》出版，還在等著看她的大展宏能。

曾常想著這四明珠，多年的相處，也許他們已把我這雜貨店裡的物品全都接觸過了吧！再要使她們滿意想怕不易，哈！而這也激起了我的「烈士暮年、壯懷未已」，我將再選我熟悉、她們陌生的（如古典散文、唐傳奇、兩岸、域外我所喜愛的新樣），除了滿足、酬答她們，更重要的是我永無休止的自勵進展。

七、結語

我與耕莘寫作會，自1977至2011，共歷三十四年。三十四年種樹，已見繁英滿枝。棫樸菁莪，俱在眼前，曾於2004年寫作會四十週年時獲頒「導師特別貢獻獎」，可堪告慰。今歲寫作會已屆知命，明年即是五十週年金慶。日前慶祝陸爸耋年嵩壽，群議編印文集，以為紀念。研究班群英自是寫作會的高樑大柱，特為編印一集。我今作序，蕪文之撰，用誌我對公教、耕莘，以及文學志業竭

誠悉力的忠忱。燈前作結，曩昔種種，如在眼前。謝謝春風的辛勤聯繫編輯。知有錯漏，但因歲月更迭，無可追尋，自最早的莊華堂到最近的曹堤，各位昔年的青青子衿，你們都是我時在念中的心之所繫，感謝你們在我生命中留下永遠的風景，祝福你們德業日進，陸爸健康快樂，耕莘寫作會再現興盛。

2015.10.10　於台北木柵

目次

005 　【總序一】眾神的花園／陸達誠

009 　【總序二】文學的因緣與際會／白靈

017 　【本集序】卅年種樹見繁英　我與耕莘寫作會／楊昌年

莊華堂

043 　等在季節裡的容顏

夏婉雲

049 　想我三芝的父

059 　花蓮是一個聲音

061 　父親的陂塘

羅任玲

067 　雪色

073 　雨鹿

075 　明日的居所

羅位育

079 出息男人

085 請愛用禱告

林黛嫚

089 美麗的童話

林滋渝

097 愛戀

楊麗玲

101 蝸牛剋星，我是？

蕭正儀

109 遺忘

凌明玉

119 對窗

楊宗翰

129　生活的罅隙——與卡夫卡〈蛇女士〉對望

130　有霧——林美山記事

131　給時間

132　妳可想像

鍾正道

135　殺手

於淑雯

141　玻璃

陳瑪君

145　因為有妳

吳昜芹

151　喧嘩的殘像

包垂螢

171　過生日

劉思坊

179　習慣性潮濕

曾馨霈

187　甬道

許芳慈

195　首席畫者

王惠盈

205　癮

奇魯

209　踏浪

許春風

223　界線——讀一部傷痕美學氣質的《德語課》

朱天

233　孤姑

236　逆母

237　星語

馬千惠

241　中國式快餐

244　魔幻是這樣的

藍曉鹿

249　在世界書香日說書

林雪香

255　動畫《茉莉人生Persepolis》教我們的事

古煦清

267　晉江街的路邊食堂

269　過期

271　我願意為你焚舟

白千翌

275　刀人

王詩儀

287　風吹

289　殘

290　嘉年華

291　輪

292　**編輯後記**／許春風

莊華堂

等在季節裡的容顏

作者簡介

莊華堂，桃園客家人，現居板橋。1983年進入寫作會小說組，師事魏子雲、楊昌年、司馬中原、東年……等名師。期間擔任寫作會小說組長、總幹事及小說高級班主持人。曾經得到國家文學館「台灣文學獎」長篇小說金典獎、吳濁流文學獎小說正獎、巫永福文學獎小說正獎、中央日報文學獎小說首獎。現為專業作家，專事台灣歷史小說寫作、資深地方文史工作者。

感言

我於1983年入會，才開始接觸文學教育。我算是小說組的元老，擔任過3期的組長，先後接受魏子雲、司馬中原、楊昌年和東年老師的指導──楊先生和陳先生對我早期的小說創作，影響頗深。

我在耕莘學習和擔任幹部，前後約8年，寫過約十篇小說，其中2篇得耕莘文學獎小說類第2、第1名。這篇散文於1988年的第六屆文學獎，同時與《祭典》得到散文、小說首獎。

這是我的第2篇散文，在那個習作階段，文字與標點都留下當年刻意求工的斧痕……遣詞用字習自比我年輕的簡媜，聲音與節奏效果習自詩人白靈，標點符號也習自白靈，文句長短和段落配置，則習自於三毛。

等在季節裡的容顏

　　每年入秋的時候，她都會穿著那件污垢的長衫，拎著一個碎花布包袱，來到這東部的小鎮。

　　這個小鎮原是山邊的寒村，因為省道經過這兒，就慢慢的發跡起來。如果你從台東往關山的方向行，經過兩排老茄苳的綠色隧道之後，你便會發現，那個掩在高挺的檳榔樹下的小鎮。

　　沒有人知道女人跟小鎮有何關聯。經過村人非正式的調查，女人在鎮上沒親沒故的──連一表三千里的遠親也沒有。然而她依舊在每年楓葉初泛紅的時候，衣袂飄飄的踱過小鎮那條街，靜靜地守在鎮西那株苦楝樹下，度過一季秋涼。

　　那株苦楝樹老得不能再結籽了。緊鄰樹邊一戶人家，今年六六大順的阿成伯說，他小時候就是在苦楝樹下玩苦楝籽長大的。當村人問他女人跟苦楝樹有什麼瓜葛時，他卻搖搖頭說「莫宰羊」。

　　女人依然潮有信似的逢秋，必至。

　　更讓人感到興趣的是，女人從未換過那身長衫，而那個碎花布兒包袱更是隨時緊拎不放。一個孤零零的獨守樹下，眼睛凝著來來往往的車輛行人，口中喃喃唸著沒人聽得懂的詞，從日出直到日落。

　　秋涼的夜裡，村人不忍心她那身單薄的衣裳，抱著被單毯子送她免受風寒，而她卻不肯領情，寧願裹著身子，瑟縮在樹背後，聽著蟲鳴和蛙叫，一夜──到──天──明──。

　　下雨的時候，村人伏在窗口望她，從包袱裡胡亂地搜出一條藏青色的塑膠布，護著她那頭拖到背後的長髮，蹲踞著身子，任憑從樹葉滑落的雨珠兒，敲打在塑膠布上叮，咚，叮，咚的聲音。

　　直到楓紅葉落，霜寒初降，一季長長的秋日逝去，她才起身抖

落一身的塵土，拎著她的碎花布兒包袱離去。

　　儘管等待一季的人兒沒來。然而村人相信，明秋楓葉再度泛紅的時候，她仍將一襲污垢的長衫，拎著那只碎花布兒包袱，衣袂飄飄地來到小鎮。

☆

　　午後兩點的陽光，灼熱的烤燒這條鋪著青石板的老街。

　　街底一幢半傾的宅落裏，她坐在那座黑檀木沙發上，掛著老花眼鏡，兩眼凝神專注地織著小毛線背心。

　　小毛線背心只比她的手掌兒稍大一點。她笨拙的手指，比分針慢了半拍地鈎進，鈎──出。就為了她遠在北美的小孫兒忙了一季炎炎夏日。

　　小毛線背心是淺灰色帶白兒的，就像她滿頭的髮絲一般。然而這些日子以來，她覺得小背心的顏色，似乎深了一點。她還一直以為自己老眼昏花呢！

　　茶几上放著一張航空郵箋，旁邊還有幾張色彩鮮明的相片。那幾張相片經過多次的觸摸，光滑的紙面絞皺著，像她底臉一般。她老覺得其中一張──小孫兒的半身獨照，每天如泡棉般地漲大著。儘管它和其他幾張沒有兩樣。

　　另一張相片上有三個人，除了小孫兒，還有她鍾愛的獨生子，以及那個她從未謀面，黑頭髮藍眼睛的媳婦。背景是一棟偌大的白色圓頂建築，和她偶爾路過中山南路時見到的那棟同樣顏色的大樓，不大一樣。

　　一陣驚雷響起，沒過多久，西北雨叮叮咚咚地打在屋頂的紅瓦上。叮叮咚咚地打在台階的青石板上，叮叮咚咚地打在沾著塵埃的花格玻璃上。叮　叮　咚　咚　地打在她的心坎裏。

她霍地起身，挪動身子進房，查看她的嬰兒床。那口床是她支用細軟，在一年多前新買的，卻沒有人睡過。她看了又看，巡了又巡，才安心的走回客廳，繼續她的鈎進，鈎，出……。

☆

初冬的黃昏，很早就到達忠孝東路。而她比黃昏更早地下了樓。

街燈才剛剛亮起，而艷麗醒目的霓虹燈，早就閃爍不停了。

她剛搬來這裏的時候，街景單調多了，來往的車輛行人也寥寥落落的，不似現在。儘管這些年房價直線攀昇，像那一幢比一幢長高的大樓。她仍然喜歡從前的景況。

熙來攘往的人群，盤佔了騎樓和紅磚道。她站在那兒，一對眼睛不斷的追逐每一輛開開停停的進口轎車。只要有一輛顏色近似的汽車停下來，她就特別專注地多望兩眼，然而每一次總是把她的希望，落空。

有一次一輛灰色的汽車停下來，裏面出來一位西服革履的男士，她的心房撲通地跳個不停，一種如釋重負感覺讓她地眼眶濕熱。可是她才趨前兩步，倏地看清汽車頂上的紅燈，又把她擊落於失望的深淵裏。

她只好走回大廈，電梯門啟開，她在門外猶豫了一陣，裏面的人疑惑地望著她。她羞紅了臉走開。失魂似地走進樓梯間。兩百多個長方形同樣尺寸的磨石地階，在她眼前一一的滑落。

她想著等他走回家門，他已經坐在歐風沙發上，看他那份永遠看不完的報紙。她兀自欣喜起來。又擔心地把腳步逐漸的放緩，一步　一　步地提著步兒，向，上，攀，升。

門開處，兩張稚氣又掛愁的眼，在她眼前炸開。她默默地進去，然後關上雕花鐵門。然後關上紅檜木門。然後再把它起開一絲

兒小縫。

孩子說餓了，她叫他們先吃。然後她進了房間。關了房門。對著梳妝鏡，默默的垂下兩滴淚。

梳妝鏡上，掛著兩幀放大的人像，一幀像她自己，一幀卻不像他。她幾度端詳，真的不像現在的他呀！

直到孩子上床，這間四十六坪的房子仍然沒有再增加一人。於是她從還君明珠，看到恰恰碰恰恰，看到夜來客談，看到晚安明天再見，最後關了電視。這間偌大的四十六坪房子，仍然沒有增加一人。

（1988第六屆耕莘文學獎散文首獎）

夏婉雲

想我三芝的父
花蓮是一個聲音
父親的陂塘

作者簡介

　　夏婉雲，祖籍湖北，生長於花蓮，花蓮師專、台灣師大國文系、台東大學兒童文學研究所碩士、淡江中文系博士。曾任耕莘寫作會秘書，現任輔大、淡大等校兼任助理教授、兒童文學學會常務監事。曾獲金鼎獎、洪建全兒童文學獎童詩獎第一名、楊喚兒童文學童詩獎、入選「一九四五年以來台灣兒童文學100」、文建會兒歌百首優等獎、台灣省兒童文學創作獎童話佳作、台北文學獎、花蓮文學獎二屆（散文、小說）、鐘肇政文學獎（新詩）等。著有《大冠鷲的呼喚》、《穿紅背心的野鴨》、《愛吃雞腿的國王》、《坐在雲端的鵝》、《文字詩的悄悄話》、《ㄅㄆㄇ園地》，及《文字小拼盤》、《快樂玩文字》等童詩、童話、兒歌、散文集及研究著作共14本。

感言

　　民國65年，清嫩的我參加一個月的暑期寫作班。接著晚上繼續在寫作會出沒，67年師大畢業，十一月和白靈結縭，68年1月接郭芳贄的秘書，白日繼續教書，晚上去寫作會上班並主持十四屆暑期寫作班，69年1月外子出國深造，我2月生產，辭寫作會秘書職。由馬叔禮師及陳銘磻師陸續接任，他們希望只做導師，不管行政瑣事，至此寫作會由秘書制改為導師制。又91年我遴選為耕莘基金會董事，代表寫作會在會內發聲。

　　在耕莘出入屈指四十年矣，見有才華者、奉獻者陸續加入，致使寫作會風雨中仍踞文壇一隅、永續培育新苗。承蒙會長不棄，今年推薦作耕莘50年七本書總主編：編81歲的陸爸傳記，知悉神父的成長，知悉神父的風範；編《二十八宿星錦繡——耕莘寫作會金慶研究班文集》知悉楊昌年老師為什麼把每人當寶貝；編記念文集時看遍18歲至73歲人對耕莘的感恩及成長；編散文集時看到人的生命糾葛；編詩選集時看到人心靈的起漲，何其幸哉！

　　青春如煙消逝，如果把50年文學青年都串連起來，變成一條延長線，結成記錄片和文選，那麼渾灑的青春串珠成鍊，它永遠不會消失。

想我三芝的父

　　三芝影像是捲在童年手繪的地圖裡。回來三芝，這一切又都活了過來，模糊的街道、房屋、景物走近了，童年的事、物走回來了。穿過地圖中央的是海浪，浪聲一直在我心中起伏。

　　剛從繁華的臺中市學校對調到三芝的國小教書，真有點不習慣。雖然我在這兒出生、六歲才離開，但畢竟隔了二十年，對這兒印象已模糊。現在，要長期面對它，油然而生的，是一股淡淡的、陌生多於熟悉的慌張感。

　　小時候，我在父母吵吵合合中長大。十坪大的眷舍圈不住母親，三芝沒工廠、沒出產，貧瘠的土地使她寒了心。

　　年輕的母親總嫌棄：「這兒什麼都沒有，只有你們外省人一個又一個的海防崗哨。」記得六歲那年冬天，他們永無寧日的吵，母親執意要離開父親，她指著遠處的崗哨，嘮嘮叨叨：「我受不了，夏天嘛燥熱烘悶，冬天又濕又冷；住這兒，薪餉永遠不夠用、我永遠找不到工作，才不要老死在這裡。」

　　56歲的爸爸拉著母親的手，跪地求她：「不要嫌我窮、嫌我老，外面的花花世界不會比三芝好，不要帶孩子走。」

　　終究，母親帶著我投奔臺中大姨媽，一去再沒回頭，她在工廠討生活。有了繼父之後，我安靜、過分乖巧地上學，母親怕繼父不高興，不准我提父親，也不准我說三芝；三芝離我越來越遠，越來越模糊，遠到只剩一點一粒，像那微不足道的海砂一樣。我也曾試圖去回憶父親的樣子，但連一張照片也沒有；就算勉強想起一點什麼，也很快沒法連續下去，像面對著茫茫大海，丟不出魚線，沒有了魚線自然是勾不到那團記憶的。

　　之後我快樂又不怎麼快樂的讀高中，又考上公費的師院，直到在臺中教了二年書，平靜的日子突然起了波瀾──母親得了肝癌，她很快的瘦骨嶙峋。一天在醫院，我附在她耳朵指著北方問：「媽！妳想不想知道那邊人的消息？」她看了我許久，兩行清淚落下。母親臨終前，緊握我的手，看著我猛點頭。

　　我知道母親的心意，她心裡有個秘密花園，這從來不說的悔楚已藏了二十年，我要幫她找到開花園的門匙，拉起那條勾得住記憶的魚線。

　　外縣市教師對調時，我填了偏僻的臺北縣三芝鄉，同事們很驚訝，在惋惜聲中，我來到數百里之外的鄉下。

　　三芝果然很偏遠，如果臺灣北部是一個桃子，那麼從臺北市中心到三芝，可以說是從果核向外爬，是從內部的都市爬上來，來到外部果肉的邊邊。現在我就像是站在一顆完整的桃子表皮上，孤孤單單，像一滴水要面對整座大海。初來乍到，往海邊一站，大風一吹，就有種隨時要被吸入海中的漂浮感。後來，是三芝可愛的學生和老人拉住我的吧！

　　忙碌的開學、安頓好租處，適應了生活已是二月二十日。在街上我會看見老榮民拄著枴杖走，他們等車時我會和這些老人聊聊談談，我在其中找尋著父親的影子。這些老人操著各省口音，而他們的老伴常是閩南族、平埔人、啞吧、殘障。我問了多少人都不知道誰是「陳銀川」，直到228那一天。

　　就是「2004年228牽手護臺灣」那天，我與室友跑到淡金公路、淺水灣上，加入手牽手活動，同一時間，我就認識了一群七、八十歲的三芝老伯伯。

　　那時我們站在蜿蜒蜒蜒的淺水灣路上，望著大海，雲霾散去，海上仍然波濤洶湧、海風呼呼。我和同鄉手牽手站在海岸線上和北門、金山、萬里的人，人人心手相連，我想像臺灣海岸線1434公里

全站滿了人，連成人鍊的長城，如兒童畫，番薯地圖邊緣上都畫滿了人，無論原住民、臺、閩、客、外省人。

陰雨連綿數週，那天才剛雨霽天晴，左右邊的「三芝手」粗糙硬實，這時突然颳起一陣強勁的海風，吹得我裙裾高高飛揚，我彎身壓下鼓風爐般的膨裙，大風一吹，我一個踉蹌不穩，眼看人牆因我而向前仆伏倒下——「長城」就要掙鉤脫鍊；說時遲那時快，左邊人強勁的把我扶正，虧得長繭的手如此大力，我連聲道謝。

我亟待站穩腳跟，頭上的帽子偏偏迎風飛走；我先用力撐穩隊形，再脫鉤離隊跑去撿帽子。帽子被風趕著向前跑，飛到芝蘭公園裡，飛到涼亭前另一小群人中，被一個老人彎身拾起，老伯伯微笑遞還時，我碰到他龜裂長繭的手；抬頭一看，是個癟著嘴、口中已無牙的老翁，我連聲道謝。這位老伯溫和地看著我：「不要客氣，小姑娘。」

我在涼亭裡左右張望，眼前不是一位而是一群，總共六個榮民，這涼亭距離「牽手長城」十幾公尺之遠，顯然是來看熱鬧的，我禮貌的找話問：「老伯，您們來『看』手牽手護臺灣啊？」

一個眉上有刀疤操著四川口音的人，粗聲說：「手牽手是做出來的，什麼手牽手？我呸！」他往地下吐一口痰。

一個老伯大聲說：「要說護臺灣，我們這群老兵最守護臺灣。」然後回頭徵求同伴們的意見：「你們說，對不對？」所有的老伯們都點頭，說完他手一直抖，不由自主的抖手，大概得了帕金森症吧！我想。

這真有趣，我太幸運了，我回頭和室友喊話，留在涼亭裡不想歸隊了。

我問：「您們年輕的時候就巡守海防，一直到老嗎？」但我心裡想的是父親。

他們說原來都先駐在別縣市，大約五十歲，才調到海防部隊來

巡防養老。在以前,海防部隊駐紮在各海岸班哨,後來有電子設備、人造衛星等科技偵測海岸線,不需要人為戍守;同時兩岸局勢也和緩些,海防班也就陸續撤銷,改成巡安全了。

　　他們階級都是士兵、士官長,有人單身、有人在這兒結了婚。都是六十五歲退役,人情來往都在這兒,也就在三芝養老了。

　　「小老師,我們常常黃昏時來這兒聊天,看夕陽西下,吵歸吵,但老來還是伴。」一位不經意的說。

　　「常來這兒聊天?」我眼睛一亮。

　　第二天再來時,我找一話題,問道:「你們以前在海岸巡防,颱風下雨的,很辛苦喔?」我想到媽媽痛恨這兒的冬雨密布、海風欺人。

　　他們說三芝的雨季長達四個月,寒夜站崗穿雨衣還全身濕透,浪打來,只有孤子的自己在,感覺天地為之崩裂,那份遺世感,只有站崗人知道;雨季漫長,影響站的情緒,他們嗓門特大、常愛吵架。

　　第三天,我又騎摩托車來公園涼亭和老兵們聊天。前次接觸的老兵對海是怨懟慨嘆,再次接觸,這些老兵看著滿天晚霞對海是喜愛不捨。

　　和他們日漸熟了,我鼓起勇氣問:「有人知道『陳銀川』這個人嗎?寧夏省人,北方高個兒。」

　　他們都說不知道。

　　刀疤佬讀出我的落寞,問我為什麼找他?

　　當我說明調過來的故事時,刀疤佬拍著胸脯說:「我幫妳找,我們三芝、石門、金山、萬里有榮民聯誼中心,沒問題。」榮民有肝膽、有俠義,我見識到了。

　　當天心情豁然開朗,我沿著濱海的原木步道走向觀海堤,太陽快要西斜,暗紅餘暉滿天,照得細沙一片嫣紅,而浪花還是白濺

鄰。賞完落日，我步入一家叫「卡薩布蘭卡」的咖啡店，倚靠窗邊，點一杯「卡布奇諾」，心情真是未有的舒暢。我拿出媽媽的照片，舉杯敬她：「媽！就快有好消息了。」

坐在這百餘坪的觀海平台，看遼闊的海岸上，趁店主人──楊先生空閑我和他聊天，我說自己是三芝人，記得以前這裡並不熱鬧。

他深表同意的說：「二十年前，這裡一到濕冷的秋冬，就像是一排廢墟，風吹門窗都『空隆 空隆』的響，非常殘破。這四年轉運了，颳起休閒風，咖啡店開得如雨後春筍。」

他說自己二十年前剛退伍沒工作，就回家鄉在這兒開了第一家咖啡店，以後別家陸續跟進，淺水灣爆紅成觀光名街。

「這兩年，本鄉的人不足，都要從外地請人來打工。」我不得不佩服他二十年前就有遠見，「本鄉的人不足，打工的人，都要從外地請來。」我看著媽媽的照片，啜一口卡布奇諾，哎！這冷咖啡既苦又澀。

飯後走回路邊牽車，海面星光燦燦，近處後厝漁港點點漁火。我仰頭輕聲對天上的媽媽說：「媽！當年要是有今天的咖啡店，您就可以在這兒工作，我們就不離家了，還可以數著星星回家呢！」回首看，海潮湧大浪，浪花翻滾，風雲變化，瞬息萬千。

芝蘭公園成了我每天必到之處，這些老伯伯對我搖搖手，我知道還沒查到。一週後的某天，「刀疤佬」指指右邊說：「陪我走到咖啡街，看一個人。」

雨霽天晴，風已平，浪未止，海洋洶湧仍在掙扎脫困。我們默默走過荒廢的一落落「太空造型屋」、走過城堡似的佛朗明哥大社區。遠處海天交接線，一衣帶水，含著輕紗，泛著一線灰藍。

老伯邊走邊說：「咖啡街盡頭有一屋是榮民服務處，這『聯誼會』，是老兵聊天看報處，裡面有位老劉在看守，我們去他那

兒。」

　　走到盡頭一屋，果然劉老坐在後院，「刀疤佬」貼著他左耳介紹我，原來劉老右耳幾乎聽不見，他咕噥著我聽不懂的鄉音，領我進門。先看到一對字聯，寫著「三芝 石門 金山 萬里地區榮民聯誼中心」；榮民服務處迎面牆上貼著八個紅剪字，「赤膽忠心 報効國家」，標準的軍人標語。

　　客廳的左邊沒什麼好看，一扇拉門關上，後面大概隔著一貯藏室吧！我猜。我走向右邊，牆上相框上有許多照片，刀疤佬一一介紹他們的聚會照，並說：「大部分人都回『老家了』。」

　　他又指指裡面：「老劉就住在那小房，上香是他的功課。」

　　我站起來，跨兩步就瞄到小房一單人床、一桌椅而已，但是牆上掛著蔣公與經國先生的遺照；兩邊床角，居然插著國旗和黨旗，旗桿還在，只是經年海鹽浸蝕，國旗已褪得不成顏色。我心中狐疑國旗和照片為什麼不放客廳而要放寢室？

　　回到有點紊亂的客廳，刀疤佬把左邊沒什麼看頭的拉門「刷──」地拉開，我冷不防嚇了一跳，雙腳差點退出，原來拉門後凹櫃裡，赫然立了許多紅木的牌位，牌位眾多，一排十二個，還分三排陳列。

　　「不是說聯誼會嗎？」我心驚膽跳，心算一下，三十四個牌位，我有不祥的預感，不由得呼吸急促。

　　「原本是聯誼會。老兵多半單身、獨居，沒人祭祀，擺這兒方便大家拜祭。」

　　我感覺一陣冷，從椅子上一躍而起，急忙湊近牌位，由第一排從左到右一路急尋，最後在第三排點中間，赫然看到「寧夏省銀川縣陳銀川之牌位」。我扶著牆緣幾乎暈眩，刀疤佬扶我做回椅子，一直拍著我肩膀，但我捶他，哭著：「你太殘忍，為什麼不先告訴我？」

　　我趴著桌上嚎啕大哭，這想爸爸的痛，別人是不能理解的。我嚶嚶啜泣了好久，刀疤佬哄拍我這才開口：「我們以為他還在世，一直查不到你父親在哪兒。昨天才想到可能在這裡，我昨天才來，查了牌位。」

　　「今天，又不知道如何先啟齒，真是抱歉，小姑娘。」他繼續說：「這裡也稱著小忠烈祠，單身同袍的骨灰都在納骨塔，而牌位供在這兒方便祭拜。小老師，你要想到有三十多位兄弟陪他，有人常常祭祀，就不會太難過了。」

　　不發一語的劉老，這時駝著背，蹣跚的抬起雙腿，轉身，點起九柱香，海風也輕快地跟著他轉身。他點燃三柱香給我，我學著他先拜中間的地藏王菩薩、土地公陶像，刀疤佬唸唸有辭：「請保佑這裡的同袍，請保佑陳銀川兄弟。」又轉身朝外，向大海拜一拜，屋前插根香，海風這時呼嘯不止。再回頭，我跪在父親牌位前，心中哭著：「爸爸！女兒不孝，到現在才來找您，您一人在三芝，寂寞了快二十年。」我不可遏止的跪地不起。

　　去了三芝納骨塔，看到爸爸的骨灰罈，又把爸爸的牌位從淺水灣劉老那兒請來租屋祭拜。

　　每次，我只能和劉老筆談，八十三歲的他有重聽，而他廣東「佛山寺」縣口音，我越聽越懂。占地約五坪的「小忠烈祠」，也越來越不覺得陰森，原本覺得侵入樑柱、沁入桌椅的陰氣，多去幾次也不怕了。三十多個牌位，淒慘的清冷，想必劉老早已習慣。

　　「我爸晚年都做什麼？」

　　「他有沒說過有一女兒？」

　　可惜，劉老認識爸爸，但又不太熟，只能泛泛的談他。

　　「榮民都習慣了，從大陸來……，日子總要過啊！」

　　「有些老兵的太太跑掉，榮民都這樣飄泊慣了，孩子離開鄉下也好，……。」

　　他愛邊說邊擦拭桌椅，年年月月的海風，伴隨著海沙，桌椅擦也擦不淨。滿臉皺紋、嘴皮扁扁的劉老，大陸開放後，像許多老兵一樣帶大筆錢財回老家，還把三芝房子賣了回廣東，又住不慣家鄉，洗劫似的回到台灣；住幾年榮民之家，也不喜歡，無錢無屋的只好寄居聯誼會，和牌位一起，居然熬了二十年。

　　這是多麼後現代啊！我苦笑著：在「海洋深呼吸」、「巴莎瓦諾」、「OIA伊亞藝術咖啡館」、「普羅旺斯咖啡店」等異國風情店的邊間，有一個很傳統的老實人住著，家伸出去的沙灘，就是香蕉船馳騁的海域、水上摩托車的起點。而他過著洞窟式的生活，在少年郎呼嘯聲中自得的讀讀書、玩個「減紅點」；隔壁villa Sugar的年輕打工店員很知禮，都會請他過去吃三餐，雖然不知他姓誰名啥，也完全聽不懂他的鄉音，只稱他「阿伯」。

　　多麼奇特啊！盛夏每天有四千人在此狂歡、人聲鼎沸，要吵到半夜才停歇，貼著馬路邊的小室怎能安眠？最詭異的是空間錯置、人鬼共處，或許寒冷凄雨的深夜，寢室的蔣公、經國總統是鎮神，能僻邪，或許國旗和黨旗也能斬妖除孽。其實，劉老敢來這兒住就是不怕鬼屋的。我想，這個鬼祠並沒棄置，二百公尺外的「太空屋」才是荒廢的大鬼屋；這只能說建商當初看走了眼，卡通的圓型屋，只能當Motel，不能當住家出售；建商，太理想化了。一如媽媽的南下、劉老的返鄉？我來三芝又何嘗不是抽離了現實？海潮在我耳邊呼嘯，似乎在嘲笑人們的愚昧。

　　榮民袍澤逐一仙風作古，喪偶獨居的劉老想是最後一個駕鶴騰返的人。劉老是父親的影子，每次探視他，再回頭聽潮聲，看它刷起又刷落，在大海的底片上，這時代有太多大小小的悲歡離合。

　　「現在有您借住在這裡『照顧』它們，那將來呢？」我用筆談。

　　「不知道，『刀疤』他們，可以初一、十五、三節的輪班上香啊！放心，牌位放在一起，既使沒人祭祀，也不寂寞。」劉老專心

的擦拭紅木牌位，慢慢地——似乎在向每一位說話。

海防人員的海不出三十公尺之外，我的海是不是也不出二十公尺之外？牌位的主人，下輩子還願靠海嗎？

來到這兒任教，天天看海、識海，我漸漸變了，我常常自省：老兵是國家的榮光，他們都是俱足的一滴水；小水滴，面對大海，是完整、也是俱足。

我也是一小水滴，我如何瞭解大海？我如何了解從大陸來台的老兵，如何了解爸爸鰥居近20年的心，爸得年七十四，那如割的落寞是多大的痛，日日夜夜的割傷，我無法彌補；現在能做的，只有把劉老當成爸爸，多陪陪來日無多的劉老、多關心三芝的老兵了。

爸爸在我屋裡，和新做的媽媽牌位並列，每晚家人有幸全部到位。我安穩的輕闔睡眼，猶如漂在海面。爸爸是海，我可以睡在海面，先雙手、雙腳放鬆，再頭鬆、頸鬆、關節鬆，沒有一絲一點的壓力。我不思、不想，睡得很安適。每個清晨都酣暢醒來，我知道：海的胸膛厚實千丈，包羅萬象、胸懷磊落如父，我是它最愛的子女。

冬日，我常來聯誼會陪劉老，或唸故事或講笑話。海無聲的怒吼，我蜷伏窗口，想像自己能看到遠遠的深海旗魚，如果我是條長喙旗魚，對生養的海是怎樣的感謝？

有個雨夜，我站在租屋窗外，伸出舌頭，品嚐雨的濕潤，想著長喙旗魚，牠的尾鰭也很長吧！會啪啪打響嗎？夜裡，那條旗魚入夢來，濕漉漉的長尾鰭叩得我窗戶，「啪——啪」乍響，一直吵我、似乎邀我一探海的奧境。夢中，我跟著旗魚做仰式游泳，全身放鬆，一前一後，一大一小，我是海的兒女。我游到臺灣海峽，兩手一拉，海峽疊起、兩岸攏來，爸爸、劉老、刀疤、癟嘴高興的走去對岸。醒來方知足夢；再細想這仙泳的姿勢好熟悉，哪裡見過？最後才想到夢的源頭是我看過的一張照片，是劉老翻箱倒櫃的找，找

到他和爸爸年輕時的合照，他仰式游在大海中，不！睡在大海中。

　　海和我糾纏共生，大海給我呼吸、哺育了我。從中部到北海岸，我一路仰慕它的風華，海一定有磁性，吸著我一路尾隨。

　　海邊榮民──一回「老家」了，如果我收集每位的故事、記憶，是不是我心中就有一個小小牌位，供奉他們、收納他們對海的記憶、意識。

　　爸爸！海一定是鹹、苦、酸、澀，集記憶的總合；您，在我心中，也是。

（第三屆台北縣文學獎散文獎作品）

花蓮是一個聲音

　　喜歡「花蓮」，因為她是一個聲音，一個唸起來可以讓嘴型如蓮花般開展的聲音。

　　一天，臺北鄰家屋內流洩出日本歌「依一支一嘎一」的古琴聲，我頓時跌入花蓮的中山路。幼年時的夜晚，長長的路上，總會聽到幾戶屋裡傳來優雅又哀傷的琴聲，總會看到「日據遺老」坐在屋前拉胡琴，嗚咽的聲音踩進我腳踏車的輪軸裡，也和著清冷的月光一路伴我回家。如今，我學會沈思、享受孤獨，一定源於七八歲時就在沁涼月色中浸了又浸。

　　喜歡花蓮，因為她是一方暮色。

　　有時黃昏，在台北自家頂樓欣賞迷濛的山色、縹緲的暮靄，我爬到樓頂制高點，大風吹我裙裾，我瞇著眼彷彿看到花蓮工校旁，一個穿粗布旗袍的少婦攜一四歲女娃在路邊彎身採薺菜，長草漫涎了一大片，黃昏的熱氣襲地而來。

　　「媽媽！採薺菜做什麼？」女孩採著野花仰頭問，風從海邊朔朔吹向山坡路，把女孩的裙角擺得高高的。

　　「爸爸回來我們包餃子吃啊！」

　　黃昏的暮色圍過來圍過來，暮色一定長著腳，似乎看著她走過來，哦！浸染過來。後來看到類似的景緻都會浮現寂寞、荒涼之感，不知是否是四歲採菜時蘊育出來的感覺。五十年來，一種暮色抒情了一生。

　　喜歡花蓮，因為她是一種氣味。

　　九十年代的台北流行芳香療法，美體小鋪的小姐拿出一小瓶精油，她說：「這種油做成薰的、擦的、沐浴的，滴滴清心提神、可

抗老、可減壓。來，聞聞看！」

　　我吸一口，立即說：「啊！這是香茅油。」濃冽的味道撲鼻而來，接著不禁向她細說五十年代花蓮的許多農田都改種香茅草，小時候在外頭撒野，採一片像芒草葉般的香茅草聞一聞，就是這味道。

　　我買了薰的、沐浴的香茅油回家，日本浴桶裡倒下一小瓶，閉上眼，身、心、靈全浸在花蓮油的熱水中，在浴室裡我獨享著冽香，心思飄渺到桃花源，我的幾億束神經在水中清洗，如幾億根大菁染線在立霧溪中漂洗、數億根紅麵線在香風中吹動。

　　浴室霧氣迷漫，我又回到吉安鄉，一大片香茅田隨風搖擺，一大群十歲幼童在青草沃野中追風。

　　喜歡花蓮，因為她是一片海景。

　　站在任何一方遠眺，都可看見海。想看她安靜無息嗎？就站在美崙山上、影劇四村的村口，有時深藍、有時靛藍的大海在陽光下閃耀著，無聲無息的一塊大藍布，沈靜一如湖泊。想聽她澎湃激越嗎？在靠海的花女、花中大樓、美崙飯店每個窗口，都可聽到她濤天的洶湧，花蓮的學子就在風浪聲中無畏的長大。

　　花蓮，一個被海水浸得蔚藍的地方，一灣圓孤迤邐的沙岸鑲出一條銀白的滾滾裙邊。

　　不論你現在住在何處，花蓮人的耳邊總是不停的響起浪聲。

　　　　　　（「2003花蓮文學獎」徵求1000字的「喜愛花蓮的理由」
　　　　　　散文，身為花蓮人就去應徵，5月初得知僥倖獲得入選，
　　　　　　　　　　　　　　　　　8月20日回花蓮領獎。）

父親的陂塘

父親身上放著枴杖
我推著他
漫步在村子小巷裡
望見圍籬站滿杜鵑和芍藥
以醉癡之姿，向我們揮手
呼咻而過的，是小娃三輪車

下來走幾步吧！
父親拄到張家的芭樂樹前
佇立
這棵野芭樂七十歲了
我摸摸樹膚　立刻花片般掉落
父親枴杖是它做的

輪椅推到陂塘邊，醡醬草裡
恬淡淡吐出紫蝴蝶　黃蝴蝶
一人在拋長線釣魚
塘水滿漲，未經父親同意
清楚映出父親削骨的身子
　　　　　　寬大的褲管
也不給面子
立刻映出輪椅和枴杖

父親說當年來到桃園
陂塘的寧靜，七十年來
一直是他的守護神
推他到一棵苦楝下
也說挺姿如湖北埤塘前的那棵棗樹
瘦稜稜的立在風中
好像埤塘裡，映藏著父親兩個世界

父親問：「桃園還有多少口？」
以前8000個，現在700個
在軍中常年開車的父親
眼中曾有近萬口塘水的倒影
明珠般串連各鄉鎮
現在卻凋零如村中老兵
父親看著它們一一淤積
恰如父親腦中記憶片片堵塞　失守

埤塘也倒影過我的童年
和少年，與父親共藏過
春冬夏秋不同陽光的色澤
共藏過埤塘放水、曬池
大人拉縴網魚、小孩混水玩魚的年歲

現在遠處塘邊，一隻白鷺正縮頭
沈思著晚春
塘水裡靜靜移動著一抹雲
父親虛弱地抬頭

迷矇矇望向天
而天不言

作者註：

　　陂塘之開鑿是為台地農田儲水，「千塘之鄉」從楊梅新屋串連到平鎮八德。陂塘、水圳和聚落有密切關係，陂塘歷經二、三百年，成為現今台地上特殊地理景觀；每條水圳、陂塘都述說著先人辛勤的故事。

　　桃園眷村多，當年大溪的僑愛新村（朱西寧、天文家住處）是軍官眷村，士兵們沒眷舍，依大同街在僑愛新村旁邊一戶接一戶自己搭建起來，沒有眷村名，就叫仁義里；現在桃園軍眷一幢幢，全部改建了，惟一只剩仁義里沒法改建，雖然它是真正的眷村；而不遠處有兩處陂塘。

　　家父是軍人，從湖北水鄉來台，寫此詩是2015年9月，11月6日他入殮蓋棺當下，我獲桃園鍾肇政文學獎通知此詩得獎。

羅任玲

雪色
雨鹿
明日的居所

作者簡介

　　羅任玲，臺灣師範大學文學碩士。曾任《中央日報》「文心藝坊」專刊主編、副刊中心組長，聯合報系記者。羅任玲創作文類以詩、散文為主，兼及論述。其寫作主題並不局限於一隅，舉凡人性、事理、存在、生死等種種人間與非人間之現象和反省，作者都有興趣探求。張默曾評其風格：「以犀利的觸覺、把各種題材的框框打破、重組，選擇一些比較恆久的，耐人低迴的，甚至發人深省的酵素，然後以一幅幅新穎的，不同的畫面，把那些令人如夢初醒的感覺一起呈現在讀者眼前。氣氛森冷，風格新異、輕巧地直探事物核心，擊襲眾生思維。」曾獲梁實秋文學獎、耕莘文學獎等獎項。著有詩集《密碼》、《逆光飛行》、《一整座海洋的靜寂》，散文集《光之留顏》，評論集《台灣現代詩自然美學》等。

感言

　　回首青春歲月，光影婆娑，而其中必有一些美好的記憶，是屬於耕莘的。

雪色

不再積雪的樹梢，在每一個轉角的地方，向你道別。

1.

後來你想：雪，其實是不需要顏色的。

四月的紐約，你帶著卡爾維諾，和那本墨綠色的《未來千年備忘錄》，在轟隆危顫的地鐵上審視自己。你其實已十分熟悉這個城市了，它的陰寒、燥熱、矯美與疼痛，它是如此適於遠觀，以至於你始終記得站在夢醒的位置。儘管你認識它已經十年了。

然而十年與千年有何不同？你想起「重複即死亡」這句話，即使紐約的一切都是難以重複的──但那並不意味就離死亡遠些。許多清晨，你搭上老舊的7號車從Main Street出來，經過全世界最大的墓園上方，那些冷鬱的墓碑在灰濛塵光裡，彷彿終夜未眠的幽魂。你時常為這樣的想法感到好笑，它們不必用「彷彿」來形容，它們，原本就是幽靈啊！你從氤氳的高空俯看一切，想起紐約的地鐵有一百歲了。那麼，許多桀驁的魂魄也都搭乘過地鐵吧？在時光任意碾壓的軌道上荒蕪老去，最後終於成為輕煙，歸於遺忘。

一個被死亡驅迫的城市，穿越詭秘的天空，切割洪荒的地底。有一回你從地鐵下來，經過長譎陰森的甬道，不小心踢到一樣東西。低頭看看，才發現是床散發腐臭氣息的棉被，和包裹著的那個人，也許死去多時了。你像遇見午夜的噩夢般，匆匆從他身旁繞過。「別驚醒了死神啊！他只不過是睡著了。」醉倒一旁的酒鬼說。然而酒鬼是對的，那人，真的只是睡著了。你踩到他的靈魂，

他還給你更多的夢魘。

　　詢問靈魂的歸處，顯然和質疑上帝的存在一樣令人疲困，你已習慣了不隨便發問，即使迷路也偽裝成自若無懼。路，總是會自己出現的，臉上寫滿疑慮只會增加被攻擊的危險，許久以來朋友一直這麼告誡你，然後有一天你終於也成了老紐約，神情冷漠勇往直前，甚至對自己的靈魂不屑一顧，你的靈魂在後面苦苦追趕，終至愈離愈遠，永遠消失在陌生的街角。

　　然而哪裡才是永恆的家鄉呢？存在愈久的地方，就愈容易發現神魂的蹤影嗎？每個子夜，你聽見隔鄰水龍頭的滴答聲，想著總有一天要過去把它關上。也想及你那境遇不同的親朋故舊，在充滿幻覺的城市裡生根，發殘缺的芽，然後長成相貌各異的植物。

　　是的，植物。

　　從身體各處緩增的油脂，像海綿般不懷好意的，堵住了靈魂的出口。你想著，許多年來不斷有聲音在耳畔嗡嗡作響：要當一塊海綿，隨時吸收新知，才不會被粗鄙的現實溶蝕滅頂。然而你也親眼見到了，許多身不由己的軀幹，被日益膨脹的海綿占領，在逐漸肥厚的組織裡呼吸微笑，作揖行禮。

　　「那叫及時行樂。」有人糾正你，「而且要讓味蕾張開，像守候昆蟲的捕蠅草一般，嚐盡天下美食。」至於食道以下的部分，「那是另外的領域，上帝自有主張。」你不免想起患了暴食症的K，沉沒在寂寥海域的1/2台灣女子，你看過她二十歲時的照片，褐髮大眼，薄薄的唇緊抿著，像是對未來的無言挑釁，足以燃燒繁花的冷眉冷眼。多麼矛盾的組合啊！你那時想：分明是雪白與火紅，冬與夏的永世纏縛……。

　　如今她已是年近四十的婦人了。被歲月淘洗過的眉眼，以另一種熱烈與食物抵死纏綿。「它們讓我感到溫暖。」她用已然帶著美國南方口音的話語，重新咀嚼食物的溫度。你彷彿聞到海風吹過廣

漠平野的味道。然而這裡是紐約，除了仰頭可見的天際線，只有下水道冒出的蒸氣可以溫熱雙眼。

K沒有提到她分居的丈夫，曾如鷗鳥般令人迷醉的南方水手。「女人讓自己被男人剝削，名義是為了愛。西蒙波娃這麼說的。」你不清楚K究竟離開了鷗鳥，還是西蒙波娃。你只知道每個晚上，眾多食物貼緊她的咽喉與胃壁，和她共同抵禦外在的寒涼，即使只有短暫的十分鐘。十分鐘後，她用雙手掏挖喉嚨，張大嘴，像一隻泫然欲泣的恐龍。所有食物離她而去，順著抽水馬桶潛入城市底層。她繼續讓新的、陌生的食物溫暖自己，在重複的抽水聲中驅散過往，和夜色。

「夜色總是如此寧謐美好。」K後來說。

「但你最好把自己當成陌生人。」果然成為陌生人的K，在匆匆行走的路人中間，看來自信、堅強而勇敢。

你不曾懷疑過K的決心。對抗這世界的方法有許多種，包括欺騙自己，善意卻不太溫馴的欺騙。

然而你也相信卡爾維諾說的，讓自己輕盈起來，輕是一種價值而非缺憾。

就像四月的，此刻的紐約，窗外飄著細雪。

你在百年如一日，轟隆無知的地鐵上前行，比往年更反常的四月，比過去任何時刻都更接近的卡爾維諾，他的《未來千年備忘錄》：

「大概只有在這個時候，我才意識到了世界的沉重、惰性和難解……」

「喧囂、攻擊、糾纏不休和大喊大叫——都屬於死亡的王國……」

他在說輕逸，飛翔，和遠離死亡的方法。他顯然不認識那個醉鬼流浪漢、不認識K和你的許多親朋好友，不認識建構於死亡之上

的城市，不記得所有在重複與恐懼間流浪的魂魄。

　　然而這一切又有何干？你看著窗外的雪花，在車行的同時被拋諸腦後，有些逗留在窗玻璃上，瞬間化為雨水，溶成灰濛風景中的一方霧氣⋯⋯。

2.

　　識與不識的時光，落在手錶的陰影上，晚間八點三十分，剛剛經過的站名叫Hunters Points Av。

　　許久以前，當整個紐約城還是荒蕪一片的時候，一群獵人沉默地，在飄墜的雨雪之間捕獵，獸影像鬼魅般出沒，賊亮的眼睛盯著未來，空茫的領地。然後箭在空中畫出優美的弧度，準確射中賊眼下的心臟，血色滲透皮毛，急切流向大地，與等候多時的雪色合而為一。豔白和濡紅，絕對的純潔與激烈。你側耳傾聽，彷彿有遙遠的獸鳴，從天地一隅傳來，愈聚愈攏，終至包圍了你的車廂。

　　然而什麼也沒——有——。

　　你驅散那些安靜的幻影，扶正自己的坐姿。只有雪，真實的，從上個世紀末下到這個世紀末，包圍了你，和你的夢境。四周沒有獸影，只有緘默而倦沉的臉孔，在千萬分之一的機率中與你相遇，一同咀嚼雪花和陌生的滋味。

　　「整個故事都貫穿著某種死亡迫近感，查理曼看來是要抓住最後殘餘的生命，與其進行激烈的鬥爭⋯⋯」你低下頭來，目光正好停駐在〈迅速〉這一章。故事其實進行得夠久了，緩慢而枝節繁複⋯⋯

　　終於過去了的四月，銜接著綠芽初醒的五月，火焰般的紅裸雀躲藏在橡樹林中，如同一枚失落的驚嘆號。紅林鶯悄悄張開羽翅，每每讓你目眩，誤以為是彩蝶斑斕的身影。你細數中央公園每一片

油亮撼人的葉子，辨識一株株長在街石板間，低賤的狗木。只有在這個時刻，你才感覺到體內細微的爆裂聲，那是隱忍許久的芽苞，躲過苦寒的冰雪，終於留得的一線生機。也唯有此時，你那遙遠落後的靈魂才會趕上前來，與你並肩同行，感激春光。

你後來才發覺，短暫的春色已成為你私藏的一幅風景，缺乏時序地，在黑暗的角落裡流動、變形、再生，有時衍生成你無法確定的圖象。往後的季節裡，你依靠它們獲得良久的溫煦，即使在荒誕的漫漫長冬，它們也可能毫無預示地闖入你的警戒線，像港口終日徘徊的黑頂鷗，僅餘忽而乍黑，忽而灰白，忽而亮紅的身姿，強烈卻又恍惚地撞擊你。在數不清的暴風雪中，你瞥見自己的靈魂倒地又站起，艱困地顛撲仆前行，在分不清血紅或雪白的泥濘裡，瞻望餘生。

「令人驚懼而又不可思議的不是無限的空無，而是存在。」卡爾維諾說。

醉鬼流浪漢死去的清晨，你和往常一般穿過長長的甬道，看見他的身子馴服地垂軟著，像個熟睡的嬰孩，你忽然不再害怕踩到他的靈魂。稍後，有人過來收走了他的軀殼，地下道彷彿恢復了寧靜，多了一些亮光。你走出地底的道路，走上晨曦微明的街角，想起他說過的話：有人，終於驚醒了死神。

那個深夜，你接到R的急電，說K死了，從十六樓的公寓頂端一躍而下。你在電話的這端沉默良久，想及命運的起始與終點，偶然與必然，在這一個清晨或下一個黑夜，永無止境地交替循衍。而你，終於不再需要為K的存在憂心。

3.

「……身處世界終結之後的另一個世界。」同樣去了另一個世

界的卡爾維諾，或許知曉K和醉鬼流浪漢，如今也去了那裡。每個
清晨，你依然搭上老舊的7號車，經過全世界最大的墓園上方，在
模糊曖昧的晨光裡揣想他們此刻居住的世界。陽光從狹窄的縫隙中
旋身進來，覆蓋了車廂裡的所有身影，那些因為早起此時正在補眠
的臉龐，像極天使。

　　不再積雪的樹梢，在每一個轉角的地方，向你道別。

　　而故事，才要開始。

雨鹿

記奈良滂沱大雨中遇見的一隻梅花鹿

彷彿那是
世界的本質
你靜靜嚼著
鴉片。橄欖枝。
三千萬個方生方死。

雨丟在光禿的掌心裡
長成一棵
漆黑的夢中樹
用絲線連接。明天
無數的菌子蟲子和鴿子
就飛起來了
在斷斷烈烈的雨絲裡
火燄裡

而你只是嚼著
快樂的葉子
漫天起舞隨地腐朽
像最甜的大海最
鹹的水滴
你只是嚼著

一棵生命樹
以我無法命名的步伐
覆蓋眼睫
啊那橄欖之舟
承載夢中的荊棘
在天色行將昏昧的此刻
泛出了美的光澤

明日的居所

總有一些光
會抵達明日的居所
比鳥雀比黎明
更高一些

總有一些光
會寫信給昨天的暗影
在透明的窗前
留下枝椏扶疏的日記
什麼都有　也都沒有的
那一片白

什麼都不需拆卸什麼
都不必抵擋
總有一些殘瓦
會被顫抖的光陰擊中
落入雪中深埋
這是冬天也不是冬天

前進或者後退
想像或者真實

接著櫻花木就這樣盛開了
即使沒有樹葉也揚起了風帆

羅位育

出息男人
請愛用禱告

作者簡介

　　羅位育，文字工作人。現在慢活於柴米油鹽醬醋茶讀寫生活中。負笈於師大國文系之時，幸蒙昌年老師引入文學寫作之路，從此，手中有了一枝禿筆，有事沒事就揮一下。

感言

　　讀與寫，讓自己喜歡自己。

出息男人

1.

　　不記得是哪一天早晨的某一刻，（我沒有寫入名人專訪的備忘錄之中），台北盆地風刮得很暴烈，彷彿盆地邊緣蹲著一個碩大的巨人，巨人的闊口朝著盆地不懷好意地吹氣。我真是踏一步即被吹走三步，再走，我就要吹出地球之外，像飄浮在太空的垃圾。我索性依著一家商店的騎樓柱腳處蹲下，心想：真是發瘋的風吧！我們行人又不是紙屑。然而，這風又把幾個行人吹進騎樓躲著。不過，這沒什麼道理的風把許多漂亮女人的美髮吹成髮花，這倒是令我忍不住想讚美這陣盆地風的幽默。

　　然後，一顆走失的紫顏色氣球在城市上空跌撞搖擺地飛著，似乎有點怨意地在尋找它的主人，才一會兒，汽球乘著忽上忽下的氣流遊出我的視線之外。此時，盆地風的爆發力似乎小了，我站起身的同時，心裡突然飄起一幅畫面：每座城市一早就升起巨大的人形汽球以為標誌。那飄在半空的人汽球就是城市市長的分身模特兒。

　　因為汽球的灌氣方式讓我想到「出息」的詞語，城市的眾多頭腦精英之中，最該對「出息」念茲在茲的是市長吧！

　　而這座盆地城市的小老百姓──我在十五歲志於學的年紀時，某一假日，在朋友家中觀賞名車模型之際，耳聞朋友奶奶在房中的咳嗽聲，我眼瞥朋友仍專心欣賞他的模型傑作，並無動靜，便起身端水送入朋友奶奶的房內。這只是舉手之事，沒想到，中午用餐時，朋友奶奶居然當著朋友一家老小說：「這個小男孩笑得模樣很

好,又善良,看起來大有出息的,將來可以選市長。」年幼的我當然覺得只是受老人之託而倒水而已,不怎麼好意思獲得讚美的禮物,這下連腳趾頭都羞紅了。

　　一路吃飯長大,行年二十六歲時,循愛情慣例,我送了一張生活相片給女朋友過目並且貼胸存放。相片中的我手扶公園的樹幹而身斜放著,有些畏光而瞇著眼皮,臉皮彷彿滲出「我什麼都看到了」的神態。據女朋友說,女朋友是瞄了幾眼,不覺得有什麼引人之處,而女朋友的母親也好奇地看了一眼,就這麼片刻(有如吞嚥口水的短暫)的印象,也沒問問我的八字,女朋友的母親親切的說:「這男生看起來會有些作為,會有出息的,妳倒是可以考慮。」

　　我想我可以應徵喜餅公司的模特兒,在一大堆喜餅之間露臉,笑著說:「有廣告緣的我,敬請享用。」

　　「眼光」可和遺傳基因一樣,是上帝的安排,卻又像神仙教母的仙棒一樣奇妙吧!這些身懷禮貌風格的長輩的贊美該是「碑文」那般的憑信之辭!只是長輩的口說,卻非我的感情文憑。我一直未能有機會向女友的母親當面道謝,而我的女朋友也並沒有和我這個有長輩口碑出息的男生走上百年好合的紅毯。女友母親口頭贊美我的「出息」兩年後,女友對她母親說:「我並不為有長輩緣的男生著迷。」而她眼盯著我的薄耳垂好幾秒說:「套一句臉相之詞,你好像不是貴人之相。」她又說:「別介意,這是玩笑之詞。」然後她見我沒有陪笑,才又說出真心話:「我不知道你對未來的用心在那裡?一直在雜誌社專訪名人嗎?我等得好心煩。」

　　女朋友並不知道我在等她和我完成「琴瑟和鳴」的祝福使命,每晚共蓋一被而說說床邊故事。譬如,我會告訴她「出息男人」是每一城市市長的天職,我對未來的用心放在「好好選擇出息男人以照顧我和妳的城市」。和女友依禮相待說「祝妳幸福」而分手的當

晚，我在穿衣鏡前端詳，我的臉相真的不貴嗎？我或笑、或衝動、或揚起眉毛作微怒狀。然後，我一個人吃著涼掉的晚餐並且心想：我說「祝妳幸福」時，是否口齒清晰呢？或者眼光溫和如騰雲的仙人嗎？

2.

即使沒有女朋友拍拍我的臉說好好努力加餐飯吧！我也一路吃飯、喝水、和無理的路人吵架，偶而在雜誌社的專訪內文寫錯受訪者的姓名，就這樣又（生了一些皺紋）兩年。某一星期六的晚上，我揣著不薄的紅包和無所謂的心情參加同事的婚禮。在恩愛新人尚未亮相吆喝吃酒之前，我們一干人等各自張揚台北城市盆地的求生經驗。或是想像力。

有一位藝文界的人士喜孜孜地說他昨天攔下一個公車性變態，揉得變態男子的老二都縮了，然後他命令該男子蛙跳逃命。我在滿桌的笑聲之中嗑瓜子，而且我世故的心頭亮得很，想想依他所奏未必如此，那性變態恐怕是影射要減他薪水的老板，他曾逢人便罵老板為變態老賊的。

「不過」我接上他的話題「我倒是勸了一個性變態要為社會作義工服務好換取尊嚴。性變態說他要指導路人如何觀察性變態犯的眼神。」我是盡了喝喜酒客人的暖場責任，可是，我並沒有聽見接二連三的笑聲。他們一干男女正在互相說明最近流行的時髦效率運動有那幾類？是耍嘴皮運動吧！我心裡暗暗笑著回話並把目光隨意好奇地流向左右前方的桌次，新人並非名人，到底會有多少觀眾來捧場呢？

承蒙老天的錯愛吧！在前方的桌中賓客內，我竟然見到那名前女友正在專心聆聽一位貌似日本一千元紙鈔的肖像──日本作家夏

目漱石的中年男子說話，女友也為男子撥了撥前額的髮絲。這位類夏目漱石中年男子似乎說出了自己的欲望深度，喉結隨著語速而上下起伏劇烈。我記得喉結軟骨的背後是氣管和食道吧！雖然我和前女友已經不必聞問感情了兩年，可是，今日乍見她專心豎耳聽人說話的神態，就不免覺得好像她對我失禮了。讓她失禮的這位男人夏目漱石的出身是什麼？我很想從我這兒彈扔一顆瓜子進入他因勤於表達意見而張大的口腔，趁「會厭」尚未覆蓋他的氣管入口，瓜子毫不客氣地就闖入他的氣管之中，讓他不再那麼神氣。

　　唔！我認真想壞事的腦袋會孕育出什麼抒情的臉孔？會讓詩人忍不住在上頭題詩的臉孔？然而是天意授權吧，我的前女友倏然抬起臉面往我這方送來冷淡的眼光。她要看我，怎麼沒有先通知我呢？我心臟的血液頓時上湧我的腦室之中而漲潮，我口中的瓜子撲通掉入氣管形成劇烈的回聲。在我劇咳的同時，我彷彿聽到天使背後羽翼撲翅的聲音，以及我的前女友因為困惑而眨眼皮的微音。我呢？我要記得，待會兒非和她見面不可的時候，仍要對她有禮的說一聲：「祝妳幸福。」

　　和女友分手後第五天，不知道前女友的母親是否記得有一位友善的男子我和她偶遇，她因此告訴了前女友說：有一名男子擁有善良的臉相，好像是出息的……

　　因為，和女友分手後的第四天，我終於踏出家門往歡樂食物所在地——超級市場前進。我就是在超市巧遇（已為前女友）她的母親。我毫不懷疑地認得她，是因為我也看過她和女友合影的生活相片。個子不矮的老太太正瞇著眼在冰品櫃前挑選鮮奶。而我卻是要抱走一桶大號冰淇淋好取悅我的母親，她和我一樣是冰淇淋迷（其實，冰淇淋入口便讓媽媽覺得自己仍然年輕）。我當時抱著某名牌冰淇淋桶，從左櫃一路巡視各方冰淇淋過來，老太太是立在冰品右櫃仔細檢視鮮奶的使用期限。然後，我們的眼光觸在同一水平線

上。一剎那，老太太很開心的笑出聲，她爬滿皺紋的手指著我手中的冰淇淋桶說：「這個牌子不錯啊！」我點點頭而拍了拍冰淇淋桶子，桶內的冰淇淋似乎發出了沉重而疲勞的回聲：「幹什麼？」可讓我嚇了一跳，臉漲紅著說：「我是冰淇淋迷。」老太太暢笑著回嘴說：「那我是牛奶迷。」然後，我們點個禮貌的頭，各自為手中的寵食付帳去了。

　　也許現場有戀愛指導員便會告訴我，應該趨前問候自我介紹的，老太太軟心腸會再替我爭取機會，讓前女友目中有我。現在抱著冰淇淋桶子的我低垂著頭排在一大群準備付款的爺爺奶奶爸爸媽媽兄弟姊妹的隊伍後。我覺得可惜了，老太太沒有認出那個出息的年輕人的我。她只是視我為友善的年輕人，和一瓶友善的鮮奶沒有什麼分別。換言之，過去讓她深以為然的「出息」亮光，大概已在我臉上消失許久了。

　　這天晚上，我抱著冰淇淋桶回父母家吃晚飯。媽媽說喜歡孝順兒子挑選的冰淇淋，所以下廚清蒸一群手爪受縛而醉眼惺忪的紅蟳們來犒賞我的味覺。趁紅蟳們尚在蒸籠高聲喊熱的時刻，媽媽拿著湯匙舀幾口冰淇淋甜甜喉舌。爸爸招呼我到他的修身重地——書房，讓我欣賞他最近著迷的藝術複製畫明信片。我眼瞄著雷諾瓦、克利、米羅、秀拉然後我翻到義大利畫家莫迪尼亞尼的人像明信片就想發笑了，有一張名為「橫躺著的裸婦」中的裸婦模特兒不就是前任女友嗎？應該說前任女友的長相酷似那名裸婦（中分的長髮，橢圓臉，下巴尖，修長眉鼻，特別是杏仁曳長的眼形，麥色皮膚以及懶惰的眼神）那我似乎得見了前任女友的裸繪了。於是，我邊伸懶腰邊向爸爸扯一點小謊說我對莫迪尼亞尼也有一點好感，可否讓我帶回家好好欣賞呢？這真是令人心神不定的晚餐，在品嚐美味的醉紅蟳時，我因為對袋中的〈裸婦〉掛懷，還不小心地讓那沉默的紅蟳以大爪剗刺了幾道血痕。我也還這麼想著：就寄上這張

〈裸婦〉給前任女友致意吧！表示我觸景生情。

天知地知，我真的把〈裸婦〉明信片寄給了前任女友示好後，我並不知道前任女友會在臥房高喊「救命」，或是「我還要愛他」之類的情感語詞。反正，她沒有送來任何回音，或是靠近我的腳步聲。

雖然，在同事的喜宴上，意外逢著了穿著體面而美麗而聰明而不在乎我的前任女友，我卻沒有考古的心情走向她低聲說：「妳喜歡那位〈裸婦〉嗎？」在新郎新娘腦中念著洞房而臉上掛出甜蜜微笑送客之前，我決定先行離席了。我當然是走在她的眼光之前。我走回我的家中查查名人檔案，好看看那位夏目漱石臉是何許名人？也許我可以想出題目採訪他，以示我的好眼力，前任女友可能會在遠處向我微微頷首吧！

請愛用禱告

禱告的時候
遇見先知解說預見災難分裂世界的時辰
我勤作筆記並且用心記誦
宛如參加逃難之旅的行前說明會
我對先知以禮相待並稱自己無力向神謝罪
我要恭候神明十指垂下凡間好來親吻
我將會喊出信心有理信仰萬歲
我低頭歡迎先知雙手按我肩膀要我謙虛屈膝
說去吧傲慢你這災難的私生子給人間真情留一點餘地

禱告的時候
我看見朋友們在神諭的福音之中依序排隊
他們將被天使的喉舌承諾
天使出語溫柔絕不輕易吐出重話
天使彷彿蒲公英一般輕盈飛翔
飛翔有如巨大眼白一般的天空
他們看見了
看見祥雲是天界的的霓虹燈
他們聽見了
聽見神明叫喚他們親嘴示好的聲音
於是他們仰天噘嘴一如謙卑的小花

禱告的時候
先知笑說世界在禱告的話語之中旋轉忽快忽慢
萬物的情感應和禱告的歌聲時大時小
那麼請多多愛用禱告
在這世間除了禱告我還剩下什麼呢
在這眾人日夜心亂的時代中
在禱告再禱告又禱告的季節中
內心生出親切的勇氣之苗
愛人的理由
以及除去永恆之罪的
願望

林黛嫚

美麗的童話

作者簡介

　　林黛嫚，台灣大學中文系、世新大學中國文學系博士，曾任中央日報副刊主編、人間福報藝文總監、三民書局副總編輯、東華大學駐校作家，曾獲全國學生文學獎、文藝協會文藝獎章、中山文藝獎等。著有《本城女子》、《時光迷宮》、《你道別了嗎》三本散文集，《間愛孤雲》、《閒夢已遠》、《今世精靈》、《平安》、《林黛嫚短篇小說選》、《粉紅色男孩》等長短篇小說集。散文及小說作品都曾多次入選年度散文選、年度小說選及中華現代文學大系散文卷、小說卷。最新作品為《單獨的存在》。現任中國婦女寫作協會理事長，淡江大學中國文學系助理教授。

感言

　　耕莘寫作班是我參加的第一個寫作班，大約也是當學生學習寫作的唯一一次，當時就讀師專並且住校的我，並不能經常到班上課，不過我記得最後一堂課交作業時，我問了楊老師一個問題，一下子就寫出來的小說是不是不好？當時我剛寫完一篇六千多字的短篇小說，只花了兩三天的時間寫。楊老師回答：不會啊，有時候瞬間爆發出來的創作力，也可以寫出好小說的。我想即使我說我寫得很慢可以嗎？楊老師也會說很好的，不過因為楊老師這麼說，我才有勇氣把那篇小說寄出去投稿，開始了我的創作生涯。

美麗的童話

西方文學大師寫給青少年的小說《哈倫與故事之海》，故事裡的點子海洛希只要打開嘴吧，拉撐了笑，然後一則又一則全新的冒險故事就這麼冒出來了，邪惡的叔叔、臃腫的阿姨，嘴上兩撇八字鬍的壞蛋，目眩神的場景……這些來自故事之海，喝下暖呼呼的故事水，就能說源源不盡的好聽的故事，這是小說家的魔幻之筆，美麗的童話。

「充滿抱怨與不平的夜晚，空氣凝結的讓人無法呼吸。當人們發怒，土地撼動；當人們陷入混亂與不確定，心情七十二變國也會困惑到摸不著頭腦……心情七十二變國只是故事，這裡是真實的地方。」再怎麼奇幻的冒險情節，終究是真實人生的投影。真實世界充滿魔法，魔法世界當然也可能是真實的。《哈倫與故事之海》是一則美麗的童話，寫出真實的人生。

美麗的童話寫出真實人生，那麼現實生活，能不能是一則又一則美麗旳童話呢？

1.謊言

我自己發明設計了一個心理測驗，是在聽到一個朋友說他很愛說謊，連預約餐廳座位都用假名，於是我回想自己預約餐廳時會不會用假名呢？

這個心理測驗是這樣，題目：你預約餐廳座位時會不會提供真名？答案：一，會；二，不會。解析：選擇一的人是正直、坦率而且不太在意別人看法的人；選擇二的人是比較會保護自己，而且對

自己在別人眼中的形象十分在意。

這是一個簡單而且無聊的遊戲，大約只能用來測試自己。我不喜歡說全名，只說林小姐很安全，但若餐廳希望我說全名，因為「林小姐」辨識度太低，我總是猶豫一下，但日常循規蹈矩慣了，還是乖乖說了全名。有一次和朋友去一家很有名的連鎖餐廳用餐，事先由我訂位。用完餐，照例拿起桌上可愛的筆填寫問卷，造型獨特又書寫流利印有餐廳名的筆，卻不能讓我寫下違心之言，我表達了許多不太正面的意見。結果才走出餐廳，手機響了，是餐廳的服務人員，說是知道我對這次用餐不滿意，要送我小禮物彌補，我嚇了一跳，心想我在問卷上並未留下聯絡方式，怎麼餐廳會找到我呢？原來是我訂位時留下了真實的行動電話。

也許我正直、坦率，但我是十分在意自己在別人眼中的形象，所以，下次訂位，還是報上一個自己喜歡的假名吧。

2.氣味

我拿起裝水的保溫杯喝了一口，居然有淡淡的咖啡香，然後我想起上次用它裝了一杯我親手煮的咖啡送給朋友喝，咖啡的味道在杯子裡留下了。

其實我有很多保溫杯，但總是懶得帶，於是經常拿紙杯喝水或泡茶，拿著一個紙杯走來走去的形象也許看在很多人眼底。有一天，辦公室一位稍年長的同事送了我一個保溫杯，她說，「我看你常常用紙杯喝熱水，不環保也不健康」，她還特意挑最小尺寸的保溫杯，大約猜想我之所以用紙杯便是嫌保溫杯太大太重，而且這個小保溫杯是紫色的，她也注意到我的衣服配飾中很多紫顏色吧。這麼貼心殷勤的心意，我自然必須接受，於是我開始隨身帶著它。

因為保溫杯的密閉特性，料想保溫杯裡裝咖啡、茶、含糖飲料

等，應該會留下不易消散的氣味，一開始我只用它裝開水，但當它成為我唯一喝飲料的器皿時，只裝開水的原則就無法再堅持了，那裡頭裝咖啡的機會最多，其次是茶，烏龍茶、紅茶、香片、玫瑰花茶，偶爾也有奶茶或麥片。

過了一個月，我打開裝了熱水的保溫杯，喝了一口水，那味道十分複雜，完全無法用任何一種飲品來形容，並不可怕的味道，只是令人難忘。那讓我想起關於氣味的記憶。

3.年輕的可能

日本第一百四十回芥川賞得主津村記久子，廿六歲那年，決定給自己三年時間，寫到廿九歲，如果寫不出個名堂，就放棄當小說家這件事，乖乖去當上班族。

看到這段敘述，突然有種熟悉感，不久前，有人說過同樣的話，那是大學快畢業的兒子說的，他從高中一年級開始在補習班補習數學，並認識補習班老師，就下定決心，將來要當補教名師，之後不管是大學時填志願，或是進入大學後寒暑假到這家補習班打工，開始試教，一步一步朝自己的志向前進，終於到了快要正式踏入補教界的時候，兒子對我說，他給自己三年時間，試試能不能在補教界闖出名堂，如果不成，或是試了之後沒興趣走不下去，那他就用這三年存的錢出國讀書。

這兩個人，一個廿一歲，一個廿六歲，都還是可以作夢的年紀，我回想自己，在可以作夢的年紀作過同樣的夢嗎？

「把都會的孤獨包裹在一種虛無主義中，令人感受到現代性。」這是山田詠美對日本文學史上最年輕的芥川獎及川端康成獎得主青山七惠的作品《離別的聲音》所寫的評論，不過這句子是不是山田詠美自己寫的？可能是助理或出版社編輯代筆，而且經過中

日文的轉換，原來的意思和現在呈現的一樣嗎也有待商確，我不知何時已經成了個懷疑主義者，對任何事情都很難完全直視那顯明的表象。這個句子倒是很能貼切地用在我正在寫的小說的基調，並不是我想要寫出那樣的「把都會的孤獨包裹在一種虛無主義中」的小說，而是它就已經是一種都會的孤獨和現代性的虛無融合在一起的敘述腔調，只不過剛好我看到山田詠美的句子，可以用來形容。

問題中年

　　我從小就是一個「問題兒童」，「問題」是指對很多事情都有疑問、很好奇、想知道為什麼？譬如：媽媽為什麼老是在睡覺、我為什麼不能和隔壁的阿文一樣去上幼稚園、爸爸為什麼常常不在家、人為什麼每天都要吃三次飯、每個人為什麼都長得不一樣、張家阿媽為什麼要在後院養豬弄得到處臭闐闐髒兮兮……但是我沒有解開問號的管道，有些問題我自己想想就明白了，媽媽一直在睡覺是生病了，我不能去上幼稚園是家裡沒有錢；有些問題等我再長大一些就知道了，像是張家阿媽養豬是那個時代家庭主婦的生財之道，用家裡的食餘養兩頭豬收入來貼補家用；還有些問題我到現在還是不明白。

　　上學讀書識字後，我的問題更多了，像是，為什麼我讀這所國小阿文讀那所明明我們兩家只隔一條巷子、為什麼班上的阿青考試老是吃鴨蛋每一科目都不會、為什麼老師家庭訪問時在阿文家坐一下午喝茶吃菓子卻只在我家門口跟爸爸說兩句話、為什麼我要學雞兔同籠這種數學問題明明雞兔就不會同籠……但是我忙著讀書考試，沒有閒功夫想這些無聊問題。

　　然後我處在一個安全的體制內，成績不錯不必擔心錯一題打一下；聯考後進入師專就讀，不必擔心畢業後沒工作養不活自己；沈

浸在文學的世界裡，縱有驚濤駭浪可以當成是別；讀台大夜間部，在小學教書，後來辭了教職進入中央副刊當編輯，工作上固然有許多要學習的事，結婚生子也有許多人生課題要對付，現在看來十分為難的事青春當道似乎都舉重若輕、應付裕如。只是，順遂安穩的生活中，時不時腦海裡會亮起來一些問題，從前的、現在的、複雜的、簡單的、找到答案的、還沒解決的……

台大中文夜間部要畢業時，我考慮過要繼續讀研究所，為了有機會考上還利用教書空檔到日間部旁聽文字學和聲韻學，準備了大半年後來因為得了一個文學獎，有出版社要幫我出書，於是在寫小說和讀研究所之間選擇了寫作。

有一大，和文友典婉閒聊時，她說她正在讀世新大學社發所，她覺得我很適合讀這個所，我不知道典婉說這話的立論基礎為何，事過之後隱隱也可找到些思路脈絡，不過吸引我去報考的原因，卻是看了典婉寄給我的考試指定用書《依賴理論》。我雖然有許多「問題」，是個好奇寶寶，不過還是喜歡看一些故事性強、消閒的書，理論方面的書大約仍是和枯燥、教條、硬邦邦劃上等號。最近在讀盧梭的《一個孤獨漫步者的遐想》，這才發現我可能只看過少年版的《愛彌兒》，什麼《懺悔錄》、《對話錄》只知道書名，至於《論人類不平等的起源》、《社會契約論》更是很晚才知道。那本我當小說看的《依賴理論》，為我打開了一扇知識的窗口，讓我的閱讀跨出純文學，而且讓我知道人生充滿了各式各樣的問號，尋找答案的過程比最後的結果更具挑戰。

我加入社發所，向幾位年輕的教授們學習，結識了許多同樣對世界充滿熱情、好奇、懷抱著盡其在我的理想在自己的崗位上奮力前進的夥伴們，當「問題兒童」到了中年、初老時，固然知道人生不盡如意、個人何其卑微，我卻也不曾忘記社發所讓我學習到如何面對社會。不知道我的理解是否正確，有這麼一個說法，文學揭發

現象，而社會學家提出理論解釋，那麼社會發展研究所就是試圖把理論在現實社會中實踐。

我仍然在寫小說，因為遇見社發所，我的小說中除了揭示現象，也有許多社會關懷，更努力為許多問題呈現出我所理解的面貌，小說家村上春樹說：「小說家是以多觀察，但只稍微下判斷為業的人。小說家的任務，是把該下的判斷，以有魅力的形式悄悄交給讀者。若小說家開始嫌麻煩或單純只為自我表現，而開始自己下判斷時，小說就會變得無聊。」也許有人會覺得我的小說解釋太多，不過，我自己知道答案。

林滋渝

愛戀

作者簡介

　　林滋渝，台灣大學中文系，畢業後工作十餘年，曾任文字工作、公益性質工作、教育類工作……，現為老公專屬的無酬撰稿人，寶寶二十四小時的全職奶媽。

感言

　　我讀台大中文系時，喜歡現代文學，特別到師大國文系旁聽楊昌年老師的課，楊老師又把我帶到耕莘寫作會研究班來繼續上課，他覺得我的詩值得指導，一直悉心教導我，感謝這一切美好的相遇。

愛戀

真的是錯覺嗎？
這糖霜般的夜色，你嚐。

遂問，為什麼整座山林都陷進愛裡？
誰知道？就連春天都不知道。

掬一捧細雨櫻花落，贈予
前生就佇足瑤台焚香的嫣然一笑
風輕輕地來，吻成湖心上永恆的漩渦…

是的，那一夜大家都聽見了
美麗而微醉的月　昇起
在　群山之外

楊麗玲

蝸牛剋星，我是？

作者簡介

曾任電影公司及廣告公司企劃、報社記者、副刊編輯、雜誌總編輯，現專事寫作、遊藝現代水墨、油畫。

得獎記錄：耕莘文學獎、聯合文學小說新人獎、中央日報文學獎、台灣文學獎、觀光文學獎、文建會小說獎、國軍文藝金像獎、文建會小說散文獎、公視百萬劇本推薦獎、國家文藝基金會小說創作補助、長篇小說專案補助等。

出版記錄：《失血玫瑰》、《玫瑰之肋》、《愛情的寬度》、《分手的第一千零一個理由》、《傾城之愛》、《愛染》、《戲金戲土》、《愛情無需偉大》、《風起雲湧》、《活出生命之光》、《二千元打天下》、《變色龍》、《發現一個迷人的世界》、、《食在有道理》、《愛，在這一站》、《台北生活，好樣的》、《翻滾吧阿信》《艋舺戀花恰恰恰》、《灶夢者》、《愛讓生命茁壯》、《甘蔗田裡升起的奇蹟》、《山居·鹿小村》……等三十餘部作品。

感言

耕莘歲月是我接觸文學創作之始。許多寫作者應從學生時代就是文藝青年，但我不是，也從未想過要寫作，當年，男友（一年後成為我的先生）不知為何卻認為我就是該寫作，去耕莘寫作班替我報了名，課程結束後，生平寫的第一篇小說竟幸運地獲得當屆耕莘文學獎小說首獎，過程平淡無奇，意外的鼓勵卻改變了我日後的人生。

許多人的生命轉折或許來自於清楚的生涯規畫與追尋，然而，翻閱我人生中幾次大變化，卻都是毫無預警、平淡的發生，如水流順勢湧浪，當岸石渠道改了彎，人生之流也就轉了向。順·其·自·然，而盡其可能地努力向前。

回首耕莘歲月的我，是那樣單純，對一切充滿熱忱，但父親是不會同意我寫作的──那叫亂來、不務正業。於是瞞著家裡，辭掉工作，每天仍帶著便當準時出門，假裝上班去，傻瓜的我，竟然沒有躲進圖書館，騎著50cc的摩托車在大街小巷晃，看上哪個角落就停下來，那是冬季，怕冷的我，常就戴著安全帽禦寒，趴在摩托車上讀書、寫稿、吃冷便當，不敢亂花錢，每到月底仍如數交出薪水，以免被揭穿，以少少的積蓄支撐著流浪的寫作生活。

我的耕莘歲月就是這樣的，很開心，但回想起來，怎麼覺得突然鼻酸？也有點荒唐？年少輕狂的這一段，沒有多少人知道，就想和耕莘朋友們分享。

蝸牛剋星，我是？

山居，入小村。

我的新家，還待建設，卻也非一無所有。

素樸的房舍，週遭大樹森然，前有菜園，後有山林，屋旁，還有一座充當倉庫的廢棄鹿舍。

圍籬外的小山徑，自古以來，就是農路，鄉民們由此上山、下山，植菁栽墾、種薯養樹，古早人講：「舖橋造路讓人走。」這農路，沉澱著一代又一代農民們的辛苦歲月，當他們肩挑著農作物，或許扁擔都壓彎了，但汗水下的黧黑臉龐卻是滿足的，雖說法律上這地權屬我，但能留路給人走，是我的榮幸。

沿著山徑栽種的橄欖樹約三層樓高，結實累累，壓彎枝條，風吹過，落果紛紛，一地綠寶石滾躺在厚毯般的黃色落葉上，煞是美麗，有些落果摔傷了，淌出透明汁液，散發清冽的橄欖香氣，庭院裡，大樹參天，樹蘭、茶花、桂花、蘭花依時綻放，菜園子裡還有木瓜、地瓜葉、韭菜、土芭樂、土芒果、椰子樹⋯⋯

時不時地，常又會有新發現。那日，坐在屋棚下清洗一早剛採收的韭菜、地瓜葉和兩顆木瓜、三顆土芭樂時，去後山除草的老公又提回一大袋數十顆檸檬——這才知道，原來後山還種有檸檬樹，幹老枝粗，結實累累。

這山居究竟還有什麼，挺值得探險。前不久，又在後院喜見橘子、金棗、刺蔥、樹葡萄⋯⋯以及奇怪的紅色神祕果——據說只要吃一顆，味蕾就會被欺騙，酸溜溜的檸檬在嘴裡頓時變成甜的。

而這些都是前人恩澤，沒有一樣是我們種的。

初來乍到之際，我們甚且幾個月也沒到是否該澆水、除草、施肥，蔬果諸君卻挺給面子的，依然健綠苗壯。

　　雖赧於承認，但不勞而獲，是挺過癮的。不過，人們都說，流過汗的收成特別甘美，既來到山居，我也難免一時萌生試作農婦的傻念頭。

　　但我對於農事之低能，唉！讓人見笑了！

　　初始，曾興沖沖地播種菜籽，某日，卻覺事有蹊蹺──冒出泥土的某些小綠芽子究竟是菜苗？亦或雜草？啟人疑竇，隨著時日長進，香菜和A菜芽苗漸顯其形時，愈發襯出旁邊的小綠苗子形狀可疑，瞧那外貌，分明與真品相去甚遠，嗯哼？我心虛著，拔除雜草的手很是無力。

　　一日朋友來訪，我嚅嚅請教，他瞧著菜圃，先是沉吟、點頭、再點頭，繼而捧腹大笑！

　　欸哎？──

　　沒錯，我連日來澆水呵護的竟是雜草，努力拔掉的卻是菜苗子。

　　朋友笑得倒地不支，我則一臉淒楚，望著菜圃，滿懷悲壯的覺悟！

　　不死心，我又試種絲瓜、南瓜。這回不冒險了，先將菜籽種在小盆裡，待發芽、長出綠葉才移到菜園泥土中，以免魚目混珠，每天晨昏定省，快樂澆水、施肥、拔除雜草，但沒幾天，卻發現瓜苗葉子漸少，觀察多日，又請教鄰居，才知是遭蝸牛啃食。

　　嗚呼哀哉！沒多久，那來不及長大的瓜，就全軍覆沒了！

　　鑑於此，同學的老婆瑩玓從台中帶來各種菜苗、肥料，挽起袖子，拿起鋤具，在菜園忙了一上午，整出四畦菜圃。

　　「這是蘿勒，做生菜用的，後面是芹菜、番茄、九層塔，那邊是高麗菜、大頭菜、移植過來的韭菜……混種會長得比較好，減少蟲害……」瑩玓殷殷說明，並教我之後如何照顧。

　　然言之切切，聽者渺渺，我用心理解，努力記住，不斷點頭稱是，但眼神茫然，微笑回答：「嗯，好的，我明天就去買鐵絲來搭

防蟲網。」

「一點都不難啦，不用花很多時間。」呃，這是她說的。

菜圃初建之際，山居天天下雨，連水都不必澆，但是到了晚上，我卻開始擔心，那些菜苗會不會被蝸牛吃光？萬一下大雨，會否沖垮辛苦堆築起來的菜圃、泥土會不會流失？

清晨一睜開眼，就撐著傘，巴巴地趕去，見菜苗子安然無恙，才鬆一口氣！

為降低禍害，我成了蝸牛剋星，有空就拿著昆蟲夾展開地毯式搜尋，見一隻抓一隻，地面、葉片、牆壁……甚至踩著石頭、鐵梯子，把杵在樹幹高處的蝸牛一一擒來，集中放進小水桶裡，傾倒在離菜園較遠的山居邊緣。

查過昆蟲生態，蝸牛什麼都吃，雜草、樹葉、菜葉、菜梗、樹汁……甚至還分有腐食性及肉食性的，且不管被我擒來的蝸牛諸君食性如何？反正山居邊緣草木叢生、還有一片竹林，該夠牠們啃的，毀掉我種菜樂趣的壞傢伙，沒被論斬處死，該知足，沒得挑食，能吃飽，已屬萬幸！

但降低了蝸牛禍害，卻不敵滿天飛舞的小粉蝶。

蝸牛動作遲鈍，輕易手到擒來，但小粉蝶會飛，我可不會飛，昆蟲夾完全失效，雖備有長桿網子，但就算捕到小粉蝶，我也不敢碰，標準都市佬的我，從無古書或國畫裡「輕羅小扇撲蝶螢」的小女兒情趣，童年時，只曾有被蝴蝶咬鼻子（天知道那隻怪蝶啥毛病，不吃花倒吃我？）的恐怖經驗。

蝶兒滿天飛，別人或以為美，我卻是望蝶興歎！

於是，謹遵專家建言，若堅持不噴藥，就得搭設防蟲網。

那陣子，老公有事留在台北，山居就我一人，雖然手邊工作極忙，還是認命地穿著雨衣、雨靴，拿起鋤頭等工具，前往菜園，就地取材，從週邊的竹林裡找來幾十根廢竹，原以為蓋防蟲網輕而易

舉，只要看參考書依樣畫葫蘆，誰知忙了大半天，竹桿子架得顛顛危危，時近傍晚，蚊子漸多，只能將就著先將防蟲網架上去，並以鐵夾子和鐵絲固定，暫且先收工回家。

夜裡雨勢變大，我擔心防蟲網不穩，會倒下來壓扁菜苗，匆匆更衣，拿起手電筒，撐傘跑去菜園子探視，幸虧沒事。

次日晨起，雨仍滴滴落，才走進菜園子，卻見竹桿子、塑膠水管倒的倒、歪的歪，菜網趴在菜圃上，毫不留情地把菜苗子壓扁了，沒時間捶胸頓足，只能趕緊善後、重建災區。

有了之前的失敗經驗，這回，我把洞挖深些，使勁用鋤頭將竹桿子敲進土中、埋實，並以鐵絲將竹桿子縱橫交錯纏緊，穩固經緯，並截短竹桿子，降低防蟲網的重心，避免再度傾倒的危機。

不曾幹過粗活的我，以蠻力絞捲鐵絲，指頭都磨破皮了，但見骨架逐漸成型，挺得意的，拖拉著長長的菜網子，先裹覆在骨架子四週，繼而舖蓋上層，自以為是，企圖取巧，仗勢菜網又軟又輕，就從外往內包圍，嘴裡哼著小曲兒，快樂工作，當四面都蓋妥菜網時，我抬頭，四顧茫然，才發現竟將自己困在中央了！

現下，既跨不出去，別人也進不來，若要強行跨越，必定骨架子全倒，網壓菜亡！我盤手在胸，呆立，生悶氣，唉！只能面對慘酷現實。

可憐那一層層好不容易才用鐵絲綁牢的菜網，又得小心拆卸鐵絲層層剝下，重新舖設，我就在雨中「努力享受」勞動的樂趣，心情哀怨得很。

總之，那蓋菜園防蟲網的過程，十分折騰，但畢竟是蓋妥當了。

但山居生活於我，處處是考驗。

許多朋友覺得我勇敢，卻離事實很遠。

出生、成長於都市的我，不曾長時間離開台北，甚少鄉居經驗，對農事尤其陌生，而朋友們最擔心的蛇，我尚且顧不及牠。

即使到了現在，單是昆蟲一項，就足以令我每天的生活尖叫不斷。

莫說蟑螂、壁虎、蛛蜘、鐵線蟲（姑且依其外形號稱，據說其實是蛾的幼蟲），我連螞蟻都怕呀！

屋子不大，入夜，從房間到另一房間，或走往廁所、廚房、客廳，我都得一路先打開燈，看清楚、瞧仔細才敢往前一步，屋裡到處擺滿了昆蟲夾，偶爾發現昆蟲，就嚇得尖叫，老公在時，還能喚他來夾昆蟲，但我驚嚇的程度與次數可能也太誇張了，老公漸漸不理，夜裡酣眠自若，而當他不在身邊時，我更只能自立自強，望著蟲蟲，脊背發涼，頭皮發麻，若放任不管，這夜也甭睡了。

而我怕，蟲子更怕吧？

每當我鼓足勇氣，拿起鐵夾子追捕，昆蟲驚慌逃竄，我則驚慌地追，初始，落敗居多，除了笨拙蠕動的鐵線蟲手到擒來外，其他昆蟲多能輕快逃逸，但也偶有成功，某次，夾住約莫50元銅板大的蛛蜘，匆匆丟出門外，擔心大蛛蜘會否跌傷？次日探看，未見蛛屍，想是逃走了，頓時鬆一口氣；還有一回，夾住壁虎，牠不斷掙扎，落地斷成兩截，前身、後尾皆仍扭動著，狀極怪異，我忍著噁心與恐懼，將之夾出戶外，據說斷尾求生的壁虎還是能活，幸甚！

夾昆蟲，丟出屋外，原是避免殺生，但我因為害怕，往往就顧不及出手太重；蟲蟲因為恐懼，被夾住時，若愈掙扎，反而愈易受傷。

恐懼，是如此具傷害性。無論對施者、或受者都是啊！

山居生活如是，蒼茫天光下，我常靜靜瞠視著自己的內在。

蕭正儀

遺忘

作者簡介

蕭正儀，父母均為醫療界，護士普考及格，曾任精神科護士，立志25歲前轉業成為專業文字工作者，果如所願。期間參加中國文藝協會、中國青年寫作協會、耕莘青年寫作會、師大人文教育研究中心、文建會文藝研習班、聯合文學文藝營等，獲各種文學獎，如小說、散文、戲劇等，其中新詩、小說、散文（雜文、論評等）於一九八五年至今，散見各報刊雜誌中。

28歲踏入婚姻，歷經大小風波，而今風平浪靜，互為所依。

25歲後專職文字工作，曾擔任過廣告公司文案、電影廣告企劃、視聽教育部副理、節目企劃編劇、政治公關企劃、房地產廣告文案主任、書籍月刊編輯、行銷企劃主任等，主編有《單身成功生活百科》，著有《我的憂鬱你明白：精神科病房心靈遊記》、《拾起那遺忘的青春：蕭正儀散文集》、《當憂鬱症遇見癌症》、《因為愛，我存在：一個癌症病人的心情故事與一個亞斯伯格症青少年的心靈圖畫》、《迎向明天的幸福劇本》等，歌詞創作《我願像蒲公英一樣》、《日光之下》、《愛你的機會》等，目前專事文字工作。

感言

寫作其實是一件掏心掏肺、肝腦塗地，把自我的內在世界剖析於世的事。那麼，這篇我二十幾歲時的作品《遺忘》，就是我第一次的深度心靈檢查。

如果沒有哭過笑過，又怎能寫出讓人心動的作品呢？如果沒有痛過，就不知道人世間悲歡離合、生老病死的無奈、孤獨、寂寞之痛；如果沒有愛與被愛過，就無法明白用血淚鑄成的美感。因為這樣，作者與讀者的心靈溝渠才能相通、相惜、相憐、相依。

就算沒有讀者，寫作也是存在內心的一個夢，夢成夢滅，又增進了生命的廣闊。

這篇散文是一個真實的故事，卻用一個虛幻的手法來撰寫。因為，通常太過真實的東西是殘忍的，是那個時候難以面對卻又百轉千折迴繞心底的。用某種手法攤開來，也許是一種向上一階的解脫。這是我寫這篇文章時的心情。

遺忘

ㄅ

握著久已不用的鈍剪，嘎然一聲，及肩的長髮瞬即落下，望著焦黃歧亂的髮絲，散落一地，再也不用撿起的這撮頭髮，真的已經毫無用處？

在生活的磨蝕下，早已銹黃的剪刀，仍能一再地剪斷歲月的軌跡，剪斷我漫長的等待，是地上散亂的髮絲，禁不住時間的呼喚，兜不住滿心的悵惘，終將落入深長幽黑的時空漩流裡，在生命闃暗的底處迴繞。至於曾有的髮式與容顏，我當我已經遺忘，並且在記憶的岔道中逐漸褪色。

原本期望能於糾結的髮絲中，找出一些有關於妹妹的事，但是妹妹呢？妹妹是從來不需要自己整理頭髮的，她只要躺在母親懷裡，就能被打扮成公主一般，紮著兩條小辮子，展示於大人中間。尤其是每年過生日，媽媽和爸爸會帶著妹妹，去「國際攝影」照相，買一個大蛋糕，包下整個西餐廳，爸爸會牽著妹妹，一桌一桌去敬酒，每位叔叔伯伯都想抱起妹妹，親親她胖嘟嘟的小臉。那年，妹妹六歲，最後一次過生日。

妹妹從來不知道什麼是玩伴，只知道爸爸媽媽，所以無論妹妹要什麼，無論多遠多貴，媽媽一定叫爸爸要立刻買來，除了買不到一個妹妹或弟弟外；妹妹也從來不喝白開水，她的白開水就是澄黃的柳丁原汁，她的早餐是一杯五百C.C.的牛奶及一粒克補，因為，妹妹有一個媽媽。

妹妹是公主，但她的媽媽卻每天穿著破舊的睡衣。

妹妹有的只是一個媽媽！

夊

妳走了，並不是妳自願要走的，是他們把妳抬走的，抬進了火化爐裡！

那天，最後一次見到妳，他們幫妳化了粧，掩去妳蒼白憔悴的容顏，幫妳穿上一件寶藍色旗袍，是妳最喜歡的一件，幫妳戴上的假髮，是妳半年前訂做的，不曾正式地戴過。而今，在這莊嚴肅穆的場合裡，妳全都穿戴起來了，卻沒有笑容，像具蠟像般地躺在這具長形木盒子裡。

妳帶走了妳最喜愛的東西，獨獨遺漏了我！我跪在地上低著頭，思忖著母親是什麼？是妳拿著一條毛巾，幫我墊在背上吸汗；是妳握著一根湯匙，一瓢一瓢地挖美國蘋果餵我吃，是妳蒼白的唇喝令我不准頑皮地亂爬亂跳。而妳真的不再言語了嗎？不再逼我吃任何東西？我相信這絕對是一個騙局，妳會以另一種身分出現，帶我走向另一個人生，妳既沒有走，也不會走！

妳走了，而我沒有哭，因為我不知道該給無言的妳怎樣的回應？如何相信那具蠟像竟是拍著我睡覺的妳？！但在蓋棺的那一剎那，我終究是哭了，當乾媽打我時，她說妳是為我而死的，是我把多病的妳給折磨死的，我努力使自己哭，很努力地！

是否妳也相信這樣的說法？

妳沒有說，沒有喊我，沒有叫我喝牛奶，直到火化爐裡的火焰熊熊燃起時，妳還是沒有喊我！

ㄇ

假使她沒有死，今天的妳又會是怎樣的景況？

她以一種過於絕對的愛來愛妳，超乎於她自己生命之上的，把妳供養在一間無菌室裡，不能隨便跟小朋友出去玩，不能流汗吹風，不能在別人掃地時走過去，不能有任何的細菌和傷害，妳是她生命全部的希望與寄託，她唯一的至寶，於是妳不知天高地厚，只能在她所創造的無菌室裡，幻想著外面的世界。

她對於妳的一切，也就成為妳對愛的詮釋，妳用這樣的愛去衡量周遭的人事，世界就不再屬於妳的了！這樣的人格塑造，這樣絕對的愛，加諸一個六歲大的孩子身上，是幸抑或不幸？她為妳所創造的一個世界，難道不是她為自己所創造的一個夢？

她的夢結束，妳的世界也就碎裂！

妳看，妳身上一直罹患的過敏症，難道不是她所造就的嗎？是她使妳對真實的世界敏感，無法適應。如果她還活著，在她長久的重重圍護下，妳將是一個更為驕縱、任性、頑劣、只知茶來伸手，飯來張口的孩子，不知世事人情，對外界毫無抵抗力，這樣的人又能做些什麼？

她的夢必須結束，而妳的世界也必須經過碎裂！

ㄈ

我盼望今晨的雨能持續地落著，那點點雨絲在風中翻飛，混雜著泥土香味，風一吹，從紗窗外飄了進來，深吸一口氣，隨著雨點飛出窗檐，進入迷濛的畫境，那是一片積水的泥濘地，在泥地裡，我跟小朋友們用蓋房子的黑沙，做成一個個泥球，被打爛後又揉

起，正沉浸於童年的憧悅中時，媽媽叫了我：「妹妹，下雨不要趴在窗口。」我離開紗窗到母親身邊，仍然想著，今晨的雨或許會下個不停，但下或不下，都沒有太大的分別。

媽媽的手上正一針一針地織著毛衣，毛衣的樣式我並不喜歡，媽媽那雙手的樣式我也不喜歡，那是雙乾瘦枯黃，佈滿皺紋的手，而且有著濃重的藥味，令我幾乎不敢正視或暱近，但總在我疲倦欲睡時，媽媽的一隻手會拍著我的背，另一隻手放在我的胸前，讓我撫摸她的肘關節外側皺紋處，如此我才能入睡。

一上午，我盼望能有客人來，常常，我偷偷傾聽媽媽和客人說話，學習他們的應對言語，想像大人的世界，於是我學會了「謝謝」、「不敢當」等語。但是這一上午，沒有人來，我只有趴在爸爸的單人床上，練習寫ㄅ、ㄆ、ㄇ、ㄈ，大、中、小等字，直到媽媽累了，叫我跟她一起睡覺，只好從爸爸的窄床上爬到我跟媽媽的大床上，等媽媽渾然入睡時，我再起來自己玩辦家家酒。

今晨，風雨聲聲交奏的樂章中，沒有歌聲和笑聲，因為不必去幼稚園上學，因為下雨，因為睡晚了，這樣也好，這樣媽媽就不用在教室門口陪我直到放學。媽媽說：「路上壞人很多，專門拐騙小孩子，妹妹千萬不可以跟陌生人說話喔！」我說：「好，謝謝，不敢當！」

媽媽始終不放心，她怕失去我，我更怕失去了她。

ㄅ

妳卸下了藍色碎花格子的軟舊睡衣，換上寶藍色旗袍，妳說：「再不穿，怕沒有機會了！」然後把早上剛沖泡的牛奶，倒進我的兩個舊奶瓶裡，等妳做完檢查後喝的。待出了計程車進入榮總，爸爸穿著白色制服在等我們，帶我們到診察室後，妳躺在診察床上，

叫我一定要把奶瓶裡的牛奶喝完。

剛進病房未躺下的妳，用虛軟的手，幫我整理被風吹亂的頭髮，梳成一條紮實的辮子，梳完後妳高興地說：「妹妹將來把頭髮留很長時，再剪下來給媽媽做假髮好不好？」我說：「好，可是要很久！」

夜晚，躺在白色病床上的妳，面色臘黃枯槁，一雙泛黃的眼睛，如同月光般地注視我，拍著我的頭說：「妹妹，妳累不累？躺上床來，媽媽拍妳睡覺。」我說：「不要……，那是病人的床！」

無言的妳坐在輪椅上，被爸爸推出病房，朝花園中陽光下的我走過來，妳用盡了力氣叫住我：「妹妹，不准爬樹，多危險阿！」我一跑一跳地過去，妳又大聲喝斥我：「走路要好好走，跌破了流血怎麼辦？」妳撫住脹起的腹部，爸爸趕緊把妳推進病房打針。

乾媽說妳手術後就可以出院的，我想了想說：「媽媽什麼都沒有，那她出院時我幫忙拿藥罐子好了！」

氧氣罩搗住了妳的嘴，使妳無法言語，無法呼喚我，並且阻擋了妳對我的承諾，妳說要等我的頭髮留很長很長……。但是氧氣罩下的妳，只能對我伸出一隻手，而我卻站的遠遠的，不知手足何以措，因為妳不再需要藥罐子了，妳要的只是一個我！

六

她最需要的是妳，因為一個女人一生中最重要的是她的孩子。但不能生育的她，又長年患有肝病，縱使對丈夫濃厚的愛情，對朋友深重的情義，也不能彌補急欲付出母愛的虧憾，所以在她中年時擁有了妳，妳是她全部的生命，她將她的缺憾給了妳！

人生最圓滿絕對的是一份愛，造成人生最大缺憾的也是一份愛。於是，在這個周而復始的圓裡，愛原是要經過時空的洪流，周

而復始地傳承延續。

宇宙是一個圓地球是一個圓萬物諸生是一個圓愛是一個圓人生是一個圓人是迴旋在這個偌大的圓裡一個虛渺的原點。

她將她的缺憾創造一個圓留給了妳，而妳如何用一份缺憾創造出另一個圓？

ㄋ

我所有的等待只因為一個恆久的夢一個永不歇止的圓，在昨日陳舊的影像中一再重現遺忘已久的影子，經過空氣的凝結陽光的重組，建造出一座堅固的房子，孕育大腦所有的細胞，以求能夠在每一個屬於風的日子期盼自亙古以來生命底無盡尋求。

我知道我已經遺忘，已經遺忘在長而密的黑髮中，在蒼白縹緲的夢中，在擁擠的人群裡，在躍動不止的心脈間，在氧與二氧化碳在空氣在生命在宇宙無盡底黑洞裡。

ㄉ

妳不再言語不再笑容不再蹣跚而行，行在黃土高原上行在長江流域中行在台灣海峽裡行在嘉南平原上行在台北市的街道中，無論是泥土是河流是海洋是草原是街道是妳煢煢孤影是妳的路是妳的一切一切，一切的腳步已經走盡。

妳繼續地行走繼續地飄浮在這無盡的圓裡，如一條隨時幻滅的黑影，再也無法掩藏，只因為妳就是我跟妳同樣的一雙腳走在同樣的道路上。

巜

還諸天地的是一份無怨無尤無止境的愛……

時空的煉獄並無法阻擋所有的符號，譬如注音符號中的ㄇ與
ㄚ，在昨日的朝陽下形組成ㄇㄚ，在今日的狂風中即崩解成無影無
形，但在明日裡，明日又將化為一隻精靈的手，於無形中緊緊抓住
朝起夕落的——

陽光——它——從來不曾遺忘。

ㄎ

媽媽，好遠好遠，彈珠滾得好遠好遠，再也滾不回來了！洋娃
娃的肚子，怎麼不唱歌？像火一般紅的，教我畫一個太陽吧！鉛筆
好禿好禿，畫不出一個完整的圓。ㄎ下面的一個注音符號是什麼？
爸爸叫我，跪在病房門口，妳禿白的頭髮，怎需覆上白布？我跪
著，一直地等，等頭髮留很長很長，媽媽——

ㄏ

十八年生死路上兩茫茫，暗自迴旋在晝夜無盡的思量時，妳不
再從我夢中走出，縱使相逢，那塵滿面的是我，而鬢如霜的是妳，
妳我無法相識，只因妳不再為我拭去臉上的塵埃嗎？只因我任歲月
流逝卻仍無法為妳做一頂假髮嗎？還是……，還是我們將在某一個
時空相會？

ㄐ

我不再拾起地上雜亂的髮絲，不只因為毫無用處，而是頭上的髮絲，還會長得更密更黑更長！

妹妹總是頂著一頭烏黑的長髮，奔躍在陽光下。

我確信我活在兩個世界當中過，而妹妹，真的是第一個世界的我嗎？

（文建會與師大合辦文學獎第一名。刊登於聯合報副刊。由楊昌年教授收錄於《現代散文新風貌》一書中：意識流散文之分析）

凌明玉

對窗

作者簡介

　　國立台北教育大學語文創作所碩士。兼任耕莘寫作會講師，出版社繪本書系主編。曾獲中央日報小說首獎及小小說獎、宗教文學獎小說首獎、聯合文學巡迴文藝營小說首獎、林榮三文學獎、新北市文學獎、打狗鳳邑文學獎、世界華文成長小說獎、吳濁流文藝小說獎、教育廳少年小說獎、童話創作獎、民生報兒童文學獎等獎項。出版作品有《愛情烏托邦》、《打開甜密口袋》、《不遠的遠方》等……著作涵蓋小說、親子散文、繪本、少年傳記等十餘本。其中〈複印〉短篇小說由王德威編選入兩岸三地＜台灣小說卷＞，亦由世界華文雜誌選入臺灣五名新銳小說女作家之一。

感言

　　來到耕莘上課那一年，充其量只是愛好藝文的青年，直到在耕莘寫了第一篇小說〈複印〉，記得原始版本是三千字左右的作業，楊老師喜歡，他搖著紙扇，倏而展開，倏而收起，宏亮的聲音在夜間教室迴盪，「寫得真是好哇。」他要我站在講台上，對著同學分析結構，臉好燙，心好亂，那一瞬，覺得自己真的寫出小說了。還記得那天我重感冒，嗓子啞啞的，整個夜晚都是恍惚的時間。下課時，我們又在電梯巧遇，老師說那篇作業幫妳投到聯副吧。我不知哪來的膽識，想也不想便回，不想投副刊，準備寫長了去參加文學獎呢。老師聽了一貫哈哈大笑說很好哇。後來，我才發覺那是在耕莘，品嘗了寫作的甜美，或者也是楊老師給我的膽識，於是，一直寫到現在。

對窗

我經常站在窗口，凝視著窗。

不久之前，我才倚著自己的窗，看著對面旅館。與旅館二樓房間對望的是我的住屋。那裡門窗大敞，電扇還在櫃子上嗡嗡轉動，好像主人只是暫時離開，隨時都可能回到座位繼續閱讀攤開的書。

這裡像荒廢的孤立城樓，樓梯轉角的綠色紗門呀一聲發出低沉嘆息，紗門兀自飄搖，像一張急欲言語的唇。我想轉身往樓下奔去，鐙鐙鐙鐙，一陣笨拙聲響令我收住慌亂的步子，回頭一看，卻什麼也沒有。

以為又重複了一次夢境。經常在夢中出現打不開的紗門、長長的走廊、陰暗光線，一個女人的身影。

這不是夢境。此時，只能揮開這些纏繞的記憶。我知道，她在那裡等我。

走進二樓，長廊出現，兩旁是編排著號碼的房間。我在左邊第二間房門前停住，踟躕一會，再度推翻預想的行動。

已經不能回頭了，只能前進或停在原地。

拉開走廊靠陽台邊上的玻璃窗，軌道撥拉撥拉的聲響不順暢的回盪於整個空間，稍微一使力，木窗的綠漆就被掰落一大塊。

此時不會有人忽然從房間跑出來，這是沒有人客的旅社。即使聯外道路上有家汽車旅館可提供遊人休憩過宿，女服務生還會在後面的窄巷刷洗腳踏墊，老闆娘習慣在櫃檯打盹，當我被發現時，她們只會抬起寬鬆眼皮看一眼，想著，喔，是老鎮長的孫子。

＊＊＊

看著窗外繼續吞吐煙圈，下意識摩挲著褲袋裡的打火機。

下午有不太炎熱的陽光，但天際浮泛著介乎陰晴之間的顏色，嚐起來有點悲傷。或許行動很快將被終結，或許我得回去。如果還留在自己的房間，我可能像家中的肥貓蜷在椅子上，攤開書打個呼嚕沉沉睡去。

我可以一整天都盯著窗外。遠方層疊的山脈，在天空寫成蜿蜒虛線的鴿群，讓灰暗的色澤填滿整個視線。不要問我聚焦的是什麼？經常在窗邊站成一豎破折號，直楞楞的，在邊陲小鎮現在的時空，想起從前那個家。

一年前才從醫院回到誕生之地，我已長成青年，小鎮卻靜止在某個時間點，不曾改變。旅店、老街、爺爺故去後留下的低矮古厝。

摸著髮鬢剛剛冒出的鬍鬚，我的確不停地長成並崩壞之中。站在長廊窗口已抽了兩根菸，陽光從這格窗移往下一格，我還站在原地。

站上整個下午也不會有人發現吧。失去火車靠站的小鎮，隨著居民陸續遷徙也遺失繁華，空盪的車站，立在寂寞的鐵道旁，僅留下軌道交錯，再也等不到旅人。

每天我注視著這條街，直到有一天，她走進畫面。

但我不為所動。我想她是來欺騙我的視覺，從小到大，只要她的影像一出現，身體就會浮現出罪犯的氣味，牽引著我跟她走。這也是她最讓我羨慕的能力，丟棄一切的能力。

* * *

我的行動應該再敏捷一些。攀翻過矮牆，後門輕易打開了。剛才不願由前門大搖大擺進來，但我居然又看見櫃檯女服務生，頭一點一點的瞌睡。像一再出現的夢。是幼年回憶浮出意識呼應我的行為？因為她沒有更老一些、更滄桑一點。那眈著的女服務生是此刻

的幻影吧。

　　靠著窗遙望遠山、街景、路人，小鎮像個音樂盒，每天只固定走完上緊發條的那一圈旋律。

　　她出現在街道上了。從踏進小鎮那一秒起，只要她一出門，空氣即會涼滋滋的與風細語她的種種，都市來的女孩，挺著肚子嫁到這裡，更無法苛責鎮裡老去的女人在背後議論揣測。

　　她穿著金色低跟涼鞋啪答啪答敲響小鎮唯一道路，手裡挽著小菜籃哼著歌，每個人都看到她悠閒的模樣。金色亮光在她腳下像棲著模糊的影子，正在舔著冰棒的小孩，盯著她直看，冰棒的上半截掉到地上去了。

　　我也喜歡看她。看她在菜園拔菜，看她趴在地板上使勁擦地，看她在大雨將至時收衣服的慌張模樣，看她講電話說沒兩句就笑個不停。

　　曾經以為只要回到這裡，破碎的心情就能痊癒，但只要我專注的想著她，她就來了。

　　啪啦、啪啦，她回來了。

　　不知道她是否看到我，會注意到有人站在二樓看著她吧。她還穿著金色涼鞋，她在我家大門收住腳步，然後走了進去。

　　我將菸按在窗外的水泥牆上熄掉。我只能當我是第一次見她，雖然我已習慣追索她的身影。

＊ ＊ ＊

　　「喂！大哥哥，你在這裡做什麼？」

　　一回頭，忽然看見從右邊房門走出一個皮膚黑黝的男孩。

　　「我在抽菸。」我沒好氣的吐出煙霧，「你又在這裡做什麼？」

　　「我來找一個人。」小男生說完後就走到走廊的另一格窗，直

盯著窗外。「我住在對面。」小孩子回話很自然，但我才不信。

　　「小弟弟，趕緊回家啦，這裡不好玩。」我一心只想把這討人厭的小孩驅離，我有更重要的事，不容許他人破壞。

　　小男孩並不理會我，他堅定而焦灼的看著對窗。對面的窗門嗯地一聲被推開了。

　　「媽媽在打掃我的房間。哈哈……，等一下她會丟掉我藏在床底下的那堆紙牌。」小男孩笑了。

　　啊，我居然沒認出他！想到無法認出自己，一陣暈眩猛地敲擊頭部，像鑽進地裡的打樁機，頻密有節奏的拆解意識。我恨透了被藥物控制的身體，幻想和幻聽又跑出來干預思緒，這代表在醫院進行的治療無效，回到鄉下靜養的想法無效，我的過去和未來都無效到底了。我捏緊口袋裡的打火機，右手顫抖不停，手汗將塑膠外殼完全潯濕。

　　「大哥哥，我的玩具要被丟掉了。」小男孩靠近身旁，平靜的說。我很羨慕他的單純，他什麼都不懂。

　　「丟掉。最後你也會被丟掉。」不由自主越來越小的聲量。我不想讓小男孩聽見，讓他就這樣長大。

　　小男孩天真的望著我說：「大哥哥，媽媽要來了。」

　　對窗傳來喧譁聲，電話響起、老人高昂激憤的咒罵、圓形紙牌落雨一般飄揚在街上。小孩驚慌的躲在窗戶後面盯著女人的身影，她帶傷跑出了大門，一道好長好紅的傷痕烙在小腿肚，老人抄著扁擔跟在後頭追出來。她跑進了旅社，在女服務生幫助下走入房間。過了不久，小孩急促地奔跑，跑上旅社二樓，鏗鏗鏗鏗。

* * *

　　一切情景都和往日相同。陰暗的光線，在那張床上，我曾被她緊緊擁抱啜泣。她說話時，習慣提高尾音的方式，的確是我一直找

尋的那個人。聽她和女服務生哭訴，以前同學打來電話被公公誤解和外人有染，丈夫在外地工作毫不知她所受的冤屈，孩子還小該怎麼辦？「今天被打成這樣，鎮上的人馬上會對我指指點點，這個家要怎麼待下去？」

我走到窗邊唰地一聲拉開色彩俗麗的窗簾，屋裡大亮起來。下午的小鎮，依然靜止不動，像失去畫者的寫生。木然的老建物，不再流動的空氣，毫無生機的停頓在窗的框框裡。

沒想到會再走進這房間。床邊有把粗藤編成的高背椅，我坐在高背椅上，緩緩摩挲嶙峋的藤節。總是不斷設想這裡的景緻，如今果真與小時候探索過的空間無異。但，記憶中留影的人，哪裡去了。

「從這裡也可以看到對面房間喔。」小男孩熟悉的導覽屋外景緻。

往前一望，看到對窗我書櫃上的大同寶寶公仔還是站得歪歪的，有點安心的舒口氣。我和她在這房間住了一晚，這是偏僻小鎮上唯一旅店。她離開之後，我回到家，然後開始趴在窗邊看著對窗，等待窗簾被拉開等待燈亮起來，等待有人來。

這條街很窄，兩棟房子也靠得近，幾次我以為看見了她移動的身影，若是她不開窗，我就呆望著燈暗下去。而旅人很少，我的想像卻一直長大。直到我也離開家，發現世界上還有個人和她長得很像。

在這裡出生，中學到校住宿，大學休學、住院，回到故鄉的我，已變成鄉人眼裡的陌生人。一年前決定回老厝住，但爺爺留下的老屋不只舊，還到處漏水。

整修舊屋時和旅館的女服務生商量，讓我上樓來觀看施工。我巴著長廊木窗眺望幼時住過的家，打著赤膊的工人翻開薰得漆黑的破碎瓦片隨意往樓下一扔，屋簷袒開一個個深黝的洞，他們又鋪上一片片新瓦。

當時看著新鮮的赭紅瓦片和凝黑的舊瓦錯落而置，屋頂蓋得細密嚴實，但總感覺以前和玩伴打棒球時，球飛上屋瓦砸開的那個洞，始終掩蓋不住。

＊　＊　＊

「你想她嗎？」我和身邊的小男孩說。

他看著我，露出缺了兩顆門牙的笑：「大哥哥，我知道你很愛媽媽。」

很久以前，我曾很喜歡一個女生，她笑起來很像我在思念的那個人。我忘不了，

看到她的第一眼，我以為那始終存在母親眉間的兩道深刻皺紋，突然鬆開了。

「小時候住過我家對面的旅館，在那裡過了一夜，那是我最後一次看到我媽。」向她敘述舊日的自己，像在轉述他人的人生。

那天晚上媽媽沒有再回過家。趁著爺爺不注意，我偷偷跟著她背後奔進旅館，我以為自己像偵探會發現什麼？

在房門外，聽到她恣意悲切的哭泣，我發現了媽媽的傷心，不像喜歡哼歌抱著我轉圈圈的她，想到這裡不禁蹲在走廊也哭了。號哭不停的我，被她發現，她讓我進去，摟著我睡了一晚。隔天一早，醒過來，她已不在。

「我以為她會回來看我，沒想到一次也沒有。早知道，我就繼續跟蹤她。」我和那女孩傾訴舊日的神情，一定非常哀傷，她抱著我，很久很久都不說話。我覺得自己很荒謬，怎能如此對待心愛的女孩。

她成為影子，附著在我的想像之中。

直到我將治療失眠和頭痛的藥物攪拌著酒精吞下的那天，夢魘終於暫時離開。學校的心理輔導老師建議我接受治療，住一陣子療

養院，和她的影子也結束了那種宰制的關係。

回到老家後，翻撥過的整片屋簷，卻出現一股看不見的氣味，像幽靈持續飄晃於整個老厝中，讓我無處可逃。

* * *

天色夜了。路燈亮起來，我的家慢慢在夕陽中隱沒。

「大哥哥，明天媽媽就會不見了。」小男孩蹲在窗下的牆面，路燈將他瘦小的身形描出一層淺淺的黑。

「嗯……」我聽見自己哽咽的聲音。

隔天發現媽媽走了。一直走到鎮外的河堤邊上的我，以為自己還是可以找到媽媽。但河水阻隔了方向，我不知在野外哭了多久，才被爺爺領回去。

「沒關係，大哥哥，我明天一定可以找到媽媽。我很厲害，我是福爾摩斯喔。」小男孩忽然綻開笑顏，無邪的望著我，漆黑的眼睛很像媽媽。

我緊握著打火機，姆指輕輕撥動著打火的轉輪。失去舊址，失去這棟建築，我們在自己的窗口可以看得很遠很遠，再也沒有阻礙。我想告訴小男孩，本來打算把這裡放一把火燒個精光，以後我們就不用在往事和傷痛中反覆奔波。

我關上房門。沿著長廊走下樓，老闆娘趴在桌上睡覺，我從旅館正門走出去，好像一切都不曾發生。

回到自己的家，攀著樓梯爬上二樓，感覺全身被放盡力氣似的，明明我只是到了對面。走到書桌旁，書頁被風吹亂，桌上用雕刻刀鏤刻著深深鑿痕，還有我填進的紅墨水蓄滿凹溝。

彷彿被遺忘的時光，那個遺忘我的人，我還可以在對窗找到她。

暮色裡遠方的山腳下，錯落著磚瓦房舍，隱約有吐納炊事的料

理氣味，小鎮也要準備休息。當我的視線回到對面的窗口，小男孩向我揮揮手，他的嘴型說著，再見了。

（本文獲台灣第五屆宗教文學獎小說首獎。原文刊於2006年11月11日聯合報副刊，並收入作者聯經出版社出版的《看人臉色》一書中。）

楊宗翰

生活的罅隙
　　　──與卡夫卡〈蛇女士〉
　　　對望
有霧──林美山記事
給時間
妳可想像

作者簡介

　　楊宗翰，1976年生於台北，佛光大學文學系博士，曾任《文訊雜誌》企畫總監等職，現為淡江大學中文系專任助理教授。著有評論集《台灣新詩評論：歷史與轉型》、《台灣現代詩史：批判的閱讀》、《台灣文學的當代視野》、詩合集《畢業紀念冊：植物園六人詩選》，主編《逾越：台灣跨界詩歌選》、《跨國界詩想：世華新詩評析》等書。作品入選《中華現代文學大系II》（詩卷、評論卷）、《台灣文學三十年菁英選：評論三十家》、《馬華文學讀本II：赤道回聲》等。

感言

　　高中時與摯友一起參加「耕莘」，受到楊昌年、白靈、葉紅、陳銘磻等多位老師悉心指導，至今感念不已。

生活的罅隙
——與卡夫卡〈蛇女士〉對望

我曾在雨聲中感知妳
身體的邊界，在電話裡嗅聞
妳右肩的氣味，在E-mail間
敲打妳腰際的弧線

那將是一段長長的故事，抑或
一首太短的詩？時間凌亂，星河躁動
唯獨天地間一根羽毛
落下，輕輕覆上妳的睫

無邊睡意習習舒展
闔上眼，妳竟縱容我
釀夢為石，煉石成玉
玉裡封緘了一對交頸的呻吟

（陽光終究來襲，蒸發一切囈語禁忌）
在雨停的日子我不敢踏入妳
生活的罅隙，任憑萬千回憶鞭我以
浸了蜜的荊棘

有霧
──林美山記事

霧是溫柔的剃刀
傷你以山的豐饒

知識已解甲，在歧出的轉角
歷史太重複，是疲憊的芒草
　　──看，每棵樹的年輪都正受潮

你單薄的胸骨也在受潮
風聲蟬聲俱寂，濕氣從髮梢沉入眼角：
　　深山有霧
　　一棟棟圖書館在霧中奔跑

給時間

給時間上釉
星的亮度夜的森濃

給時間發條
扭緊好動的手

給時間吻
血紅草莓種滿人生

給時間一只花瓶
從容欣賞世人的目光

給時間一個空間
喘息，對未來發楞

給時間成熟的
經期，易腐的肉身

給時間勇氣
給時間鏡

妳可想像

妳可想像一顆星之
滴落，妳深深眼底
叢生的蘆荻覆掩了
星降的聲音

妳可想像一顆心之
滴落，妳小小乳房
竟予許心帶情走步
我只好用輕嘆
拭去多餘的足跡

妳可想像一顆精之
滴落，妳還原為海
海還原成寂靜
靜靜銜住所有足跡、想像與聲音

鍾正道

殺手

作者簡介

　　鍾正道，東吳大學中國文學博士，現任東吳大學中國文學系主任，研究領域為「現代文學」、「文學與電影」，著有《佛洛伊德讀張愛玲》、《張愛玲小說的電影閱讀》、《張愛玲散文研究》及相關單篇論文。曾獲東吳大學教學傑出教師、中央日報文學獎、全國學生文學獎、國軍文藝金像獎、雙溪現代文學獎等。

感言

　　參加耕莘寫作班，是1990年代中期的事了，遇見了楊昌年老師，以及同班的凌明玉、楊宗翰、於淑雯等。還有早已認識的管仁健，我的大學同窗。

　　楊老師教授張愛玲的短篇小說，一周一篇，金鎖記，傾城之戀，紅玫瑰與白玫瑰，第一爐香，封鎖，一周一份華麗與蒼涼，使人睡前、等車、空堂的生活碎片中無一不爬滿了蝨子。楊老師讓我認識了這位1940年代叱吒上海的女作家，也見識了意象的布置，與那最迷人的張腔。

　　後來，我竟選擇張愛玲的散文作為碩士論文的題目，純粹喜歡張愛玲在戰爭底下聊一些「不相干的事」；博士論文寫《張愛玲小說的電影閱讀》，咬定張愛玲在紙上拍電影；升等論文寫《佛洛伊德讀張愛玲》，希望兩位前人來個隔空對話。

　　去年請楊老師來東吳講評我的《小團圓》論文，談到了〈茉莉香片〉，老師氣色飽滿，鏗鏘如常，讓人恍惚猶在20年前的羅斯福路前，我是那位詢問教室何處的學生。

　　一個寫作班，深深影響了我，感謝楊老師，感謝耕莘。

殺手

　　不知道自己何時開始了這樣的習慣，一看見蚊子、蟑螂、螞蟻，就想殺了牠們。雖然明知毀滅的是一件造物者的作品，然而總不覺得有絲毫罪惡，因此，常在指掌間、鞋墊下，輕輕鬆鬆地，為牠們的生命拍下句點。或許我真的沒有慧心佛性與寬博的仁愛胸懷，不懂萬物與我同生的道理，但這一次，我卻是真心誠意地為一隻蜘蛛發致最深的自責與悼念。

　　再過兩天，就是周易期末考，心是桌前燥熱欲裂的燈泡，太極陰陽三義四德天數地數一切都還沒進入狀況，而夜，冷冷靜靜。頭一抬，忽瞥見窗上似有崇動，急急戴上眼鏡，喝！──一隻黑色巴掌大的蜘蛛正赫赫然貼在玻璃上，恐怖，噁心，我了一身冷顫。

　　牠是如何進來的？又怎會困在侷促的窗框夾層間進退不得？縱然明白牠絕出不來，還是與牠保持了相當一段距離，牠一移足，我便退後兩步。這不請自來的毛茸茸的訪客，阻斷了我的讀書進度。

　　牠嘴臉醜陋，八足粗勁極具架勢，時動時不動，一動，就叫人臉皮發麻，遠遠透過玻璃看牠，如一輪陰黑的太陽。我注意到牠的肚子。是牠吐出的絲線嗎？吐成一個乳白色的圓囊，較蠶繭稍大，從其胸腹間鼓出，可能是毒液所在，可能是懷孕，也可能是牠結網不成胡亂糾纏的形狀，由於零蜘蛛知識，零處理概念，心像懸石吊在半空。怪了，應統轄樹叢、鄉野與老宅的牠，竟也在都市的一方窗裡站成一種姿態。

　　用拖鞋，不行，太近了，聰明的人類如我，下樓拿罐噴效，尋找使用說明上可剋治的害蟲，發現蜘蛛，竊竊得意。聚精會神移了一點窗，留出微縫讓注頭探進，猛一噴，牠張足躲避，如已進毒氣

室的死囚，無可奈何，只有在本能的一呼一吸間漸漸步向衰亡。數分鐘過去，完全不是那麼回事──牠仍穩穩盤踞在窗戶中，像四周的發生都和牠無關，只是來了場微雨，徒留玻璃上一灘敗戰的噴效。真是傷人自尊。

確信是藥力沒有直接施上，我準備拉開窗子，厚厚地噴牠一身，待貫穿五臟六腑後，牠就絕對招架不住。勇敢的食指觸動著窗戶的最旁邊，眼皮半瞇頭腳遠離，為了閃避移開窗戶後牠迎面而來的跳擊，拉開後就快跑。於是使勁一拉──他居然動也沒動，愚昧地不知自己已獲自由。再噴，八隻腳齊速逃離，牠狡點地躲到天花板的角角。

牠竟清楚那是不易受到攻擊的地方，可恥的懦弱與偏安。轉坐回桌前，念了一句書，受不了背後虎視眈眈無法料算的偷襲，我決定把問題徹底解決。

牠倒立在上頭，眾足並開，胸前像壓著一顆過大累贅的珍珠，令我呼吸急促。然而牠高高在上，實在難以對付，我得趕牠下來。排球是個好主意。若正中，勢必粉身碎骨，若不中，則可慢慢將牠逼下，或許牠突受驚駭，一失足掉落地面，那就更加簡單。丟出第一球，落在左牆，巨響使長足更縮進角角裡，牠坐擁三面屏障，甚是精明。接著第二球、第三球……，就在圓球與方角的窄小空隙間，牠苟延殘喘地吐納最後一絲生存的機會。牠怕嗎？牠不怕嗎？若是其他蚊蟲早已閃得無影無蹤，牠令人意外的凝穩無動像在等待，像還差一點點某某時機就要成熟。

此刻我當然乘勝追擊。右手在前，左手在後，噗的一聲，一條橡皮筋狠狠如利刃般抽劃牠的背部，牠動了，深黑八足挺在粉白左牆上，眼光向我，全軀顯明而使人毛骨悚然。你在瞪我嗎？你抗議也沒用，誰叫你千不該萬不該錯闖我的房間，我還要考試！盯著牠，小心翼翼繞到牠的後方，又是一陣火力。抵禦不住，牠終於逃

出房門。

　　一關門，原本便可宣告戰事結束，但牠已認得我，這張臉又是噴效又是排球橡皮筋的，牠肯定刻骨銘心，往後我在明處，牠在暗處，牠隨時可尋最佳時間向我報復，日子將有恐懼之虞。我老遠向房門外望，沒任何發現，牠一定在門牆上俯視，待我一跨出門，牠就可以「飛龍在天」啃我一口，這是改換戰場的時刻。

　　拿了噴效，抱了排球，食指上勾纏幾條橡皮筋，然後以百米之速衝過房門，急急一轉，立刻找了面安全可信的牆壁倚靠，眼神銳利地尋找，不一會兒就看見牠原來瑟縮在牆下的黑油漆邊上。保護色？它一直明白何處最宜躲藏。

　　噴效攻擊。這回牠真的慌張，為了生命，決定棄守珍珠，腳步輕盈許多，果真如人一樣，逃難時總是懂得割捨。走了十來步，停在寬闊的土地上，牠不走了。嘗試踏踏地嚇牠，牠還不走！一向知道自衛藏身，不是匿在暗處，就是縮在角落，這回牠竟選擇潔白無依的地甎，可真是不走了。那最好，我倒輕鬆，取了個裝餅乾的重鐵盒，匡椰一擲，整個負在牠身上，走近前確定牠在底下，壓了壓，厚厚的衛生紙一捏，丟入馬桶沖下去，沖水不順阻塞水道，心情不是很好。

　　不過折騰了一晚，總算大功告成，把懸心放下，正要走進房間，驀然，我看見牆邊那顆珍珠，就是剛才遭棄之不顧的那顆珍珠，上頭開了小口，口中鑽出一隻一隻螞蟻似的蜘蛛，如一池活泉，一隻接續一隻出口後即向八方奔散，牆壁、桌腳、地上處處密密麻麻，才一回頭，洪水竟已氾濫。

　　呆在地上，著實為這一幕而動容。一顆珍珠，原來裡頭擠滿的是數不清的新生命，原來承載的是母親一生的託寄，耳際傳來萬千黑足奔走的撻伐，「生生」兩個大字猶昭然案頭，是一種什麼樣的警訊，這究竟正在揭示什麼樣的天機？小蜘蛛不停從小口中爬出

來,每一隻都爬得那麼費力,那麼急劇,細小的生命初生後就得如此張惶地狂奔,詭譎地像暗自透露母親最後的遺言。

黑夜中,有一股沈靜的力量。才明白廣袤天地間,牠不是意外的訪客,我才是不請自來的殺手。

於淑雯

玻璃

作者簡介

於淑雯，出生在臺灣臺東一個小鄉鎮，然後住過屏東、臺南，現居住新北市新店區。任公職多年，開始等待可以心隨意轉的日子。

感言

當人陷落在工作無趣、感情觸礁或是日子過得茫然時，本能應該是找尋解答，抓緊支撐浮木，最糟的，也許就此頹廢下去。

於是用閱讀來清醒困惑的心靈，用文字來架高，此時，耕莘文教院的寫作課程便安安靜靜地給了我自救的力量與依靠。

那段時光努力聆聽，讓所有老師深厚的學問餵養，漸漸地，貧乏的我充盈了，因為生命有了呼吸，生活有了營養，一切靜好。

尤以楊昌年師用心的身教、言教，讓我享有如父的溫暖，這是很大很重要很難得的福氣啊。

如今，耕莘文教院歡慶五十歲生日，且讓我恭恭敬敬地祝禱……

玻璃

　　炎炎的日光，先打在玻璃窗面，再從褪色小藍花窗簾布的縫隙溜入眼瞳。不只溫度，還有塵埃、空氣、味道，以及流動的時間，那種細碎光末裡墨灰、乳白、濁青的顏色，一切正進行著碰撞、浮潛、飄盪與交錯。

　　四月的太陽露出蓬勃笑意，光的強弱因為一朵雲的移動，而讓溫煦與熱烈在廣大的天空中拉鋸。我閒坐這裡，成了一株行光合作用的植物，汗水隨細胞的張合而滲出。手上的報紙轉瞬變黃了，每個字好似都矇上光陰的影子與故事的重量。

　　此時，桌上有個杯子在我視線前方站立，內含七分滿的汽水，大小氣泡不一，喊喊窣窣低聲喧嘩地排隊在杯壁，那是剛剛丟下一撮鹽的關係，斜插的一根辣椒紅漆木筷，是用來攪拌促進溶解的。

　　筆直的筷子為何看來彎曲？一般人會認為係光線折射水面所致，那麼玻璃是否也擔任了重要的角色？當哲學的辯證輪番搏鬥時，錯覺或幻覺或經驗法則形成的懷疑論，便可能成為知識的來源，但這點不重要。且仰頭灌下，澆熄因乾渴而略略冒火的我，接著等待將逼出氣來的打嗝。

　　擱在另一個透明杯的幾顆彈珠，招引游移的微光。那是幼年時期留下來的。彈珠內部鑲嵌蘋果紅、橄欖綠、香橙黃等不規則的各式顏色紋路，滾動時，就像跳舞的彩帶，非要單純甜美的童騃。用拇指、食指捏住，以欣賞珍品的心情端詳，如果珠子中央有孔，用線穿起來，應該就是成串的華麗項鍊。

　　而我們當年視同寶石的坡璃珠，連同垂掛鼻涕邊舐冰棒或趴或蹲在地上的一群胖瘦黑白相間小手的同伴們，還有吆喝的哭鬧的爭

執的歡笑的童音，早已咚咚咚地掉落在記憶抽屜的最底層。或許對輸了比賽的淚水，沁入心脾的冰棒已全然模糊，但玻璃珠依舊晶瑩，穩穩地亮在童年裡。

櫃裡淺淺綠色、雙耳、直徑15公分深7公分的圓形缽，缽緣刻有立體花朵雕飾。我捧出抬高細看，光由外壁鑽入體內迴旋後再鑽出，順勢引生奇異的尾巴，襯托其品項內斂優雅，就像一座沉默的湖，靜靜不語地等候天光雲彩來追逐。

它用「琉璃」獲得另一種身分，其本質欲仍是玻璃。果然，即使是最平凡的原料，也能經由創意，魔術似地吹口氣，整個宇宙便在想像中萌芽。

用來擺放什麼呢？少女生命中的第一封情書、男孩的第一支鋼筆；還是失敗戀情、落榜悲傷；或者小樓東風、如霜明月、滿城風絮，或是石上清泉。原來它本身既寬闊又狹小、既脆弱又強壯，什麼都可以裝，也什麼都裝不下。

視力因眼鏡而被拯救，自然或物質世界的神祕因光學儀器而被開啟與探求，建築的美感開發因建材的運用而有了不同層次的豐富姿態與風景。我們透過它們完成生活，它們則因我們而存在，卻選擇沉默，不想成為焦點，讓彼此的關係似近又遠，就像恰到好處的眷戀。

如果取下眼前這片窗玻璃，用烈火燒軟，將四角向內捲起花邊，便成淺碟；施點力堆高，便成杯；隨意往上拉，便成瓶。於是視覺決定形貌，形貌之名由人類賦予，那麼它是主體，還是客體？

蒙田曾說：「這世上絕無永恒的存在，無論是我們的生命或是物體。」等哪天窗戶破裂了、杯子跌碎了、彈珠摔壞了，終要思考，玻璃是否仍是玻璃？

陳瑪君

因為有妳

作者簡介

圖書館館員。於2000年參加耕莘寫作會楊昌年老師秋季文學研究班。

感言

這一篇文章是在學員作品第三次討論析評作品，惠予的評語是特殊經驗，人物典型可，稍平。老師審閱，吾至今珍惜留念。平時我愛領略報章刊登的散文風趣，楊老師授課散文，擴展了對散文世界的視野，精細地生動地帶領欣賞名作。下班疲倦了，上課精神來了，中場暫時休息，老師仍悉心與就教學生談笑談文學，我們來共聚一堂皆是懷著吸收文學滋養的旅者。對我而言，淺嚐中西文學，領略作品的美善，助我在潛回圖書館底能增進見識那不朽為何物。

因為有妳

「各位同學，本學年，我們這個英語社團，要合作完成一齣話劇公演！在座的每一位，只要你願意，都能上場演出！」講台下，既歡呼，又驚訝，講台上，這位新到任的指導老師，宏亮地宣報這份夢想計畫。

那年，想增加說英文的機會，我報名參加英語社團，是學校在正規課程之外，讓我們隨興趣填寫的學習課程。第一天上課，對老師的第一印象是，她嬌小的身材，身穿鵝黃色的洋裝，踏著高跟鞋，好精神地出現在講台上。那時她正在為我們想辦法，既能培養自信，又能歡喜說英語。開場白是愛聽音樂、愛唱歌的自我介紹，帶動我們分享了彼此參加的心聲，那聲音清脆嘹亮，像一隻站在闊葉樹間歌唱的黃鸝鳥。

老師先選好了戲碼「灰姑娘」，她準備了十多頁的英文劇本發給我們。憑當時的英文程度，我不認得那麼多英文字，也不會深入語句連貫後語氣的拿捏。在幾堂課程的互動，了解我們各自參差不齊的程度，她耐心地解說劇情裡的角色，並且挑出那角色吐露的英文句子。當說到灰姑娘的溫柔韌性，老師手中的教桿成了灰姑娘的掃帚，邊揮動、邊發揮灰姑娘生活的樣子，又在我們扮演繼母和姐妹們時，因為語調不夠入戲，她鼓勵我們多想像那一家貴族是如何過著高高在上的生活。

我們沒有很快地掌握演戲的訣竅，坐在講台下，勉強可以照著劇本朗誦，但要按照腳本演得對味，還差得遠。一方面要把握唸得正確，一方面模擬人物性格的口吻，心裡有幾分想像，有幾分熱情，但缺乏一種再放大膽些嘗試演出的經驗和勇氣。

　　老師她千呼萬喚地散發光與熱！訴說營造灰姑娘住處的氣氛，她的窮困對比我們的富足，這麼孤立的環境下，灰姑娘還是邊做家事，邊哼哼唱唱的呀，老師常穿著素樸洋裝，英文朗朗上口，當笑盈盈的唱起歌來，音符在她整件洋裝上跳躍，我是喜歡老師散發的信心，更勝於喜歡「灰姑娘」。

　　「台詞記熟囉！下一節課，我們換到三樓的大教室去。」那教室是為我們走台步用的。在她殷殷囑咐「合作是最美的樂章」我們各自分派了角色，以熟背台詞為眼前的目標。第一次我們學走台步，仍是雙手離不開她擅打的劇本，那已是好幾堂課以後的事了，背誦對白和體會角色的心情，我們的進步是緩慢的。雖然如此，她在每次上課的開始。總是散發淘氣姊姊的氣息。問我們「怎麼回事？」「演練時，有沒有什麼想法？」愉悅聲中，再次將我們一一帶進灰姑娘的廚房、華麗的房子、宮廷宴會的故事場景，回想這一年記住了許多英文生字，對英文的好感也不受成績平庸的影響而降溫。

　　公演前一週，老師為我們向校方取得了彩排公演的機會。在一個比教室大十倍的大禮堂。已是緊鑼密鼓練習的階段，我們竭力拋開劇本，將自己和演對手戲的台詞背到南瓜熟透。老師一一為我們上妝。她似乎在平日觀察已掌握了我們面容的特徵，配合角色個性的需要，眉宇唇間加上了她巧藝勾勒。在飾演繼母小女兒的那位同學臉龐上，為小女兒增添了一層粉紅淡藍的眼線，看上去更貴氣了。她說：長得不像不是大問題，先把台詞記熟了，口吻拿捏對了，舞台妝再來想辦法。

　　我們是小苗，她是愛的使者，每一位演出者在老師梳妝打扮後，化身成劇中人物，堂堂從劇本裡走出來，套上租來的宮廷服裝，趣味十足。

　　當我集中精神，期待正式演出的前兩天，不巧，我被帶到醫院

診斷出得了德國麻疹，伸開雙臂密密麻麻的小疹子，其癢難受。醫生說：「我需要請假幾天，多休息。」那一週，對我而言，話劇公演事大，起疹子事小，同學打電話來家裡：「你感覺怎麼樣？燒退了嗎？可以參加演出嗎？」我肯定地回答：「休息幾天就會好了。」還說起，「若疹子發到臉上，再找老師，會有辦法用妝蓋住。」爸爸為難了，看著我說：「你這樣是不是能參加演出？」。我喊著回答他：「我可以參加公演，我們花了一年的時間啊！」

輾轉難安是我，這疹子到底要什麼時候發完？如果不能演出，實在太可惜了！盤旋的心語盡是數算自己即將無法達成的、掌握不了時間的、將要失去的。窩在家裡休息的某一瞬間，我想念起老師，彷彿再次見到她在校園裡與人聊天談笑的小小身影。與她接通電話時，她聆聽了我的想法，溫和細語：上週的彩排，我們已經是一次成功的演出，有三個班級欣賞我們演的戲，妳的投入，我瞭解。

當疹子消退、安然返回學校的那一天，是公演圓滿落幕後的第三天，老師帶來了一本相簿，集滿社團活動照片，公演照片裡沒有我，當同學們你推我擠趨近老師欣賞照片時，歡笑輕鬆的氣氛裡，我被環繞其中，能面對自己逝去的親自參與，從照片裡看見我們合力製作的布景道具，會心地笑了。這一次會面，從一張張畫面中，回憶整年的社團時光。畢業多年以後，每遇到英文生字擋在長篇文章之中，嘻笑地推敲認識新字，記得又忘記，猶如即將上演的內心戲，百般曲折，然那一年我們交會互放的光芒照耀，無比晴朗。

吳易芹

喧嘩的殘像

作者簡介

身體健康，沒有半根白頭髮。早上剃過眉毛，昨晚剪了指甲。中央氣象局說今天台北市氣溫26~30度，舒適到悶熱之間。對於將至的炎夏，非常擔憂但仍小心準備。

感言

生命裡面總會有一個夏天，完整收攏在浦島太郎的盒子裡，蟬鳴鳥叫、豔陽日照，杯壁沁出的水珠，大階梯上讓人發暈的陽光，樣樣不少。在打開盒子以前，一切蓄勢待發，過往的疑惑都有答案，明日的欲求已在眼前展開。

書寫是彌封盒子的咒語，感謝寫作會師長的教導，同學的陪伴，一路上有你們，即使緩步也能遠行。

喧嘩的殘像

1.

一年半以後我將記住的最後一場雨：她將我壓入澡盆時回憶沒入眼簾，終於憶起三十年前曾經忘卻的小事。

一切要從昨天下午說起。

曾經教過的兩個學生沒預期的來訪，「老師，您還記得我和B嗎？」透過對講機面孔不很清楚，嗓音遙遙喚起某段不清晰的記憶。「你是A？」

「太好了！」轉過頭去「老師還記得我們呢！」

「老師您忙嗎？」本來不在對講機螢幕裡的B湊上前「可以打擾一下嗎？」

都來到我家樓下，可以說不嗎。按下開門鈕，我變成行蹤容易掌握的中年教師了：這樣沒課的午後只在客廳與書房作規律移動。

「想喝些什麼？烏龍茶好嗎？」

「謝謝老師，」兩人對望了一眼，有話沒出口。

一邊泡茶，一邊聽到兩人窸窸窣窣不知說些什麼。思緒很碎瑣，如果沒記錯的話，女孩與男孩在兩、三年前修過我的「刑法總則」。那是堂必修課，課堂上黑壓壓一片，除了偶而在課後留下來問我問題，我記不起任何課外的互動。一不留神，茶葉都舒展開了我才發現忘記把第一沖的水倒掉。

「怎麼會突然想到來看老師啊？你們是兩、三年前我『刑總』的學生，對吧？」熨平了語氣，不要讓學生感覺我不歡迎他們，但

也不願太熱絡，難道我是個無所事事成天在家裡等學生來訪的老師嗎。

「老師，我們今年都畢業了。當年在大一的『刑總』學到很多，很喜歡老師的課呢！」女孩慎重的話語中斷了我的回憶。

「那很好哪，畢業後有什麼打算？」

「老師，我今年律師考過了，」A講得很快所以我知道這話題不是她來的目的，「他想出國，可是家裡，」

「爸媽要我先考到執照再考慮留學。」B接著說，兩人都欲言又止。

「恭喜啊，應屆考上不容易！」我轉過去看著B「想去哪一國？」

「老師，」

「嗯，老師，」兩人同時開口。

「嗯？」

「我們今天想跟老師說一件事，但這事很奇怪，說出來或許老師也不會相信。」

「我們是抱著很大的決心來跟老師討論的，因為真的不知道可以跟誰說，」

「即使會被老師覺得奇怪，也無所謂了。」

「你們說說看啊。」茶都苦了，是要請我當說客，說服家裡讓他們出國？還是結婚？借錢墮胎？這應該是不至於，那也應該找更熟識的老師吧。

「我們發現了一件事，但是跟別人討論的話，一定會被認為神智不清的。」

B皺著眉，「雖然我們都只有修過老師的一堂課，也不是跟老師非常熟，」

「卻覺得，想跟您討論。」

我先給他們一個微笑，表示我在聽。

「這是我們倆共同的決定，」B放下茶杯，「我是指，冒昧跑來老師家跟老師討論。」

「我們發現了一個秘密，」A緊蹙著眉。

「老師您會願意聽我們說嗎？」

「我這不就在聽！」我真的很好奇他們想說什麼，如此神秘。

「那你說吧，」B轉向A。

「老師，我們沒有瘋，但我們接下來要說的事」A說話的速度慢下來，每一句話都像是經過擠壓才慢慢吐出來，「也就是我們發現的事，」

「讓我們很困惑。」

窗外雨聲窸窸窣窣，像是他們倆細碎的話語。他們接下來宣佈的「偉大發現」讓我徹底的困惑。懷疑他們是否約定好了來捉弄我，或者真的是準備考試壓力過大而有異想。A和B，這兩個與我不甚相熟的學生，在修過我課後三年沒預警跑來我家客廳，坐著喝我泡壞了的茶，告訴我他們發現了時空的破洞。

2.

那段午後的對話在回憶裡泥濘了，像是雨後弄縐了的前院花圃。他們倆宣稱在無意間發現時間與空間的本質：我們所認知的過去，從不是真的「過去」了，而是以一種難以料想的方式與現在共存。A舉例五年前的她，仍是個高中生，現在的她跑回高中校園見不到自己，因為那個自己正在教室裡上課。我不得不打斷她，難道這代表如果她於此刻走進高中時候的教室，就會看到過去的自己嗎？

「不會看到。因為我們，跟其他所有人一樣，根本不想看

到。」她急忙忙接著說，「但是自從我們發現時空的本質以後，我們當然都看得到了。」

「你們可能要說更清楚一點，否則我實在不是很能理解你說的時空本質。」

接著她進一步解釋，一般人看不見過去的自己，因為如果大家肯睜開眼睛，就會發現過去並不是「不可逆的」。任何人都可以去找到過去某個時間點的自己，修正不平整的人生，填滿皺摺的遺憾。當那些轉彎的街角被重新選擇，此刻的自己也將變成殘像，不復存在。人們不敢要這種改變，因為他們要不起。

「修正過後的人生，」我試圖尋出理路，並且忍不住質疑這是場惡作劇。「不是很好嗎？就留下最美好的結局，讓所有不平滑的過往都成為稀薄的殘像，不好嗎？」

「老師，難道你真的相信有一個滿分、沒有遺憾的人生？」B終於開口。

A揮揮手，繼續接著說「不是不要滿分，也不是太滿意現狀所以不肯改變。這是很矛盾的……，即使我們不滿意現狀，也不會願意冒著抹除此刻自己的危險，用橡皮擦擦去自己的反覆累疊的人生。」

「老師，我們的生命本質就是殘像的累積。現在你眼前的我，是所有殘像的最大集合，」

「把所有殘像集合在一起，會導向同樣結果的疊在一起，顏色最鮮明的那個，就是現在的我了。」

「所以你要說的是，不管修正或者不修正你過往的人生，此刻『你的構成』都是必然的結論？否則照你的說法，未來也將會有個時間的裂縫，讓你去遇見另一個自己，並且修正（或者不修正也是一種選擇）？」

「老師，不論修正與否，被擦去的殘像不會完全消失，它只是

模糊了，被更鮮明顏色的我疊過去罷了。」

「所以，有沒有必然性？」我先暫時擱置所有不信任，像是在課堂上與學生辯論邏輯那樣，依著他們的理論，找尋理論本身的破洞。「我所謂必然性就是，不管修正與否，最大的聲音，或者用你的話來說：最鮮明的顏色，都會蓋過模糊的，那你怎麼會記得被掩蓋過的？」

「如果真有個改變點好了，舉例來說，我找到婚前的自己，阻止她嫁給你們師丈，」話一出口我自己都驚訝為什麼是這樣的例子，「那麼是不是中年的我阻止了年輕的我嫁給師丈？」

兩人一致點頭。

「那麼我就沒有跟師丈結婚了，我可能也不會當你們老師，我不住在這裡，我有另一個人生，不會認識你們。那麼誰來告訴我這個時間的裂縫，讓我遇見過去的自己，阻止她？」為什麼我這段話說的這麼流暢，難道這是藏在我心底的願望？

「如果我擁有完全不相同的人生，那麼本來該有時空裂縫，讓我做出決定性的改變的時間點不見了，我又如何去改變人生？」

「老師，你還是不懂殘像的本質，」

「即使老師真的找到過去的自己，不跟師丈結婚，看似改變了過去，其實老師改變的只是生命殘像的最大集合，老師改變的只是那個最大的聲音，而不是把過去放火燒掉重新寫過。」

「過去是一張羊皮紙，被擦掉並且重寫，但無法改變曾經這張紙上刻有某些字的印痕。那些字跡存在過，這是永遠無法改變的事實。」

「所以你們認為，一般人看不見這些殘像，只因為他們不敢改變生命截至目前為止的最大集合？」

「是的，人不夠勇敢，不敢要自己要不起的東西，所以人將很多事情視為不可能，」

「這樣比較不疼痛，說服自己，這是我不可能得到我也不想要的會好過的多。」

3.

我真的很難相信這套理論，我想的是，這兩個孩子想來跟我辯論邏輯。「你們知道，沒有證據我很難相信。難道說，你們都遇見過去的自己了？」

「老師，除非你張開眼睛遇見過去的您，看見生命層疊的殘像，否則我們看見的自己，是無法跟您分享的。」

幾乎要笑出來，所以他們不打算給我證據，只用一句「無法證明」來塘塞我。

「你們再把殘像說清楚一點吧。」

「如果老師現在遇見過去的您，決定改變您的人生，我和B坐在這個客廳與您對話的這個下午，就被輕輕擦掉，變成您生命中被遺忘的殘像。」他們認真的表情讓我開始設想他們兩個一起發瘋的可能，「您或許會記得，或許不會，這個下午只是淡去了，不是消失。」

「你們不覺得，過去的每一個我跟現在的我一起處在這個世界稍嫌擁擠？」

「老師目前就和世界上其他人一樣看不見，怎麼會覺得擠？」

「我對於你們理論裡的『時間』與『空間』仍有疑慮，像有無數個異次元空間那樣嗎？」

「關於時間的裂縫，是我們發現的，我努力用話語描述，但這很難，或許有點接近異次元空間，但這詞也無法完全說明我們的發現，我認為現有的辭彙不太能夠完全說清楚，」女孩一口喝光了冷澀的茶，「除非，您親身體驗。」

「所以還是要親身實證？你們將生命的的本質定義為虛幻的殘像，但是你們的理論根基仍然是實證？」

女孩站起來走向我半掩的書房門口，指向牆上的照片。書房的窗子開著，風把牆上浮貼的相片吹翻了起來。半面牆都是相片，女孩問我，風起的時候虛虛實實，我能看見多少張相片？我告訴她，即使有幾張被吹翻得看不見，我清楚知道每一張相片的位置，在我的心裡，它們各自貼著自己的位置。

「這就是了。即使拿掉幾張照片，在老師心裡，譬如這張城市的夜景仍然貼著牆邊，它沒有消失，只是隨著日子久了，您又黏貼上新的照片，它就被淡忘了。即使被忘記，這個牆的邊邊曾有過小小一方城市夜景的事實仍然無法被抹滅。」

我沒有辦法反駁她，問題是相片跟人生能夠相比嗎？相片是實體，我泥濘的記憶難道可以撫摸？他們難道是想說服我：所有的回憶都是物質化的。即使是三十年前的我，也是一個實體？與我共存於此刻？不對！他們是想說服我，即使此刻也不是實體，我所能觸及的今天也只是殘像，只是因為太多殘像累積並且指向這個最大集合，所以我以為此刻是無法改變的事實？

我於是墜入紛亂的思緒裡，沒有辦法邏輯的思考。為什麼舉例時候直覺的說不跟丈夫結婚？

後來A和B告訴我他們要用意志力記住被擦去的殘像，然後他們要開始時空的冒險。不斷的擦去、重疊；抹除、再填色……我忘記他們離去前我說了什麼，是暗示他們尋求專業諮詢；俏皮的一笑置之；認真質疑如果生命的羊皮紙被橡皮擦磨得太稀薄，會不會穿孔？或者我祝他們好運？

4.

海德格：「語言是存有的安宅。」

為什麼是我？為什麼找上我談論這不可思議的理論？後來我再細想他們離去的臉孔，在時間的摩擦底下破破爛爛，掩不住眼底的失望。我記起自己最後還是忘記問他們：「你們的困惑是什麼？」我只能不斷述說，即使語言這宅邸早在他們開口的瞬間開始崩壞，我也找不到別種存有的可能。意義不斷漂流，指向我不可見的未知。

才知道，我比想像中更相信他們的話。自以為與他人不同，自以為要得起那種想望。關於得不到的渴望：我以為即使得不到，我也不是那種不敢要的人。忘記一旦進入語言的次序裡，隨之衍生的意義就開始不斷延宕，哪裡是我能夠控制的？哪裡真正想過要控制？跟慾望一樣，一得到就不想要了。壞習慣。

走進書房坐下，看著牆上的相片我想起C對我說光影的本質。沒有開燈的書房昏暗不明，唯一的光源來自半掩的門。他們的理論很荒謬，但如果可以改變，我想竄改哪一段回憶？我想遇見什麼時候的自己？

被人望著的時候，會有感覺。即使閉著眼，都會被那種力量喚醒。就在我沉思的時候，感覺到那股凝視的力量。多久沒有這樣毫不留情的被凝視？一抬眼，「我」斂起目光，站在書房門口一張張撕下牆上的相片。是無意間打盹？還是學生荒誕的話讓我產生幻覺？

「Z！你在做什麼？」

後來的後來，才知道如果我沒有喚她就好了……

Z是我的小名，很久沒有人這麼叫我了，連自己都快忘記這個小名。那個「我」聽見了，回頭望了我一眼，卻沒有停下手邊的動作。一張張撕下，扯得我都要碎開來了……每一張相片，都是我細

細凝視的目光。定格，捕捉下來，像貪婪的捕蝶人，偷取別人沒有看見的瞬間，收藏在我的相機裡。

後來的後來才知道，如果沒有呼喚她，她就不會成為Z，不會成為我了。拆除了「語言」這個「現在的我」存有的安宅，還有什麼東西可以被稱作是「我」？太天真的我不知道，就是在開口的那一瞬間，無法自抑的被召喚進我不想要也逃不了的牢籠。那個被我喚作「我」的Z拿著厚厚一疊相片，靜靜離去，我連站起來阻止的氣力都沒有。

＊＊＊

C笑著的眉眼，「因有光，才能見影。」端著相機靜靜凝視我。

「這不是廢話嗎？」

「是你自己要問我拍照有什麼好玩的哪！」向來知道C翻白眼的時候不是不耐煩。

就這麼回到十來歲時候，那個大片光灑落的房間。

C凝視的目光在我別過頭以後就被他徹底毀滅了，在那以前，他畫我。戀人之間叨叨的話語，總是忍不住笑意，端坐在椅子上比什麼都難。後來C買了一台相機，拍山拍水，更多的時候拍我。沒有數位相機的年代，每一下快門都是深情的思量，即使只是按一下快門我也不耐煩。可以親吻擁抱的瞬間，為什麼要透過相機看我？

現在的我蹲坐在那個大片光灑落的房間，淚流不止。旁觀卻無法靜默，年輕的C和年輕的我都沒有看見牆角暗暗的角落，年老的我蹲坐著，淚流不止，提不起勇氣站起來喊他們。

5.

C有好看的眼睛，黑白分明，一點血絲也沒有。眉宇之間透著

英氣，可只有我能看見那雙眼睛笑開來的模樣。在一起的時候我話很多，細碎的話語貼著C的眉眼，我知道他在聽。C的話少，旁人在的時候更是不多話。C用眼睛回應我，「吶，別拍了吧。」「可這角度挺好，再一張？」我總在他按快門的瞬間不耐煩，相片沖洗出來卻又驚嘆，原來這是你眼中的我嗎？連我自己都看不見的模樣，當你將我收攏在小小的景框裡，不管好看或者不好看，這就是你眼中的我嗎？當你將我收攏在小小的目光凝視裡，這就是你眼中的我嗎？以前C作畫的時候，我喜歡逗他。故意觀察他瞳孔裡倒映著我的影子，揮揮手，「嘿！我在這裡。」扭來扭去，變換動作，收在他瞳孔裡小小的我的影子忽近忽遠。「你這樣一直動，我畫不好呢！肌肉的線條都不一樣了。」

　　開始學習攝影以後，我還是不安於他小小的景框。趁他轉過身換鏡頭，悄悄走到身後雙手扣住他。在他還不清楚發生什麼的時候，閉上眼吻他。好慢好長的一個吻吶……

　　偷偷張開眼觀察他，很滿意他好看的眼睛是閉著的。

　　「怎麼偷看我？Z。」

　　「誰是Z？」

　　「你。」

　　「什麼時候開始的？我怎麼不記得我叫作Z？」

　　「剛剛才給你取的啊。」

　　站起來離開房間，我沒有辦法看接下來發生的事，因為此刻我記起發生了什麼。

　　這就是我想改變的瞬間嗎？讓哪一段人生變成殘像？

　　還沒有準備好，但我知道我想改變的不是這一刻。我想阻止C燒毀我全部的相片，我想阻止C破壞他對我凝視的眼光。還沒有準備好走到C拒絕再凝望著我的時刻。轉過頭再看我一眼吧……

＊＊＊

一回神已經站在D的辦公室。我一點都不想回到的地方。

「資料還很多嗎？今天印不印得完？」

「趕一趕應該可以，」

「先去吃飯吧。」D突然湊上前，年輕的我抬眼嚇了一跳。

「沒關係，我還不餓。」

D放下手上的資料，把每一本要印的書一一翻好頁。

「別這樣啦，我來弄就好了，」其實從沒有學會如何接受別人的幫助，也不知道怎麼道謝。

「一起弄比較快，沒關係，反正我晚上也空著。」

所以在影印了五、六疊厚厚的卷宗以後，一起走出辦公室，鎖門。一切看起來都這麼自然，D提議請我吃飯來答謝我這個實習生的努力。大三暑假，我到D開的事務所實習。

D的聰明已經到了有點殘酷的地步。這是此刻旁觀的我，依稀記得的關於D的片段。

6.

沒有隨年輕時候的我和D離開辦公室，我坐在椅子上。等待。

這一次重訪，才知道那疊影印的卷宗從來沒有丟失過，那是D胡謅的罷。密密麻麻的字爬滿印得有些模糊的卷宗，一眨眼還以為那些字都爬了起來。如果那些字真的都爬走了，會讓我好過一點嗎？知道第二天留下來重印不是沒有意義的，會好過一點嗎？趴在影印的卷宗上，忍不住哭泣。複本的複本，這就是影印！

第二天下班以後我只好留下來重印，如果有什麼失望的，那就是原來我也會被這樣簡單的伎倆愚弄。

實習的兩個月沒什麼大事發生，除了我注意到事務所裡有兩個女人望著D。一個是年輕的律師，另一個是跟我一樣還是學生的實習生。還有D總有意無意私底下跟我說說話。

D的聰明已經到了有點狡詐的地步。沒有多想，只單純認為D好意幫忙，聽到我決定開學後於課外進修德文，曾經留德的D一天早上給了我一個牛皮紙袋，裡面是印好的資料。關於德國的法學院，還有幾本他唸書時候用過的入門書。不想承認的是，其實當初我也感動過。

一直以來我循著世人定義的道德，忘記去質疑，一百年前尼采已經問過的問題：為什麼誠實等於道德？然而對於誠實的被構成、被膜拜，我們都忘記去細想。再一次坐在這辦公室，我看見不小心灑了一地的影印紙，年輕的我忙彎下腰撿拾。站起來的片刻迎向D的目光，才一瞬間他便斂起目光，走近並彎下身撿起我腳邊最後一張影印紙，「你漏了一張。」他的笑總是輕挑，可那時候刻意斂起的目光以及少有的、不笑的臉龐其實很刻意。

收攏凌亂的紙張時候我才發現那天的領口鬆垮垮，D不是在看我腳邊的影印紙。那時候我就知道，沒有說破只因為我討厭戳破別人的謊。戳破別人的小謊，就讓別人成為不道德的人了嗎？還是我害怕別人失望的目光，害怕自己不夠體貼，戳破別人的謊會讓我跟著不道德嗎？所以我幫忙圓謊，若無其事笑著，「謝謝！」刻意笑開的臉是我撒的謊，疊在D謊言的尾巴上頭。

D若即若離，我沒有細想，反正上司與下屬的關係本來就不應該有太多想像空間。直到C來事務所接我下班，大家知道我有個固定交往的男朋友，D才開始展開他充滿攻擊性的追求。

「法律是最低限度的道德，念法律太久讓你也只用最低限度的道德來看所有事物了嗎？」這是我當年想要說卻從沒有說過的話。放在心裡用各種語氣說過，熨平了情緒，會讓話語更有攻擊性嗎？

尼采把誠實定義成人類沒有它就活不下去的一種錯誤，必要的錯誤。必要之惡，沒有它就會毀滅。最愛說謊與偽裝的人類，每一秒都在渴求真實。我看見渺小的自己飄在語言的海洋裡，周圍都是水，一口都不能喝。像是渴望一口水那樣渴求真實。我的價值、海水的價值、腦中渴望的水的價值，早在開口以前就被決定了。

我只是習慣說謊。我只是習慣喜歡真相。

年輕女律師哭著打電話給我，「我實在不知道可以跟誰說，既然你暑假以後就不會待在事務所，可以聽我說說話嗎？」

「我很怕告訴別人，我真的不知道可以打給誰……」

她剛剛拿掉D的小孩，不知道要不要告訴D。

她突然發現從來沒去過D的家，連他家電話號碼也不知道。

她懷疑或許D已經有家室……

離開那段泥濘的回憶，我靜靜坐在書房，很驚訝年老的我毫髮無傷。因為我沒有跟過去的殘影對話嗎？因為我只是旁觀？鏡裡的自己的臉孔是不是變得稀薄？

通過電話以後女律師不斷跟我述說她疼痛的傷疤，一邊安撫她一邊撒謊。

「他，有單獨約你出去過嗎？」

「沒有，怎麼會這樣問？」其實我很怕自己說謊的技巧不夠好。

「我只是看見有幾次你們單獨說話，所以，或許……」

7.

開學後我離開事務所，很慶幸我沒有接受追求，很慶幸我丟失的只有影印的卷宗，而那是可以再複印的。另一個見習生有次在學校遇見我，熱絡的有些奇怪。我們坐在學校的咖啡廳閒聊，她忽然神秘的告訴我，「你知道我們老闆D吧？」一開口我就知道這才是

她找我聊天的目的，她沒有別人可以討論。

「我想跟你做愛。」D這樣對她說。

「那你們有做嗎？」

「沒有。」

「哈！為什麼？你之前不是說老闆蠻帥的嗎？」

「我偷看過他的皮夾，都有孩子的人了……他只是看起來年輕……」

「噢，不會吧？真的假的？」

「他只是看起來年輕，」

基於「道德」，我沒有告訴這兩個女人彼此的存在，我狡詐的保留了知道最多真相的權利，卻忘記質疑，所謂的真相對我到底有什麼重要性。

後來沒接過D的電話，這人就在我大四的生活裡成為模糊的鬼影，只存在於年輕女律師不定時與我的對話裡。直到她的傷口結痂，離開那間事務所，日子一忙便也不再打給我。

畢業前夕C來我租的房子要給我畢業禮物，我去浴室放水準備洗澡，C在我房裡找紙袋裝新沖出來的相片。禮物是他幾年下來拍的我的照片，厚厚一大疊相簿，旁邊附上每一張照片拍攝時候的心情。東翻西找不經意攤開那個我從拿到以後沒有再開過的牛皮紙袋，D給我的書掉出來，裡頭夾了一張紙箋。那張該死的、連我自己也沒讀過的紙箋。

* * *

電話鈴響，一凝神，我已離開那個過度擁擠的歲月，回到學生離開的午後。步出書房，牆上空蕩蕩的一張相片也沒有，怵目驚心。

「吃飯沒？要記得吃，我會開晚了，晚點回家……」回到我平

凡的生活，雖然沒有孩子，但有一個疼愛我的丈夫。把下午發生的事連同學生來訪都當作夢境，相片丟了就拿底片去加洗，不願再想多年來台北已經快要找不到人幫我修單眼相機，就是死心不肯換數位相機。不願再想我開始攝影的原因。不願再想生命裡分叉的路口。

丈夫是留德時候認識的，同樣來自台灣，總有同鄉之情。留學日子苦，連暖器也很省著開，天寒地凍的德國冬天，用僵硬的手指翻書頁，只想趕快拿到學位。一畢業就出國，連學費都是貸款，倉皇逃出國。和丈夫認識不到一年就結婚了，一起住，可以省錢。婚後他一直很疼愛我，客客氣氣的婚姻生活。沒有想過要逗他笑，沒有猜過他的心思，雖然不擅言詞表達，但我大概知道他拙稚的愛我的方式。

8.

學生來訪像是朝湖裡投石子，一開始驚天動地的漣漪，隔些日子慢慢散開。可仍然有什麼東西不一樣了，皺開的湖水被越變越大的漣漪覆蓋，漣漪的邊邊就這樣往外延伸，直到觸到湖的盡頭，我開始在日常生活中有似曾相似的感覺。

Déjà vu，法文這樣說。

「你知道嗎？我今天看到這東西就覺得很適合你，」

不用拆就知道是木質的相框，「你在街角的店買的，對吧？」

「咦？你也有看到啊？」

不是那樣的，是這一幕我已經夢見過了，或者說是看見過。我已經知道拆開粉紅色的包裝紙，裡面是木質的相框。接下來丈夫會告訴我，他知道我喜歡攝影，可是書房牆上的照片都不見了，所以買了相框讓我裝新照片。

可怕的是我在學生來訪後一年半的人生都在這種覆疊裡面度過，精準無差，沒有預警的我會有這種似曾相似的感覺，能夠預知下一秒。連上課時候哪一個同學接下來會舉手回答問題，答案是什麼我都知道。

真的採取行動，是因為我開始找不到我拍的相片。

「你真的沒有看見書房桌上的相片嗎？我才剛洗出來，怎麼一回頭就不見了？」

「怎麼會這樣，我沒有動你桌子，怎麼最近常聽你說相片不見？」丈夫不會說謊的眼睛壓不住憂慮，他或許懷疑我的神智不清楚吧。

學生來訪後一年半，我完全沒和他們連絡。才想起他們反應的矛盾，我大概永遠無法知道他們的困惑了，假意要進行時空冒險，塗擦重寫生命，或許是他們託詞離開所營造的假象，我沒有表現出信任，讓他們拋下我離開了，關於「冒險」這個充滿樂觀精神的字眼，不是和他們來訪時的侷促相互矛盾嗎？他們來對我說真話，因著我的不信任，只好用謊言脫身了。

一個雨聲細碎的下午，趴在書房桌上假寐。餘光瞥見另一個「我」，不知道從過去或者未來走來，偷去我捕捉的片刻。「Z，放下我的照片！」

這次她真的放下來了，可我犯了命定的第二個錯。（說服自己這是命定，會不會好過一點？）我不該喚她Z，不管她從未來或是過去走來，試圖擾亂我的殘影。我喚她Z，命她放下「我的」照片，就硬生生將「她」與「我」扯裂開，才知道自己竟對學生的說法深信不疑⋯⋯

Z的臉孔逐漸模糊，我拾起她遺下的照片，每一張都失焦了，本來的風景模糊不復見⋯⋯

9.

　　淚光模糊我閉上眼睛就走回抗拒的過去。其實這段回憶一直在，一直跟著我身旁，只是我從不肯張開眼睛看。

　　我將記住的最後一場雨，終於憶起三十年前曾經忘卻的小事。

　　「我會讓你自由。我都知道了。」

　　「不是你想的那樣，求求你聽我說⋯⋯」

　　紙箋上是D潦草的字跡，「我知道你的心意，我都知道，這些天的相處，要讓你知道，我也是如你那樣愛著你⋯⋯」從沒有與我爭吵過的C，即使離開的背影也是安靜的，才知道每一張他為我拍的相片都是他凝望的目光，然而他終於說出口，「我從不知道你眼中的我，是什麼模樣，」

　　「我打電話問過D了，他說⋯⋯」

　　「他說謊！D說謊！」

　　「那都不重要了⋯⋯我只知道你對我說謊，你說加班其實是跟他去吃飯。」

　　C整出一大疊為我拍的相片，部分的我、全身入鏡的、我的眼睛、我的手；不同衣著的我、裸著的我⋯⋯連同底片在我面前銷毀，用意是讓我放心不會外流，或者是要抹除我在他眼底的最後一抹存在，我已經無法探究。別過頭，連背影都是安靜的。年老的我終於忍不住放聲大叫，我的世界太擁擠超過我所能承受。

　　「看夠了嗎？」年輕的我冷眼看著失去控制的我。「一次次回來窺視，看夠了嗎？」

　　拽著我的手，不管我的尖聲哭叫，將我拖到浴室。拿起修眉的小剪刀用力刺向我手臂上緣，當我摀著流血的傷口，「她」扼住我的脖子，將我強壓入澡盆裡。

　　血汨汨的流，水花四濺，殷紅的血液在水裡畫成一朵朵的紅色小花，我眼前的世界逐漸模糊，連年輕的我用力扼住我的手也逐漸稀薄，最後依稀看見她拉起澡盆的拴子，讓我的殘影連同紅色小花一起隱入水孔用力吸入的漩渦，那是我將記住的最後一場雨。

　　終於憶起三十年前曾經忘卻的小事，那些生命的轉角擾亂我的幻象，踏著凌亂的步伐前來，留了一地泥濘的回憶。我記起C離開的背影，以及我狂亂中扼死的殘影……

包垂螢

過生日

作者簡介

包垂螢，男，雙子人，名字常被認為是女性，本人則平凡無奇，過的生活也平凡無奇。看過一些書，犯過一些錯，寫過一些作品，繁忙的日子裡總想著要把開了頭的那些故事一一完成，但堆置下來的卻是越來越多成不了形的零碎片段。能耽溺於寫作是幸福的。

感言

時常想著在平凡中能有些不同火花的幸運，或許都源自於閱讀和對寫作的嘗試，那些曾留下的文句、篇章，像踏走過的深深足印，記載著曾去過之處，和渴望前去之域，在耕莘的日子，就遍佈著這些足跡，讓生活有了另一種可能。除了感謝，還是感謝。

過生日

今天是小群的生日，中午放學後他就滿心期待夜晚到來。桌上有個六吋大的生日蛋糕，濃郁的巧克力海綿鋪上油亮香醇的鮮奶油蕾絲花邊還有小巧豔麗的水果薄片裝飾其上，是爸爸載他回家時順道從麵包坊買的，他搶著將它抱在懷中，那圈抱的份量顯得沈甸甸結實飽滿。他咧嘴笑了，嘴裡彷彿脹滿胰軟的奶油和甜膩的巧克力，一股香氣款款漫上腦門。

「小群已經九歲囉，」爸爸摸弄他的頭髮，「所以要好好慶祝。不只好吃的蛋糕，我和媽咪還準備了神秘禮物唷。」邊故意朝他擠眉弄眼。

他竄跳歡欣：「是什麼禮物？什麼禮物啊？」稚幼的臉上彷彿潑灑強烈彩光。

「嗯～～什麼禮物啊？當然是，」他眨眨眼逗他玩，「等許完願切完蛋糕才能拿出來啦。」

「唉呀～跟人家講嘛～～」少不了他又抓搖爸爸的手臂撒賴幾次才願罷休。

現在時刻接近晚上七點。癱躺在沙發上的小群臉色有些倦累，他把遙控器甩到一旁，電視螢幕上不斷跳閃變換的卡通節目早就看膩，心頭滿滿迴繞的只剩這樣的念頭：什麼時候爸媽才要回來一起切蛋糕？

約六點時爸爸拎著鑰匙串說要去載媽媽，小群回想起不久前爸爸推門出去時還笑著交代：「蛋糕在冰箱裡，要等我們回來才能拿喔，小群不可以當偷吃鬼。」

現在他才管不了這麼多。昨天買的零食已經吃完了但肚子還是

很餓，開關冰箱幾次後決定將蛋糕捧出。看看時鐘，把蛋糕擺到桌上，噘起嘴跳上沙發。他有點生氣，氣家裡沒多少好吃的東西，更氣爸媽竟然到現在還沒回來，天都這麼黑了，生日就快結束而他們卻不趕快回家。

「討厭～～爸媽最討厭了～～」拉開上頭綁繫的緞帶，打開盒蓋，亮閃閃芳香鮮濃的小城堡瞬時閃入眼簾，「人家要切蛋糕，人家要點蠟燭啦～～」飄散的香氣和光滑油亮的彩衣舞著惑人的風采。吸口氣，忍不住嚥嚥口水。拿起一旁裝著塑膠刀叉及紙盤的袋子賞玩，那幾支七彩繽紛的小巧蠟燭好像在對他微笑。他開始想像在昏黃搖曳的燭光中、在爸媽拍掌鼓動的歡呼聲裡一口氣吹熄蠟燭且閉上眼許願的慢動作畫面……

電話是在這時響起的。小群聽了兩聲，咚咚咚奔去接起。是媽媽的聲音。

「瑪麻你們什麼時候回來？」他語帶委屈，「我等好久了。」

一陣輕微的茲茲啦啦吵雜聲後傳來有些漂浮的語句，「小群對不起啦，剛剛辦點事情拖太久了，我們現在……」一陣高頻率雜音冒起，「你再……爸爸和……」他把話筒靠得更近：

「聽不清楚～瑪麻妳說什麼？喂？」

電波的干擾纏鬥持續幾秒鐘才恢復正常，「聽見了嗎？」她在另一頭叮嚀，「我們馬上回家了，你肚子餓的話先自己切蛋糕來吃，回去再幫你補慶祝喔好不好？」電話背景傳來遙遠的微弱嗡嗡聲。

他先是感到胸口有種塌陷的踩空感，接著反彈似地有股熱流朝上鼓冒：

「我不要！」他突然提高音量，「我不餓，我不想吃蛋糕！」

另一端稍頓一會，「小群乖，」一股柔聲的哄慰，「小群要聽話，再等一下下就好了，喔？馬上就回去啦，有很棒的禮物要～～」

「我不要我不要我不要嘛，」他感到全身烘燒，「我要你們回來，我想點蠟燭，我肚子好餓家裡只有我一個人……」

「不是說餓了先吃蛋糕嗎？」媽媽的話語聽來忽遠忽近斷斷續續，「小群別再鬧了，再等一下下就好了，聽見沒？」

他越發感覺委屈，索性跺起腳哭鬧：「不要！你們都騙人！你們害我等這麼久，說什麼要切蛋糕拆禮物全都是騙人的，你們是騙子！騙子！我討厭你們！討厭！」不等媽媽回答他就將話筒甩開，倒懸的黑色身軀在半空兀自晃蕩。

小群揉揉眼睛，眼中光影迷濛。吸吸氣，胸口仍有些窒悶。

「討厭～～」幽幽的語調像飽吸太多水的毛巾，濕漉漉淌著水滴。

轉過身踩著篤篤重步，繃脹的臉顏紅通發熱，他回到沙發坐下，眼角瞄向有如卡通片般色彩亮麗的蛋糕時卻不禁驚駭哀叫！

一隻肥厚飽滿的深咖啡色蟑螂晃搖纖細觸鬚，上身微微抬起，頭部彷彿正在禱唸咒語般嘶嘶囁動，披覆薄翼的背上映射著牆上的燈光，而牠多刺的細腳看來就像閃著寒光的彎刀，上下揮舞威嚇，下一瞬間竟就砍入了蛋糕外層！

小群驚彈跳開，抓搔頭繞著桌子快步走踏。他感到噁心，一想到牠的觸鬚、牠蠢蠢欲動的邪惡黑臉正鑽入美味的巧克力糖衣時他開始嗆咳起來，鼻腔衝上酸腐熱氣，接著又是一陣激烈作嘔。

過沒多久小群喘過氣，轉身盯望正忙著攻城的蟑螂。腦殼逐漸脹熱，眼中惡蟲浮晃的身影顯得有些扭曲。過了一會，他像想起什麼似地伸長手咒罵：「敢吃我的蛋糕！臭蟑螂你死定了！」

他找出一個手掌高的米老鼠透明馬克杯，拿起切蛋糕的塑膠刀，深呼吸，左手空杯右手持刀，微微顫抖靠近目標，將杯子橫放，右手一刮便將比他拇指還粗肥的蟑螂掃進瓶中，牠滾落翻轉抖旋身軀，幾對手足慌慌划動，然而杯子高聳平滑，掙扎也徒勞無功。

　　「想吃我的蛋糕是嗎？」他的眼中閃過一抹鋒芒，「我就讓你吃個夠！」邊唏唏揮舞手中的乳白色短刀。

　　他將蛋糕剛被侵略的地基挖除一大塊，偌大的城堡頓時傾垮歪斜，再從上緣刮取一層膩滑的鮮奶油，把兩者用雙手攪和成一團黏呼呼的軟泥。定定望著仍在亂竄的蟑螂，手上抓捏一小團泥球便朝杯裡丟去：

　　「很好吃吧？」又拋進另一團更大的。牠的背上挨了許多炸彈轟擊，驚惶奔逃卻尋不到出口。「很好吃吧？」小群笑了起來，「連水果一起給你啦。」再把櫻桃和水密桃切片捏碎後全都丟進杯子裡。

　　他將滿手的蛋糕糊塞進馬克杯，奶黃色的土石流瞬間嘩啦罩下，牠被蓋壓住而無法移動，只剩枯瘦佈滿細毛的幾隻腳仍在搐跳顫抖。

　　他朝杯子底部看望，只剩一絲縫隙能見到牠褐黑的側影。牠正一吋吋被擠壓，但牠的腳仍在抖動，牠仍在艱難呼吸。

　　略微出神凝望幾秒鐘，小群抬起身，手持塑膠短刀朝杯中猛烈戳刺：

　　「全部吃完！你這該死的蟑螂！該死的蟑螂！該死的蟑螂！……」

　　刀身陷入癱軟爛泥裡，篤篤咚咚的敲擊聲迴盪屋內，指關節因用力而變得慘白，有些飛濺的屑沫噴灑在他脹紅的臉上，他不斷刺了又刺，直到刀柄應聲折斷，馬克杯也飛倒在一旁才停止……

　　他咻咻呼喘，感覺手掌很痛，往後靠倒在沙發上，茫然望著肆虐後殘破的戰場。看著看著，一咬牙眼淚忍不住滾落下來，他用力吸氣，試著擦掉眼淚，淚眼望出去的世界像被人上下用力撕扯，看來細長削窄又歪歪扭扭。閉上眼睛，他在間歇的哽咽中昏昏睡去……

醒過來時屋裡光度昏暗,灰黑色調中只有電視機的螢藍屏幕鑽刺眼瞳。幾點了?這是小群第一個念頭,爸媽回來了嗎?他覺得口乾舌燥,往前看去,女主播唸誦新聞的表情有如虔誠的修女:

> 為您插播一則重大交通事故。晚間九點於某某路上發生一起
> 自小客車連環追撞的意外,一台車號××-○○○○的銀色
> 喜美疑因超車時車速過快,擦撞滿載化學肥料的運輸車後
> 再……已知至少有六人死亡,十幾人輕重傷,傷患均已緊急
> 送往附近醫院救治中,現場交通大亂,警方也正介入處理,
> 詳細情形稍後再……

小群正覺得畫面裡那凹扭殘破的車體看來有些熟悉時,一團巨大暗影也從電視後的廚房無聲爬出。轉過頭張望一會,突然他雙目暴睜,往後鼠飛彈撞牆壁!他驚駭呆望,顫著唇兩腿酸軟,雙手在背後漫抓卻一再落空。

即使光線再暗也能就著隱約輪廓辨認出來:那是一隻足足有客廳一半大的褐黑蟑螂!牠緩慢爬行,忽一蹬地就人立起來,悠長的觸鬚正抵在他的鼻尖,甚至能看見觸鬚表面粗糙的紋理。

小群劇烈發抖,缺氧般唏呼唏呼用力吸氣,喉頭發緊僵硬,體內像張擰絞過頭的破抹布揪成一團。想閉上眼睛卻使不上力,眼瞳左右游移失措無依,心跳如越搖越快的波浪鼓節奏催命。牠,牠像一堵黑牆越趨膨脹,像大鵬鳥緩緩伸展雙翼,眼前便罩下大片暗黑……

想尖叫卻發不出聲音,空洞的嘴格格格格像發條故障的敗壞玩具。愣愣望著,彷彿聽見一陣慘叫的裊弱回音在遙遠的某處如漣漪擴散開去。

電視上的美麗女主播正唸著爸媽的名字。巨大蟑螂喀喀轉動和

足球一樣大的眼珠。牠瞪著他。他無法閉上眼睛。一堆人在縮小的方框裡跑進跑出，一堆還不認識的字閃現又再消失。背脊好像泡在冰水裡，灰暗的瞳孔急速收縮開闔。畫面快速切換，警車、救護車閃著黃紅嗚鳴，爸媽的名字又再出現。他看見巨大蟑螂高舉著怒張鬚毛的尖利觸手，左邊打火機右邊七彩小巧的蠟燭。觸鬚不斷晃搖，他呼吸急促唏呼唏呼而點火聲嘶啦嘶拉點火聲嘶拉嘶拉……

眼前綻開了焰火。他無法動彈。他看見扭曲的電視畫面、化成糊的蛋糕還有桌椅家具全都折捲成星末般的灰燼隨風散去。巨大蟑螂則轉過身，翼展褐黑雙翅朝黑暗遠處飛去……

「啊～～啊～～」小群尖叫著，雙手四處揮動，滿臉浮泛濕涼冷汗。猛然睜開雙眼，亮光刺得他眼瞳發痛，微閉起眼，彷彿又感覺天地倒旋。他的胸口緊悶，腦內嗡嗡作響，手腳皆酸麻無力。

他望向電視，螢幕黑暗無聲，「爸媽呢？」這是他第一個浮現的念頭。

電風扇噗噗吹送涼風，桌上的蛋糕盒敞開著，烏亮的巧克力城堡綴滿五顏六色的亮片。他楞楞看著，弄不清怎麼回事，也沒聽見門把喀啦轉動，媽媽的身影正從門縫閃現……

劉思坊

習慣性潮濕

作者簡介

　　劉思坊，正職是做性別與知識論的相關研究，興趣是寫作。但只有她自己知道，一切都是反著說的。有一次，她花了幾個月，讀了無數多的書，寫了上萬字的學術論文。後來，她寫了一篇散文，用了兩千多字，只講了一個故事。那個故事，不只說盡那論文能說的，甚至還說了她連論文也寫不出來的事。

感言

　　懷念一起在耕莘寫作的時光。

習慣性潮濕

　　九月中的南加州，氣候意外地悶熱。七月在台灣的時候，常常額頭一抹就是滿手的汗，那時我還和T炫耀：「在加州，不管多熱，一整天頸後都乾乾爽爽的啊。」沒想到九月一到，陽光竟突然強悍起來，小鎮裡此起彼落的艷紅色屋瓦宛若遭受烈火焚燒，定睛注目時瞳孔和太陽穴也都熱疼了。屋內的人一個個像找不到香蕉的猴子，不耐煩地在各個角落間遷徙。室友的家人從北加州南下探望她，連人帶狗，一窩子老小，毛毛躁躁地擠在一樓，我只好躲回二樓的房間，逐漸蒸成紅油燙蝦。

　　這樣濕濕悶悶的感覺，再熟悉不過了，如同七月在台灣時陣日與潮濕搏鬥的心情。記得最溼最熱的那一天早晨，我本與T相約到北部山城走走，但一到露天的火車站，心裡就打了退堂鼓。正值七月中，酷暑，呼吸的空氣都是小火慢燉過的，汗珠不自覺地從額前緩緩聚集，又沿著臉頰的輪廓滴下。蟬聲轟然而至，震耳欲聾，髮型與表情同時被熱壞。奇怪，明明就在溼黏裡長人成人的，怎料一旦經過風乾，就無法塞回原來的福馬林玻璃罐裡了。

　　「其實，我早就不習慣這裡的天氣了。」我沒說，是因為怕T難過。但可能，T根本就不會難過。又或者，不會難過是因為早就已經知道了，只是不想說出來，怕我難過。

　　不過就是不再習慣而已，不是世界末日，也不是人鬼殊途。習慣與不再習慣，都只關乎時間。久了，就習慣了；久了，也就不習慣了。這幾年流行說的「回不去了」指示出時間的絕對單向性，用以形容把車開到十字路口，才猛然看見「此處不可迴轉」標誌的惆悵。但凡原則必有例外，左右沒人時你仍能快轉方向盤，頭也不

回，當做沒事地一路衝回去。那些回不去的也就硬是被回去了。

多年來一直習慣T的照顧，T總是毫不嫌棄地接納我直接的情緒。在異國求學的這幾年，忙碌緊繃，為了不讓情緒的缺口龜裂擴大，因而影響到生活作息，對事物的接受與情緒的輸出，總是嚴密控制而漸趨失衡。很開心的時候習慣淺淺地笑，因為憂傷一看見就會悻悻然跑過來；難過的時候也是小聲地哭，因為快樂總是黏不緊，輕輕一驚嚇就掉了。只有與T說話的時候，該有的反應才正常歸位，哭與笑都是真誠的。人的一生其實遇不到太多能這樣紮實相信的人，我對T的信任並非像接受「水是由氫和氧組成」的客觀理性，也不是神愛世人般的超驗感性。而是如果有天不幸看見一具血淋淋的屍體，而蹲在屍體旁的T手上正拿著刀，我也會相信，人絕對不是他殺的─就算是，也一定有什麼不得已的苦衷。

只不過，我沒有預料到，情緒也會漸漸習慣不被歸位，指鹿為馬久了，馬於是天生就長著鹿茸，這是語言學家索敘爾「能指」與「所指」彼此叛變的初衷，後結構主義者德希達延義的開始。T這樣實實在在的人，困惑不已，我也懶得解釋。總之，我叫你笑，你不得不哭，這樣明白嗎？

即使把窗戶都開了，房裡的空氣還是凝固著，天空還是死藍一片沒有半朵雲，典型的南加州午後風光。在南加州陽光的曝晒下，萬物的顏色常是飽和晶亮的，路人身上鮮艷的衣物總是挑染著一層淡淡金框，像奇異筆精工描上去的。一樣是炙熱的氣候，台灣處處也見鮮艷色澤，但潮溼的空氣總把顏色鎖住，在身體裡漸漸發酵，暈染，起毛邊。那日我穿著藍紫色的棉質連身裙，在火車上一路路搖搖晃晃，身上的水珠似乎被一滴滴地磁核共振出來，雙腳邊泛著藍紫色的水灘，玻璃彈珠被融化的顏色。我坐在列車的尾端，看著車子在前行時不斷吐出軌道，一吐出來就被夾岸的樹蔭所撲上覆蓋。

　　我想到網路上流傳的兩張黑白攝影作品。首先，畫面上是一個新手父親，臂彎上伏著一個熟睡的小嬰兒，時間靜止，兩人都幸福祥和。第二張，父親的表情來不及改變，小嬰兒已露出勝利的微笑，他正心滿意足地噴擠出消化後的剩餘物，像飛機一樣噴射出白色煙雲，也像火車走過，遺留下了長長的軌道。攝影師的鏡頭，溫柔地，在你還沒意識到也就無所謂排斥的當下，先接受了人生中的必然之醜（臭）。這些被身體不要的多餘之物，像條長長的鏈飾，粘附在父親的手上。

　　感情裡很難分辨誰是被遺留多餘的，誰又是那個排便者。懸置不處理的，一旦拖長了，就成了一齣不下檔的戲。一個人先挑個想演的角色，另一個就演剩下來的。火車到站以後，那一天的經歷，因為太過抽象而無法給予注解，也因為太過繁瑣而無非被歸類。所有發生的事情都像是一個不想被看透的預言，也像是悄悄揭露本體的象徵，但更有可能，只是瑣碎事件的堆砌。越是瑣碎，越是不忍卒睹，因為從這些雜雜碎碎的平凡記憶裡，就越看見本心，就越明瞭那些排列組合其實代表了無話可說。

　　首先是一個突如其來的驚嚇。在車站的洗手台前，我正嘗試對鏡重新紮好頭髮。你知道的，鋪著舊式的白色瓷磚，一條水龍頭不分男女老少，展開龍脈延伸到盡頭，那種舉凡在學校，車站，和國家公園管理處特有的洗手台。忽然間啪地一聲，一個灰白色毛狀物被甩進身旁的水槽，濺起好大的水花。一個年約六十好幾，帶著漁夫帽的婦女瞬間再將水龍頭開到最大，將那拖把狀毛茸茸的物體浸得全溼。我仔細一瞧，不禁驚呼：「那是狗啊。」婦人不理會我，抓著那團髒灰色的白毛，以一種戲劇性的腔調喊著：「小白，醒來。」

　　「小白，快醒來」她繼續喊。

　　人潮漸漸靠近，圍成一個圈。每個人心裡都有底，任憑涼水像

瀑布一樣地灌頂，那團毛裡的靈魂卻正在遠行。婦人與她的家人們像是回覆警察偵訊般地向眾人解釋，狗已經幾天不進食了，大概中暑了，怎知走著走著就昏倒，不然那個誰去藥局買個什麼消中暑的成藥吧！路人也只是聽聽，搖搖頭隨便應應，「找個獸醫看一下吧。」有人提出比較理性的建議，但這山裡的小城哪來什麼獸醫。水被關上了，狗軟趴趴地被抬了起來，我終於清楚地看見這隻白狗的眼睛，那是絕望停止、不再發亮也不再反射這個世界的黑水晶。像沒有裝sim卡的空機，不被讀取也不想去讀取了。

T與我遲遲沒有邁開腳步，一直到雨落下來的時候，我們才離開車站。我一直想著，狗死的時候可是全身都溼了。濕漉漉地死去和乾扁扁地死去，不知道哪一個好一點。我問T，他說不要整個腦子都在想死來死去的問題。

那是個微小的山城，但只要是在台灣的山城，不管座落在哪裡，就可以被包裝成同樣的懷舊風格。懷舊是不分年代的，所見所及只要自動在視網膜上刷一層黃褐色漆就make sense了。T與我找到一間由老戲院改成的中式餐廳，沒有老式放映機，倒是用先進的單槍投影機投射著過氣許不了的喜劇。即便笑點都已經過時，但太容易分心的我還是忘記吃飯，雙眼盯著電影，T只好一人默默收拾滿桌的菜尾。

那曾是無比家常的畫面，我們盤腿坐在客廳，以小圓茶几為餐桌，上面攤著夜市買來的烏龍炒麵，酸辣麵，滷菜，我在南加州的夜裡，這些食物常常鬼影幢幢地在腦海裡揮之不去，麵條鬼啊還是滷蛋鬼啊，頭戴著小小三角形的帽子，特別愛挑深夜時分出現，一出來晃蕩我就只能趕緊塞進棉被裡裝睡。我總無比懷念那些食物，也總是感慨那時的我真的太不惜福，常常吃個兩口就看我的電視去，默默收拾的總還是T。

如果看的是傷心的電影或是戲劇，他總是能在最準確的時間地

遞過來面紙，然後在我眼瞼一眨的時候，出乎神技地捕捉到掉下來
的淚水。如果看的是喜劇，他會偷偷地在我的大腿上墊上餐巾紙，
他知道我等下會不自覺地掉下什麼飯啊菜啊的，那時候我的神經很
忙碌，連接到四肢的反應會比平常慢一點。T就是這樣的人，默默
地把好吃的都塞到我的碗裡，而我一直以來都以為那是我的碗自己
長出的。

　　即使都這樣了，他還是習慣地照顧我，我還是習慣性地讓他照
顧著。而那照顧與被照顧是不帶情緒，直板板的，沒有其他多餘的
裝飾。情緒這種東西，一個人若收了，另一個就會跟著收了。像是
山雨欲來前，小村子裡的人們爭先恐後地收起曝晒的棉被和衣物，
唯恐稍微慢了，雨就真的落下來了。

　　雨停以後，山間的道路冒著煙嵐，我們走了一段。即使氣溫不
高，還是走不了幾步全身就粘嗒嗒。山坡上開滿了野薑花，我們一
前一後地沿著路走著。兩個人走著的時候，一個跟著一個，怎麼樣
也不會跟丟，一切宛若從前。曾經我們生活的軌跡重疊，重心也
重疊，一個若不小心偏移軌道了，另一個就能伸出手拎回來。慣性
力量就像拉著風箏的線，在御風而上的時後給了對方明確的方向，
飛累了也可瞬間疲軟落地回家，掌箏者會等待下一場風。那是和滷
蛋，黑白切或米粉湯一樣讓人懷念的，安全感。它在的時候，堅實
不可摧毀，以至於它消失的時候，我們還在空氣中描繪他的輪廓。

　　分開後的這幾年，只要我一回台灣，我們還是約著到山裡走
走。走走，是一個描繪記憶與揣測未來的方式。每次都以為走著走
著就能走回到過去，但最後卻只能走到相同卻仍然陌生的路口。站
在陌生的路口我們左右徘徊，因為接下來再也沒有讓兩人同時通過
的路了。宛若夜市彈珠檯上那滾動的彈珠，在木條間左右晃蕩了一
陣，然後像突然想通了什麼，瞬間墜入直挺挺的格道裡。下一顆，
搖搖晃晃地被送上了路，以為還能複製前者的軌跡，但無奈敲到了

鋼釘，再怎樣不捨都只能往反方向前進。

「熱了，回去吧。」我不敢走下去了，山路迢迢。在回程的火車裡我不小心昏睡過去。半夢半醒之間，我聞到車廂空氣裡彌漫著潮溼混濁的汗味，我聽見火車貼著軌道時金屬相擊的聲音，我彷彿看見對座的位子上牽著手的我們，那是還不知道分離終究成為象徵，成為隱喻，成為宿命的我們。

但一陣風忽然吹到頸間，汗水蒸發的瞬間讓我打了冷顫，被喚醒的我看著窗外的天空，死藍的，遙遠如夢境一般的。加州九月。

那天走進車站前，我特地繞到廁所前瞧瞧。洗手台已經空了，沒有狗，也沒有人，沒有任何事發生過的樣子。但我清楚記得婦人把狗拖出水槽放在地上時的畫面。她輕輕地按著牠的脖子，不說一語面色凝重，然後，忽然大弧度地轉過身來對圍觀的人說：「沒事，牠還溫溫的」她搔搔頭淺淺地笑。

還溫溫的，沒事，沒事。

曾馨霈

甬道

作者簡介

　　曾馨霈，臺灣師範大學國文學系、臺灣大學臺灣文學研究所畢業，目前任教國立彰化高中。

感言

　　與粉筆、紅筆為伍的時光之外，偶爾想起那些年在楊昌年老師文學研究班寫作、讀書的歡快日子。〈甬道〉距今剛好十年，忠實銘刻一個文藝少女的敏感與困惑，未來希望心底仍有詩、仍有夢，再次執筆為自己而寫。

甬道

1.吾祖

　　阿祖逝世時，我剛從幼稚園畢業。記憶裡一方斗室滿漫著臨界的沉默，久積的灰塵粒子在空中飛騰，地上跪著伯公、叔公、嬸婆、奶奶、伯伯……。女眷的哽咽在喉間滾轉，重複翻攪著淚水。而男人們的臉是無法被望見，他們趴附床邊宛若被陰影蝕了一角。當時的聲音似乎被巨大的悲傷所抽空，剩餘幾個定格鏡頭，而後逐漸淡出。隱約記得扭曲陰鬱的臉龐，紛雜疊沓的腳步，以及緊咬下唇以致於微微出血的奶奶。始終躲在簷下觀看的我，突然發現一切就像一齣荒謬劇，來不及登場演出就只能坐在台下怔怔發楞。出殯那天陽光晴好，鮮黃的菊花艷艷生色，院落裡擠滿了送葬的人們。穿著一襲澄亮道袍的法師與打扮奇異的送葬團（我因看到唐三藏與孫猴子、豬八戒一行人而感到興奮），披麻帶孝的親友們臉上淌著汗珠，偶爾吐出幾聲乾嚎。我試圖加入這場最後的盛宴，四處逡巡，好奇的張望生命中有記憶以來的初次葬禮。用指頭輕觸著身上的短小麻衣，粗礪的感覺讓我聯想起古裝劇裡久經風霜的俠客。一陣鐃鈸喧囂，隊伍往村外出發。旗幡飄飄，華麗的電子花車強力放送孝女白琴的哭喊，虛假的號哭似乎也能擰出一點辛酸。親族的大大小小同感哀悽，我卻一滴淚也流不出來。

　　始終和阿祖不親的緣故，大半來自於家族人口眾多，我的存在某種意義上是為族譜增添了新的名字。自有記憶以來，阿祖就像遺照上一樣蒼老、衰頹。多年後翻閱相簿時，奶奶拾起一疊從阿祖臨

終至出殯的照片，猛然發現所有關於葬禮與死亡的印象，像是被一塊鮮豔甜美的糖果誘出長長黏膩的唾涎，無可遏止。反覆翻閱阿祖往生後的遺容，著壽衣、穿壽鞋，安穩置於頭頂上的藏青小帽，仍舊散發昂貴絲綢的柔軟光澤。撲著粉的臉龐如此靜好，闔閉的雙眼似乎隨時等待張開。這是捉迷藏遊戲，在大家躲好之前阿祖你不能偷看。我無意不敬，當棺木入壙時，「師公」散播著穀粒和釘子，操著台語富含音律的喊著「一散南北方，子孫富萬金」，親友們大聲喊著「有喔！」「二散東西方，子孫年年春」「有喔！」我的確感到一陣新奇與快樂，於是也加入混聲合唱，高聲誦道：「有喔！有喔！」一邊不禁暗自憂慮：「等阿祖張開眼睛開始玩『按咯雞』（捉迷藏），大家就已經跑光光了。」

2.吾父

　　這場捉迷藏在還沒開始之前就已經結束，我一個人留在無人的曠野聽見死亡逼臨的跫音。將記憶的洞穴再挖深一些，隱約透出的光線照亮出生六個月的我，溫順的躺在母親懷中望著纏綿病褥的父親。那是父女相見的最後一晚，民間信仰中的「天公生」，從此成為我二十年來必然默默哀悼的忌日。時光悠悠迴轉，臨終時父親臉上有著怎樣的表情？我嘗試想像父親的容貌，充滿愛憐的凝視他的稚女，含著憾恨企圖伸出雙手擁抱我，或是緊閉雙眼靜待死神的無聲翩臨？而事實上，據母親轉述，插著鼻管的他只能無助的呼吸，如一頭卑弱的小動物等待死亡審判的時刻。生與死在同一個空間奮力衝撞，我或者父親都不是它們的對手，束手就擒似乎是最佳選擇。我參與了告別的時刻，卻連一句再見也說不出口。而有關這場葬禮的回憶，在我學會記憶事件以前就被時光的立可白塗抹殆盡，唯一殘留的證據是藏在櫃子深處的一方遺照。

　　這方遺照曾經成為童年時期的夢魘，長久背景著我的怯懦與不安。每次翻找東西時不經意打個照面，父親黑白的淡漠笑容總讓我在炎夏中冒出一身冷汗。那時約略知曉死亡是怎樣一種感覺，如清冷指尖毫無聲息的劃過背脊，貓步摩挲式的行經裸露的腳踝，而後緊緊掠住，一切劃下句點。或者張開死神的漆黑斗篷，迎面罩下光明的所在，死亡驀然降臨。而一路迤邐而過的送葬隊伍，每日從新聞主播口中連串流出的死亡名單；據說在村口大榕樹上吊的女子，一到夜晚便披垂一頭長髮，攫抓不聽話的小孩……。甚或是國小廁所垃圾桶裡的經血污漬，也曾經讓無知的我感到一陣顫慄。死，富含形象性的大舉入侵一切感官的種種想像。死亡的符碼牽起手來跳舞，我蹲在其中忘記自己的步伐。然而歲月流轉，習慣於身邊人事的不斷消亡，每次嚎啕大哭至乾嘔的印象，也成為反覆印製大量發行的廉價記憶。我細數成長之途上冰涼或碎裂的屍體，每每類近於一種啟蒙與警示，在淒風苦雨中標立「由此去」的方向，躊躇猶疑仍要往前尋覓關於生死的奧秘。

3.長逝者

　　如果說死亡這件事情帶有命定的徵兆或預警，是不是在正面迎擊的時候，就能坦然無所畏懼？而縈繞不去的「惘惘的威脅」，一點一滴的從記憶的罅隙中滲入，積成一灘污水，時時蕩漾著骯髒猥瑣的死亡面容。童年時家中飼養的小黑狗——Lucky，四隻腳上各踩著一團雪白，「白腳蹄，不吉利呀！」大人面帶嫌惡與畏懼如是說。而在夜涼如水的暑假傍晚，Lucky被疾駛而過的計程車撞得面目全非、一命嗚呼，不再幸運。牠未曾為我們家帶來不祥，而牠的名字也無力抵抗死神的悄然逼近，只能枉為輪下魂，以朝天的白色小蹄作為無言的抗議。目睹此一場景的我，短暫喪失言語的能力，

每夜夢中不斷出現Lucky踩著輕巧的步伐朝我奔來，四隻腳上盛放紅艷艷的玫瑰。

然後是自然課所飼養的幾條蠶寶寶，渾圓白胖的身軀被打掃房間的母親一不注意踩成灘灘爛泥，棄置在垃圾桶裡。慘案發生後的很長一段時間，我對於丟垃圾這個日常小動作，深深的感到怖懼與棄絕。害怕一隻隻的蠶寶寶爬附在手臂上，以青綠色的黏液控訴我的謀殺。埋下的屍體逐漸敗壞冰冷，死亡的故事永遠說不盡。還有一隻外婆極疼愛的八哥鳥，在外婆發生嚴重車禍而瀕臨死亡的某日下午，安靜地在籠中死去。莫名的鳥亡換得外婆的康復，從此鳥代人亡的報恩行為，成為村莊裡流傳的鄉野奇譚，而家族史也不忘記上一筆：黃氏待人寬厚，大難不死，有鳥報恩以求陽壽……。

死亡這件事是如此地難以啟口，不可承受之輕往往在靈魂飄搖脆弱時漫天湧下，密匝匝的將我們包圍，無所遁逃。開朗熱情的鄰居大哥在村內交叉路口發生車禍，警察在地上畫下的白色人形，成了他在陽世留下的熒熒印記。隔壁眷村的榮民爺爺因心臟病發作而亡逝，屍臭漫漶引來人群圍觀，黃色警戒線拉出人世與地府的距離。我曾經收下他給我的甜漬糖球，那股黏膩和屍臭在我的記憶中巧妙地縮合，我逐漸相信鮮豔的外表下必定藏有腐敗的因子。乾爹因大腸癌過世的那天清晨，我正背起書包朝校車行去，國中繁重駭人的課業等著我去搏鬥。血淋淋的廝殺於我而言，只存在書本與分數之間，死或者活僅是掛在嘴邊的故做哀嘆。傍晚回家之後，母親要我換上一身素衣黑褲去弔唁，叮嚀為人契女的種種禮數。我一路從門口跪爬進去，一邊擔心被村裡偷偷暗戀的男孩瞧見，哀傷的眼淚始終淌流不下。直到出殯那天，我才被週遭龐沛的悲傷情緒引發滾滾淚水。

4.甬道中

　　有時候我們並沒有想像中的悲哀，或許驚訝的成分遠大於他人的腐心之痛，尤其身為一名旁觀者，無法冷眼相待所以試圖融入場景。當導演一喊「開麥拉」的瞬刻，所有快樂或者哀傷的角色必須馬上定位，一同扮演一場生命的悲劇。高中友人驟然失親的那段日子，我始終陪在她的身邊，努力同表哀悽但感到一層又一層的隔閡阻絕著彼此。憐憫與否竟是一種困難的諷刺。我胸前的口袋藏有一片榕葉，避邪祛災用。望著友人因焦慮而反覆齧咬的禿指甲，盡力回想曾經失親的經驗卻怎樣也想不起。言語似乎是多餘的產物，課堂上剛剛教過的「蓼蓼者莪，匪莪伊蒿」在心裡跳針式的誦唱，多少感慨也無法註解生命的《詩經》。火化那天友人平日沉靜優雅的母親頓時蒼老許多，蹲在地上用金紙摺疊朵朵蓮花，彷若專心完成美勞作業的小學生一般。遠方青山悠悠，一行白鷺輕盈掠過天際線，不解人事。法師踱去又踱回來，焦黃的臉似乎剛從金爐中爬出。近處蹲蟄成群的靈骨塔員工，壓抑著笑聲以致於顯得騷動且愚蠢，身旁的啤酒罐凌亂散佈一地。「We need peace more than love.」友人說。「妳不覺得嗎？和愛相較之下，我們往往需要很多很多的平靜，來彌補對愛的渴求與匱乏……。」火光中她的雙瞳翳上一層水氣，像是一頭驚慌無助的小動物躲在樹叢中窺伺。我不清楚這是哪句台詞或者格言警句，而尚未在過程中明白一點啟示，翻越寫定的結局後又是另一篇故事的開頭。生與死並肩而行，同時擁抱時誰也不能抗拒其一。

　　我們是如此避諱死亡而膽怯去面對，無奈中惟能執拗地相信生命的本能反應必然帶領我們穿越死亡的甬道，迎面又將是一片朗月清風。而企圖演練不同的瀕死經驗，又適時提醒我死神輕附耳後的

喁喁私語。每月經期的固定失血讓我想像身體深處鑿了一個孔洞，慢慢血流至死的奇妙況味。或是用力摀住因嚴重過敏而鼻塞的口鼻，近乎變態的觀察奮力翕動的鼻翼，模擬缺氧悶死的漲紅姿態。實際上，偶爾經歷的車禍事件；旅行途中的巨大亂流；夏日溺水的驚駭體驗，以及皮囊內外大大小小的敗壞與傾頹，皆是一路尾隨跟蹤的死亡腳步，通過淒冷孤寂甬道所響踏的聲聲回音。

　　我兀自在漆黑中匍伏前進，執起一盞記憶之光照耀前方，哭聲漸止寒慄漫上腳尖，曾經死去的的依舊存活，活著的逐一躺下漸趨冰冷。靜定的沉默卻如此喧嘩，而甬道的盡頭究竟通往何方？

許芳慈

首席畫者

作者簡介

　　許芳慈，1985年生。美國加州大學洛杉磯分校教育研究所博士候選人。擔任《地球公民365》的專欄作者，主要撰寫「哲學不難」單元，與小小說「滿月堂」系列。書籍出版作品有《她的名字叫Star》（2012年八月由九歌出版），《四時迴轉歌》（2013年四月由繆思出版），《RESET無用勇者傳說》（2015年三月由奇異果文創出版）。

感言

　　當初知道耕莘，是因為楊昌年老師課間休息時邀約的。那時談話的內容已經忘了，至於我怎麼會那麼聽話，真的跑過去？更是一團謎。

　　但該發生的就是發生了，好的事情就應當這樣。

　　假如當初沒變成老師的學生，對我現在的寫作生涯有什麼影響？我不知道，說不定整個人生都會不同吧。

　　我不是起步順利的那種寫手，事實上，在寫作路途中我撞了好幾次牆。從一開始擔心「大家覺得這篇好不好？」到真正關心每篇作品的質量，這樣的轉變，或許是在耕莘的環境中與各方熱愛寫作的師生們，共同磋合的結果吧──說是從萬花鏡中找到自己的方向，也不為過。

　　即使現在不從事純文學創作了，那段日子仍一直沒有遠離。我想這是好的。可以的話，我希望能永遠這樣延續下去。

首席畫者

在我的人物與地景之中的，不是傷感的憂鬱，而是誠摯的
悲慟。

我在單人公寓，從無底的夢醒來。

在夢中我擁有一切——那些能言的，不言而喻的。我，首席畫
者，已將細節給忘了：或許是金銀色系的，庸俗的飽足感，或許是
黑白單色的貧乏，紅綠色情感的浮誇。

像一輩子在瞬間過完，迴歸於無。

窗外，小室外的聲音全都蠢蠢欲動。那世界正無禮的闖進來，
要寂靜從這世界走出去。光滲入，是有稜有角的那種，它對周遭蓋
著的半完成品突襲檢查，那樣的東西我有滿滿一屋。

我不期望自己的作品會出現在正中央，那是太好的位置，是屬
於裸女的曖昧和精工細雕的盛開花卉，上面有黑色的草寫簽名，屬
於另一群人的名字。

我在邊陲與邊陲以外徘徊。

人們會看不到我嗎？我不知道。

還是這世界會比人們更先遺忘我呢？我不知道。

＊＊＊

我時常畫那些悲傷的人，他們的時間過得比常人要慢，慢得讓
人遺忘。但那些多餘的空白卻可以讓我反覆思索，他們為何不得不
如此。

一位黑衣的老農婦在陰影中紡紗。

一個襤褸的孩子在店門口乞討。

溫潤的、乾燥的、炙熱的、冰冷的，步伐帶引生命，在每一刻流轉，由我負責定格。

你為這些無關的人生留下什麼？他問。

我答不上來。

這些人距離我的作品是遙遠的。儘管同我一般需要溫飽，但卻不需要畫筆與顏料。我期望作個信使，傳播者，能動的媒介。我要使更多人們瞭解世界的全局。

然諷刺的是，那些會意願去看畫的，卻都是些猶有閒錢的階級。我的信如特惠廣告一般廉價。

不，我不怕他們喚起的是廉價的憐憫心，事實上，我不覺得在這個時代，任何一種憐憫心會被稱作廉價。但優越感呢？我既不願製造失衡，讓一群人被另一群人當弱小者同情，好顯示同情者自身高貴；也不願讓那些單純的人被當作有趣的動物似作生態觀察。

誰能拆解出那背後的實體呢？

＊　＊　＊

有時候——我是指某些忽然從光線中甦醒的午後，或者半夜靈感泉湧起身創作的神奇時刻，我會忽然什麼也不擔心，什麼也不怕，就像嗑了藥或喝了酒那樣勇往直前。我不擔心十年來沒賣出任何一幅畫，哪怕二十年、三十年也無妨，因為我忽然有能力給予自我評價，讓這一切恢復價值。我會肯定地握緊筆桿，像是握緊所羅門王的權杖一樣——眾生之語，世界的權杖。

在那種時刻，我的生命會像火焰一樣猛烈燃燒，充滿魔力，引導下一筆和再下一筆的引出。光在這，在這，也在那，我的世界被一種神聖無比的力量包覆，化為旋轉復旋轉的螺旋，圓。

圓，完美的圖形，是祂創造這一切時最初也最終的循環。無限

輪迴在畫紙上重生與重生，在這時，帶領我的是根深柢固的神秘，來自所有人類的最初始性。

圓在這，圓在那，圓是一也是全。

是一，也是，全。

我賣力，不同於以往的奮力戰鬥，手指發白發顫地留下血的刮痕，讓我全身流下棕色汗水。幾次，我以為來自畫架的動盪是小小的地震。為了近在眼前的一種信仰，一種宗教，一種朝拜似的狂熱，在那裡我燃燒……

幾次，我將作品呈現，以為人們會跟著看到些什麼，但他們只是平靜的說我瘋了。

＊＊＊

「你需要休息。」

「我不需要休息，我需要畫。」我補充：「那對我而言即是最好的休息。」

「長遠的休息才能讓你恢復正常。」

「我也許沒你正常。」我，不假思索：「我也不需要那副正常樣子。」

「喔，你說的對。」

那看個精神分析專家如何？現在很流行的，不用在意，很多「藝術家」——別瞎想，這可沒有額外的意思——都會去看一看的，你知道？現在搞繪畫的漸漸不怕這種事了，不得還跟不上潮流呢！過幾年你再沒有憂鬱症、躁鬱症、恐慌症還是人格分裂，旁人怕是要取笑你的！你知道他們怎麼看正常人？一群脫不出尋常觀點，臣服於表象者。

照你的意思，我笑，我得病反而會是好事了。可若正常人看不到真理，那活在這世上的是瘋子，造出這世界的不也是瘋子了？

呸呸呸，說這什麼話，那可是你講的，不是我講的。不過你這麼說倒好，有點憂鬱症的味道了。啊，那N先生你可知道？編劇出名的，我介紹他去一家診所，很不錯，保密到家，沒病有病的都治，你考慮看看。

他說完，快速的撕下筆記本的一角，抄下一支電話，十個碼。

你真該去看看，就算為的不是治好，你知道我的意思。

他說。

＊ ＊ ＊

更多時候，我陷入一種黑色膠著。夜中有金黃巨大的齒輪，逼迫我不斷跳離齒與齒間的扣合。無法逃脫軌道，在這樣巨大的轉輪世界，一切的圓都危險無比，我必須逃，狼狽的逃，各種金屬交雜的破壞聲讓人腿軟耳聾。

在那種時刻，我的感官變得異常敏銳，追捕出潛藏者清晰的聲響。

「人皆歸於塵土。」耳語纖細地說：「你認為重要的，只不過是無限重複的一個小舉動。在你以前，很多人都已逝去，在你以後，更多無名者也將埋沒於此。你蔽帚自珍，因為見識短淺，因為未能瞭解虛無。」

首席畫者？那是毫無意義的目標不是嗎？你的貪念不比牟利者高貴一點，你的努力是對時間的一種虛耗，他說。

他要我擁抱不存在，目睹無數黑夜，我開始畏懼睡眠。

如果次日再也無法醒來，我還能有所感覺嗎？

如果一切所為，最終都有消滅的一日，我還應當繼續嗎？

如果終結將在不知不覺到來，我的名字被人們記憶或者遺忘，有什麼分別？

金色轉輪無限的運轉著，在我的生命，和人類的共同生命上往

返出現。當人類正對著它時，悲劇就發生了──有天它將把我們所有人都吞噬掉。

* * *

「看了醫生嗎？」他很期待的問，在我眼中看來，是過度期待了點。

「看了，他給了藥，還約下週複診。」

「很好的開始，繼續吧。」他說，最後的三字令我想起長年站在車站門口的保險員，用出乎意料的死亡作生意勾當。或許他會希望我也成為一個保險員。

「醫生問了什麼？」

「一些不重要的事。」我說：「居住所，氣候問題，吃飯的情況，睡得好不好之類。他對這些細節很關心，有些根本難以回答。」

「沒問別的了？」

「『印象最深刻的事物』，還是人？或兩者兼有。」

「你怎麼答？」

「我想不到。」

* * *

然而我卻是不誠實的。

在我的腦海深處，有一處黑暗之光。

那是在遙遠的小鎮之夜，我很清楚的記得：那日晚霞之時，我正在狹小的旅館室內。盤纏在拜訪友人A時便已用完，我甚至無法到樓下的餐廳用餐。A住的小地方寧靜且樸實，這是他的好運。

小鎮之夜與大城相反，夜色落得很快，很靜，藍色調讓人無法察覺。

　　一個人獨行，我在路上走，風在臉上吹，所有生命都在鄉間小路上靜默。遠方有燈，微弱，搖晃，或許是尋常住家，餐館，教堂。

　　幾步距離後都遠了。

　　我走著，夜風漸漸地冷，道路上沒有更多光明，什麼都不真切。歸去的方向沒有指引，岔路和正確之道無法分野。

　　我仰望……

　　多麼驚人的夜！

　　那是龐然無邊的黑色世界，我仰望，藏乎其上的神秘之光，扭轉一切，幻化一切。金色轉輪，在這裡，在那裡，如同生命般奧妙卻沒有生的畏懼。

　　光在燃燒，風在燃燒，黑暗世界多元紛呈。是寶藍的靛紫的流水的清澈的色流，在並列的世界流動。流動，無處不流動，偉大的圓在上頭，一切都在旋轉，並加入了我的生命，在浩瀚光輝與迷團之中……

　　一切皆變，一切不同凡響。

　　我沈浸。

　　在表層美好以外，世界根本的永恆展現就在眼前……

　　「你的情況不見好轉，離開這裡吧。」

　　「離開這環境，去別處發展，若這樣也距離太近。」

　　「那麼離開這表淺世界……」

　　或許我當找一份工作，正常工作。

　　亦或許我應吃藥，與朋友交往，變得嘮叨多話，停止執筆。

　　又或許。

＊　＊　＊

　　真實刺眼的令人流淚。

　　我身處小室之中，數小時內什麼也不做。是逃避，還是如釋重負？

　　也許我永遠回答不了這個問題。

　　也許那本就非我所能。

　　也許。

　　畫布，我揭開。

　　旋轉，我旋轉。

　　在萬有的宇宙中旋轉，圓的完美是最終的語言，我的愛是神秘漩渦，囊括一切事物。

　　光都流了進來。

　　看，我說。

　　多麼美好的世界。

王惠盈

癮

作者簡介

　　王惠盈，曾妄想天降橫財，而後能終身遊手好閒、不務正業，遺憾始終與此宏願無緣，只能漂浮於茫茫職海，所幸從事的工作始終圍繞著最愛的文字，因此雖難以飛黃騰達，但尚能溫飽且為心頭所好，亦不失為一條可喜的道路。目前為小小的童書編輯一枚，期盼能有一部值得被記憶的作品留下。

感言

　　楊昌年老師文學大師，他的課是師大國文系最紅最熱門的課，但在大學就讀師大期間，其實並未上過楊老師的課，直到偶然在校外報名了耕莘小說寫作班，才真正見識到這位大師的風采。若非耕莘，也許會就此與楊老師擦身而過，還好有耕莘，不僅能近距離感受楊老師的學養與生命厚度，更結識了一群來自四面八方、熱愛文學的同好，相互在生活、在寫作的道路上彼此砥礪，一同前行。

　　謝謝耕莘。

癮

坐在他的對面,看著他全神聚焦於食物上的那種狂熱專注,她想起了曾經有個戒了菸十多年的老煙槍,叼著香菸,告訴她,上癮這種事情是沒得戒的,所謂的戒癮,只不過是自欺欺人的把戲,以為把那種渴望壓抑住了,卻不知道那種渴望早就深深烙印在記憶深處,一旦與之重逢,就會重新被召喚出來。

當時她笑了笑,沒回話,認為這只不過番冠冕堂皇的屁話罷了,心想:你沒本事戒,還有臉講得這麼理直氣壯。

直到多年後的今天的這場偶遇,她終於明白,自己不過是未曾體驗或是覺察上癮的滋味。

一個小時前,她在路邊認出了他,他沒怎麼變,幾乎跟以前一樣,除了穿著打扮和略為加寬的身形之外,十年歲月幾乎沒在他身上留下痕跡,甚至連神態也一如往昔;而她則女大十八變,幾乎換了個人。當她喊他一聲學長的時候,他一臉錯愕茫然,彷彿拼命在記憶庫中搜尋資料,最終靠著聲音比對出她當年的模樣與綽號。

寒暄了幾句後,他們來到了這間餐廳,嫻熟地點了餐點,還指點她該點些什麼,主菜與醬料如何搭配最好……

「你還是跟以前一樣,對吃的這麼在行。」她笑說。

「沒辦法,吃上癮了。」他還是一樣,笑得如此爽朗。

他們繼續閒聊,起初還有些生疏,但聊著聊著,熟悉的感覺逐漸凝聚,彷彿回到了大學時期,社團辦公室只剩下他們兩人的那個下午,他們無所事事,喝著啤酒、嚼著洋芋片、鹽酥雞一類的垃圾食物,他如數家珍的向她介紹那些食物的要在哪裡買、選哪個品牌、怎麼吃才夠美味,她傻傻的看著他,也不太在意他所說的是真

是假，只是希望時間過得愈慢愈好，最好永遠停在那一刻……

　　上了菜，他的眼睛發出了光芒，那一瞬間的眼神轉換與隨之而來的興奮感，讓她想起了老菸槍說的話。她默默地觀察著他：他專注地進食，還不時發出咯咯的笑聲，簡直白癡透了。這十多年來，她見識過許多男人，還真沒見過像他這樣沒有酒精，也能發出醉鬼傻笑的蠢貨，都三十多快四十的人了，竟然連一點該稍微收斂的自覺也沒有，實在太可笑了。

　　荒唐的是，她竟然希望時間過得愈慢愈好，最好永遠停在這一刻……她無奈地暗暗嘆息——只是這嘆息太倉促太輕微，無人察覺，無人在意，所以無足輕重，甚至也許不曾存在。

　　也許，他就是她的癮。

　　這是愛嗎？但他們之間的互動也從未多於相熟的朋友，彼此也未曾真正付出過些什麼，失了聯繫之後也未曾努力尋回對方，只能等待一次偶遇重溫那幾乎已被遺忘的感覺，然後道別，回返乏善無味的尋常生活。

　　沒有輾轉反側的渴望，沒有刻骨銘心的思戀，生活中有他無他並沒有很明顯的分別——這不是愛，頂多是一種小小的癮，久久發作一陣便無聲無息地結束，不過無聊日常中的小小調劑，不痛不癢，船過無痕。

　　飯後，她並未留下名片，只潦草地在餐巾紙上寫下不常使用的備用信箱，解了這小小的癮。

奇 魯

踏浪

作者簡介

奇魯，1973年生，台灣苗栗人。童年時立志成為科學家，但長大終究只成了個學術圈的工友。少年時立志成為武俠小說家，但朋友介紹時都說是武俠評論家。如今中年，想當個無爭無求的讀書人，能看書的時間卻越來越少。現為明日武俠電子報編輯，該報為國內少數專精談論武俠的電子報，雖然是破落大叔一枚，但仍在武俠的路上持續思索中。

感言

只是覺得悶得慌，想在網路之外的現實生活尋找比較近距離的，高水準的人文接觸，所以報名了楊昌年老師的文學班，開拓了許多視野也認識了些至今保持很美好的君子般聯絡（淡如水卻是甜的）朋友。很幸運在人生中遇見耕莘。

踏浪

（一）雷寄雲

那年，雷寄雲二十五歲，面臨了生命中的重大選擇。

那是在芒草花開成滿目白雪的秋季午後，晴空，風吹草低成了浪，搖撼著整個的山林，春天就這樣踏著白茫茫的浪花出現。

「你也是來追捕我的嗎？」春天昂首輕輕的說，神情不知道是憤怒、求憐、挑釁還是悲傷。

雷寄雲被迷住了，不知道春天吸引他的，是美麗、高傲、神秘還是楚楚可憐，但他清楚的感覺到，春天填滿了他心中那個洞，正確來說，春天讓他不再凝視自己那個深不見底的黑洞。

春天輕輕走來，隨手折了一葉芒草，迎風飄盪的長葉劃過雷寄雲的頸項，一陣痛楚傳來，才讓雷寄雲有如大夢初醒。伸手一探，已滲出微微血絲。只要再割得深些，這條命就算是沒了。

但雷寄雲當時完全沒有想到自己受傷的事情，他轉頭朝著春天的背影說：「我帶妳走」。

春天停下來轉身看他，終於點了點頭。

雷寄雲帶著春天，從小時候偷溜進城的小山路逃走。送到了城，春天遁入人群中走了。

春天走了，雷寄雲卻怎麼忘不了那隻白皙如玉的手，優雅自在地拈著草葉的樣子。

那該是手劍法吧，雷寄雲想，於是轉而學劍。

手指不夠長、手腕不夠鬆、且成年練劍已太遲，加上雷家祖傳

並沒有什麼傲人的劍法，拋下前程似錦的機關研發而獨自摸索學劍，雷寄雲，在雷家、甚至在江湖大多數人的眼中看來，算是廢了。

直到三十歲，一事無成的雷寄雲，被家中長老分配了一個簡單的任務，護衛族中資質優秀的少年少女上京，參加王爺辦的「英雄出少年」擂台大賽。說是護衛，不如說是當雜役，因為同行已經有幾位攜著神兵火器的精英戰士押陣，沒有人認真要他護什麼衛，只是想派個差不讓他整日無所事事。他也樂得輕鬆，跟著大隊人馬上京見遊。

到了京城，五王爺對這比賽非常看重，特別設宴招待了各地前來參賽的少年們。晚宴上，五王爺親切地向一個小朋友問：「將來有什麼志願呢？」

雷寄雲想起自己小時候，大人也常喜歡問這個問題，當時差不多所有人都是要當天下第一高手，再長大一點，知道天下第一高手不是人人可以當之後，通常都轉說要做個有用的人，像自己想當機關技師的志願也是那時許下的，只不過世事難料啊，自己終究成了這樣一個一無所成的廢人。

「我想當個機關技師」小朋友很認真的說：「希望朝廷能重視機關研發，多給我們雷家多一點資金補助，不要讓我長大之後做這行沒飯吃。」

五王爺愣了一下，看看小朋友天真的樣子，還是開心拍了拍小朋友頭。

有股微微的怒氣從雷寄雲心中湧起。這個時代，怎麼連個孩子都這麼的世故現實。可是，自己不也是因為錯誤地懷抱著不切實際的夢，才變成了現在這樣狼狽的樣子。

雷寄雲在旁看了一陣子，便以小解為由，離開了宴席。雷家眾人也皆知他平素閒雲野鶴慣了，任由他離去。

坐在京裡的河邊，雷寄雲看著倒映的月亮，在水面飄飄搖搖，心中莫名又想起春天。年紀越長，記憶越來越不真切，越來越不能確定，春天是不是只是自己在苦悶青春中的一個過於真實的幻想。

回到王爺府，府裡卻已成了一片血海。

雷寄雲驚惶不已，但掛念著雷家眾人安危，還是深吸了口氣，拔出長劍，手腳顫抖著往大廳前去。

一進大廳就看見雷家擔任護衛的精兵們都已陳屍在地，當下了然，兇手一定是先奪走了雷家機關火器，再以此屠殺眾人，雷寄雲心中一陣涼，心想這下大禍臨頭了。正茫然間，屍體堆中傳來一點聲響。

雷寄雲循聲找去，翻開幾具屍體，底下藏了個瘦小的少年。

雷寄雲拉起少年的手：「走吧。」

兩人尚未走出王爺府，一隊長槍兵隊魚貫進入，將兩人圍住，雷寄雲還沒說話，當先一人卻直指著他倆道：「兇手！」

「等等！」雷寄雲尚待分辯，一柄長槍已當頭刺來。出了一劍擋回，雷寄雲情急智生，從懷中撈出一個黑布錢囊，大聲喊道：「別動，這九轉霹靂火一旦落地，大家同歸於盡。」

果然這鎮住了眾人，雷寄雲緩步往門口走去，包圍圈也緩緩讓開一個缺口。那少年緊緊的拉著他的衣角亦步亦趨，雷寄雲暗嘆了口氣，出了門，拉起少年的手，往黑暗中狂奔。

（二）雷大千

官府四處張貼的懸賞圖樣，對我的描述是：慣竊扒手，懸賞四十兩。寄雲大叔比較值錢一點：淫賊，五百兩。當然，這只是白道上的價錢，在黑道，因為身懷神兵之秘的緣故，我們的首級已經懸賞至萬兩了。

　　我和大叔都親眼見到了王爺府裡的慘案，原本以為會禍延雷家，沒想到朝廷震於雷家火器威力，反而加倍攏絡，幾名長老直接被延攬至兵部。至於血案只對外宣稱五王爺聚眾密謀造反，所以將一干謀逆盡數抄斬。

　　就這樣死了一堆人，卻像變戲法一樣，偷天換日，一切又恢復平靜，宛如什麼都沒發生。

　　這個世界真的很難理解。連我這個變戲法的都很難理解。

　　對了，忘了先自我介紹了，我叫雷大千，出生於江南雷家堡，今年十五歲，還沒結婚，不過也不會結婚了，因為大概在一刻鐘前，我死於一場大爆炸。

　　什麼？你說你是奉濟公活佛之旨意來地府尋訪的扶鸞靈童，要我說說自己的故事好返回陽間著書教化世人。

　　好吧，不過我覺得我的人生很公道沒啥好說的啊。

　　真要說，不能免俗從小時說起好了。

　　我想您聽說過吧，雷家子弟從小就要接受非常嚴格的智能及體能訓練，不過每個人才性都不一樣，一班之中，總會有些人不斷遭人排擠欺負，通常是人品才貌極差或極好的，像和我要好的那大叔小時候聽說就是個天才，結果一輩子不容於眾，而我，因為長得很醜很笨拙，所以向來也沒有什麼朋友。

　　只有一個神仙姐姐對我很好。那時，每天放學回家，總會有人在路上等著要捉弄我。有一天，有個同學在轉角埋伏，伸腿把我絆倒，然後哈哈大笑離去，我很生氣很難過，可是卻哭不出聲音。神仙姐姐不知道從那兒走出來，蹲下來對我說：「不要難過，我教你一招。下一次他們就絆不倒你了。」

　　不過我很笨，那一招學了很久還是學不起來。

　　神仙姐姐只好和我約定下課回家時就在這等他，教我那招直到教到會為止。雖然為了學會不摔跤，我摔了不知道多少跤，不過那

卻是我這輩子最快樂的時光。

直到某天，在回家路上的一個轉角，橫裡伸出一隻腳，我身體反應已經快過腦袋，用了那個轉移重心勁力的身法，穩穩站住，轉過頭看，才發現是神仙姐姐。

「好啊，原來連你也不老實。」神仙姐姐嘟著嘴的說。我很害怕很難過，我知道她指的是我明明已經學會卻一直假裝沒學會的事。

「你這個小騙子。」神仙姐姐由怒轉笑的樣子，讓我幾乎覺得像站在一塊蒸熟的巨大甜年糕上面。

那是我倒數第二次見到神仙姐姐。

後來過不久，我遇見了西方來的戲法師，我覺得很神奇，心想也許我不只要做個小騙子，要做就要做個大騙子才行。於是我就離家跟著西方來的戲法師走了。

我跟著戲法師旅行到了西方，學了一些戲法，五年後才回到雷家。那時，京裡辦了個資優少年的競賽，邀請了各門各派的少年精英們齊聚起來文爭武鬥。我當然算不上什麼精英，但因為會幾手戲法，長輩們認為可以在宴會之類的場合表演，所以也讓我跟在隊伍裡一起到了京城。

事到如今也不需要瞞了，反正聽說到了閻羅王那兒孽鏡台一照，還是逃不掉的，不如就直說了。王府血案的真兇其實就是我。我之前就用了些手法，將護衛們帶的神兵火器給偷到手，有了這些殺人利器，就像我這樣一個身羸體弱的人，也可以輕易幹下這滔天血案的……

啊！你不要打斷我講故事嘛，你會問為什麼要殺人，可是你覺得一個戲法師會告訴你戲法是怎麼變的嗎？不會嘛對不對。而且像你們這種寫教化善書的，只管記下像我這種壞人如何受到報應不就功德圓滿了嗎？何必管到為什麼呢？

老實說，神兵的殺人效率比我想像中還要強的多，沒遇到什麼抵抗地輕輕鬆鬆就殺了滿府的人，連我自己也覺得很害怕。但我還是依照原先的計劃，躲在屍體中裝死，沒想到大叔一無所知的跑了進來，本來應該要連他一起殺死的，不過被他溫暖的一抱，我突然下不了手。我也不知道為什麼要跟著大叔亡命江湖，也許是太久沒有人願意抱我了。

我們亡命四處流浪，然後遇上了小乞丐。

破廟裡的乾草堆上，小乞丐當時正像隻狗般讓男人趴在身後，另幾個男人圍在身邊上下其手，這讓我想起最後一次見到神仙姐姐的情形。我因陷入回憶而不知所措，倒是大叔馬上衝了上去，拔劍威嚇趕走了那些男人。

不過小乞丐反而很生氣，說把這些男人趕跑了，她等會就沒東西吃了。

大叔聽到這話臉一下沉了下來，從懷裡掏出幾文錢，放在小乞丐衣服旁邊。小乞丐伸手抓起錢，很開心的張開腿躺下，問大叔說：你要用什麼姿勢？

大叔用力地側頭過去，說：「把衣服穿好，先去吃東西。」

我和大叔倆個亡命江湖，靠著零星的打工和賣藝，也過著有一餐沒一餐的日子。小乞丐靠她的身體生活，其實也未必比我們差到那去。

不過她還這麼小啊！大叔一定會這麼反駁我。

大叔太古板了，可我不是。

當天晚上我就去找了小乞丐睡覺，第二天，我蒙起臉到了一個黑道堂口，拿出了懸賞榜單，向他們出賣大叔。

我帶他們來到大叔休息的破廟窗外，向他們證明不是騙他們，但因為大叔身上帶著九轉霹靂火，怕逼急了會玉石俱焚，所以請他們先給我一部份的懸賞金，再由我騙大叔到林子中，設陷阱抓他。

他們答應了，等他們挖好地洞，我引著大叔到竹林，讓他掉進去，不過接下來我一時手滑，把真正的九轉霹靂火給掉到了地上，然後我就到了這裡。

你就回去寫：這就是天網恢恢，疏而不漏啊……

（三）小乞丐

我想我愛上了一個男人，不過他愛的是浪花，所以我有機會，就會到海邊來，希望能再次遇見他。其實我不太知道這樣徒勞無功的等待是不是叫愛，不過，我還是想等他，想再見到他。

曾經我以為的愛是很簡單的。張開雙腿，就可以得到愛。

自我懂事以來，這就是我唯一得到愛的方式，我母親和他的男人，只有在我張開雙腿的時候才會給我擁抱和笑容。之後我發覺我可以輕易得到其他更多男人的愛，所以我離開家，四處尋找更多的愛。

第一次遇到他時，我張開雙腿，他卻沒有愛我。這反而讓我有點生氣，因為他讓我原先簡單的信念受到動搖，連張開雙腿也沒辦法得到愛這件事讓我感到很害怕。

所以我反而對他很好奇。但他對我冷冰冰的，帶我吃了碗麵之後就拋下我走了，我只好轉向他的朋友打聽他的故事。

他那個朋友倒很爽快，說只要我張開雙腿就好了。當天晚上，他說了他們認識的故事，說到他怎樣將他自一堆屍體中抱出來，我才了解原來不用張開腿也可以得到他的擁抱和笑容，我決定日後找機會去試一試。

他的朋友也是個怪人，對於把女人張開腿後該怎麼愛的事顯得很笨拙，愛完之後也不像其他人一樣離去，反而嚎啕大哭起來。

我問他為什麼哭，他一開始並不理我，哭了一陣之後才說：

「我不知道，我想我已經沒救了。誰都救不了我了。」

　　「你怎麼了嗎？」我問。他那朋友哭了一陣才搖搖頭，說：「你喜歡大叔嗎？他是個好人，我知道他準備去當舖賣劍了，那柄破劍值不了多少的，但他一番好意你要好好珍惜。」

　　他朋友說完就走了，消失在黑暗中，我再也沒見到他朋友，希望他能找到可以救他的人。

　　第二天下午，他來到破廟找我，身上衣服沾著許多黃泥，好像剛從土堆裡滾出來，卻拋下一大袋的銀兩給我，要我不要再做妓女了。我問什麼叫妓女，問了一陣才知道他指的是把腿張開讓男人愛的女人就叫作妓女。他後來想想說也不是這樣，不過也解釋不清楚，總之叫我不要再做了，拿了銀子去做點其他事。

　　可是我不曉得要做什麼，所以我死纏著他。

　　我們到處流浪，他喜歡看浪花，如果到了海邊，總會在海邊坐上好一陣子，看著浪花發呆。我問他浪花有什麼美的，他說浪花身不由己，短暫的出現隨即又破滅，不是很叫人感到心碎嗎？

　　我喜歡看他看浪花的樣子，不過我不了解的是，難道一定是要短暫破滅的東西才是美嗎？

　　雖然和他在一起很溫暖很開心，可是他就是不抱我。我想起他朋友說的故事，然後做了件後悔到現在的笨事情。

　　我到了客棧，人群聚集處，隨便找了個看起來很兇惡的大漢，給了幾兩銀子，要他演齣戲假裝脅持我。我帶著惡漢來到山上我們生活的小屋，惡漢卻假戲真作，和他打了起來。

　　惡漢很厲害，他負傷數處後開始帶著我邊打邊逃，來到一處芒草茂盛的溪流邊，我們想藉著芒草躲藏，卻還是逃不開惡漢的追蹤，他把我藏在一處芒草叢中，自己跳了出去，和惡漢纏鬥，不幾招，他手上的長劍被惡漢打落奪了過去，我驚呼一聲露了行藏，惡漢轉過來追我，他突然做了個奇怪的舉動，折下一片芒草葉，追了

上來，惡漢看了他手上的芒草葉哈哈一笑，轉身出招，只見兩人交手一招，他被擊飛掉入溪中。前晚剛下過雨，溪水湍急，轉瞬間被沖到看不見了。惡漢朝著我走了幾步，脖子鮮血才突然泉湧而出，睜大眼睛不可置信地倒下。

我一路沿溪下山，淚水都快流成了河，可是找不到他的蹤影，所以我只能徘徊在他最愛的海邊，希望他有一天也會來看浪花……

（四）春天

春天並不覺得自己很美。她覺得很多東西很美，雨後荷葉上閃耀的水珠、燕子飛翔的軌跡、城牆腳下石頭縫中冒出的小花，她常常都會被這些所吸引駐足，流連迷醉。可是她不知道自己那裡美，讓這麼多男人爭來奪去，她反而怨恨自己的美。

少年時有個沒落的貴族公子追求過她，不過尚未迎娶過門，公子家就破敗了。之後是個紅毛商人娶了她，但好日子沒過多久，就讓一個混血海盜給搶了過去，而這海盜也沒能佔有她多久，就遭自己屬下背叛，春天被收歸了官府，成了奴隸。官府無能，竟然又將春天賣給了倭寇。後來倭寇被掃平，春天才恢復自由身。

回到故鄉，平靜安寧的生活沒過多久，突然間，所有人卻又都開始口口聲聲宣稱起自己愛她，並且指責其他人的愛是假的，只有自己的愛才是真的。

但為什麼沒有人真的對她好呢？沒有人真的來關心過她，了解她在想什麼，想要什麼？遇過的男人遇得多了，口口聲聲說著愛，不過是想蹧蹋她的身體而已，而且，那些越是滿口說愛的男人，通常越是已經不太行了；高聲呼喊著愛，只因為已經沒有能力愛了。

春人照鏡端詳，這些年流離風霜，早已經不是那個青春洋溢的少女了，身體曲線雖仍然窈窕，但臉上肌膚已不似過去那樣不用脂

脂紅粉也自然的漾著光，最重要的，是不知道何時，自己已經不會
笑了。

　　不會笑了，直到那天，不忍見一個笨孩子受欺負，留下來教了
他幾天武功。而這個笨孩子什麼都沒有說，可是寧願受苦說謊也只
想親近自己，春天為此笑了起來，連她自己也很驚訝。

　　笨孩子學會了武功了，盤算著離開，卻接到堡裡長老的命令，
要召開一個聚會。

　　長老點名春天上來。

　　「我們都願意為了我們堡犧牲自己的性命。妳呢？」

　　群情鼓譟下，春天被迫說：「我也願意。」

　　「我們不要妳犧牲性命，我們只要妳奉獻妳的身體。」長老出
手如電封住了春天的幾處穴道，讓她軟麻動彈不得。兩名護衛抬起
春天，橫躺在高台之上，露出曼妙的曲線。

　　「英勇的戰士們，今晚她就是你們的獎賞。」長老對台下高聲
說完，才俯身低頭在春天耳邊低聲說：「堡裡的男人都為你浮動不
安，只有毀掉妳，才能讓堡恢復平靜。」

　　男人們爭先恐後的上台，進出她的身體，她放棄了抵抗任憑擺
布，然而她在努力用意志捨棄肉體感覺的時刻，春天突然看清楚
了，這些男人，心不是放在她的身上，這些男人的心是放在其他男
人身上，放在那些過往進出自己身體的男人們身上，以進出自己的
身體當做自我尊嚴和權力的宣示，如同狗走過別的狗撒過尿的地方
地方一定要再撒上一泡尿一樣。

　　春天失神的四下看著，突然對上的是她傳授一點武功的那個傻
孩子的眼神。

　　「別看。」春天阻止不了男人們，只能出聲阻止那個傻孩子，
可那個傻孩子睜大了眼睛嚇得呆了，從頭到尾動也不動地癡癡望
著。春天知道自己終究是毀了他了。

　　清晨，春天拖著殘敗之身離開，在一個芒草滿布的山坡遇到了一個獨坐沉思青年，也許是一種嫉妒，嫉妒青年眉宇中流露的憂鬱，那憂鬱背後是種未曾受過世間傷害的青澀，是自己羨慕的不再保有的東西。所以春天抖抖身子讓自己如孔雀，盡可能的散發著僅餘的傲氣與美麗。

　　照面瞬間傷了青年，青年卻沒有生氣，反而領著她逃走。

　　到了大城市裡人多之處，青年尾隨著她不肯離去。

　　「不要跟來了。」春天說。

　　「我想跟妳走。」

　　「為什麼？」

　　「我愛妳。」青年說。

　　春天心中一陣難過，她已經害怕那些說愛她的人了。只道：「你不愛我。」然後頭也不回的走了，留下了日後苦苦思考證明著自己的愛的青年。

　　春天其實不知道自己該往何處去，但她不敢停留，只能一步一步摸索著往前進……

（五）雷寄雲

　　那天下午，雷寄雲隨著雷大千出門，路經竹林，突然腳下一輕，落入了一個地洞，洞底鋪有乾草所以沒有受傷，但洞挺深的一下爬不出去，正要呼喚，雷大千的臉從洞口上方出現，笑道：「大叔你沒事吧，我要先走了，你自己要好好保重啊。」拋下了一袋重物，人就消失在雷寄雲的視野之外。

　　「你要去哪？」叫喚了幾聲，雷大千卻都沒有回應，掂掂他丟下來的袋子，非常沉重，打開看是一錠錠的文銀，心想他那來這麼多銀子，莫非是怎麼樣作奸犯科得來的，這種錢很危險要不得啊，

正想出洞後要好好曉以大義，卻聽得上頭人聲雜沓，突然間一聲轟隆巨響，沙塵四散滾落。

雷寄雲慢慢沿著土壁攀爬上去，眼前景色令人不敢置信，竹林中出現了一個大洞，幾十丈的範圍內焦黑一片，稍遠的竹子都向外倒伏，散掛著殘缺不全的屍體肉塊。

九轉霹靂火，原本以為只是自己信口胡扯，沒想到雷家那些人真的做出了這樣天地不仁的東西。雷寄雲覺得滿腔的憤怒與悲哀，可是又能怎麼辦，只能用力握了握隨身佩劍的劍柄。這些年來木製的劍柄都讓他給握得小了。

爆炸威力如此之大，雷大千定是死了，只是想不通他怎麼會有這火器，銀子又從那邊來的，他說要先走了難道是早就預見這一切？

這樣的大爆炸一定會引來官府中人，雷寄雲不敢多做逗留，於是帶著那袋銀子去找小乞丐，要她拿了銀子謀生去。

小乞丐卻不收，只想要跟著他流浪。

爭執再三，「我是個通緝逃犯啊。」雷寄雲到最後只好這樣明說。

「沒關係。你是誰都沒有關係，我跟定你了。」小乞丐說。

雷寄雲聞言不禁為之震動，想起了那年見到春天，想起那一片菅芒花海，不過這個季節芒草花未開，雷寄雲摸了摸小乞丐的頭，道：「走吧，我們到海邊去看浪花。」

許春風

界線
——讀一部傷痕美學氣質
的《德語課》

作者簡介

　　許春風，對文壇盛會避之惟恐不及的幽靈人口，是個人出版工作室的（文字、美術）雜役，作家簡媜有另一種說法叫做「多功能處理機」。

感言

　　2004年底白靈老師和夏婉雲老師，把我提到楊昌年老師家聚會，農曆年過後，我就正式成為耕莘寫作會昌年老師文學研究班的一員。從小學五年級誤讀張愛玲《半生緣》開始，一直像是卡在消波塊，縮躲在蚌殼內吞文字為食、吐情緒為沙的貝類，直到遇到昌年老師，我對閱讀與創作的認識，才真正知道甚麼是浩瀚的大海。

　　感謝昌年老師，還有那些作伴的海貝們。

界線
——讀一部傷痕美學氣質的《德語課》

霧啃咬著遠方的那條地平線

以致於
黑夜溶進了白天

以致於
海水滲進了天空

以致於
鐘擺跌進了深淵

以致於
時間吃水過重而
下沉

以致於
道德傾向左邊或右邊
都是糢糊不清的
災難

　　看完第541頁最後一個字，抬頭才驚覺窗外有極度灰色的氛圍，雨水正大顆大顆地潑灑著窗玻璃，在冰涼的空氣中，這被凍硬的春天彷彿也蒙上一層白霜；可惜窗外沒有一條易北河，也沒有滿是傷痕的浮橋，我思維的鐵錨只好拋向無視覺的定點，也許就能好整以暇地捕撈點什麼餵給這腦中盤結交錯的空網當是小小的漁獲。

　　但是，撈起的是黏稠烏黑的泥煤，並且，不斷不斷地從網縫間流失，雖然──這陰沉沉的天氣有助於我在相似的情境中游走──風從身側襲來，雨聲唰唰如漲潮的河水沖洗孤獨的邊岸，卻都只是虛張聲勢。

　　畢竟，書寫閱讀報告不是我的專長，我彷彿陷入相同於〈履行職責的歡樂〉這題目的困境，即使腦中發電機嗡嗡作響。不得不承認，有個自我禁閉的悠長時間對於書寫者來說是不錯的懲罰。

　　這本《德語課》是今年二月中旬在台北國際書展的人堆裡逛了幾個小時之後唯一背棄逛展前對自己的約定忍不住還是要帶回家的一本小說。在現場翻閱的初始，曾經因為書中導讀一開始「由於這本書具有宣揚道德勇氣的教育意涵：其主題闡揚以道德情感對抗虛偽的理性……」這樣的字眼而將書悄悄放回書堆裡去，旁邊手上也正在翻閱同本書的朋友詫異的看了我一眼，我告訴他，我不能忍受任何聲稱宣揚道德教化的東西，他回我，其實它還有別的，我才又把書拿起來，直接翻到內文第一章。

　　要這樣說，人性裡許多幽微的東西不是道德的範疇，尤其親子、家國、鄉土相互間那些不對等的關係上產生的糾葛，太泛道德論只會讓事件本身更加模糊不清與侷限。況且，對生命主體的前瞻性而言，也不應該被這樣簡易看待。複雜的東西，越是需要層次界定。

　　所以買回這本厚厚的書，純粹因為文字。對於美好的文字，我就像飛蟲那樣具有極度的趨光性。但必須承認，也同時伴隨著相對

的苛求，尤其，在沒有故事的下落之前，文字就必須擔任吉普賽人魔毯的角色，畢竟，人有飛行的渴望。

無疑，齊格飛・藍茨滿足了我這樣的渴望。

閱讀期間，我經常錯認自己正坐在電影院的觀眾席上，那些細節透過導演緩慢的運鏡，時而拉近拉遠，甚至虛擬實境：那些不經允許就籠罩過來的濃霧，那些半島上驚飛在額頭上空的鷗群，那些色彩頑強人物表情長相怪異的畫作，那個在畫裡開口說話的巴爾塔薩，那棟燒毀倒塌的磨房，那朵不時從畫中竄出來打招呼的火苗……

「維特——維特」，「維特——維特」，那樣沉重又叫人安心的呼喚，是海灘上彎嘴濱鷸發出急促而憂鬱的叫聲？還是人性安然於信任與關切的美好聽覺？《德語課》的文字不僅僅有畫面還具有音感（第七章中對於管教院希姆佩爾院長的鋼琴彈奏亦有精彩的描述），即使談到知識性的生物生態（第十三章）或者人們賴以維生的泥煤（第九章），那樣上乘的美學調性在其他的文學作品中實不多見，之所以能經常被列為德國高級中學高年級的國文教材，我的主觀意識寧願當它是主因，甚至執拗地認為，美學才是生命總體最大的基礎。

喜歡齊格飛・藍茨用寫實與意識流並揉的方式讓故事在現實與幻覺中交替進行，雖然他總是時不時地跑出來「後設」一下，雖然也難免敘述繁瑣，卻完全無損於段落與段落之間無縫地銜接以及結構上的緊實度，尤其在不造作不刻意的感覺上，作者的確也給了讀者最大的誠懇。

畫家說：「為了能夠和你相似，你就必須用目光不斷地虛構你自己，凡是經過虛構的東西，也是變成了真實的東西。」又：「如果你不由你這方面加進若干東西的話，這一切便不是原來的模樣。」並且：「不要只是忠實的紀錄，形式必須猶疑不定，一切都

必須猶疑不定，色彩並不是那麼規規矩矩的。」說的雖然是繪畫創作上的看法，但任何形式的創作何嘗不是應該抱持這種態度？尤其是個人生命相關的創作。而其中所謂猶疑不定的形式就是意識流域的空間。

所以，幻覺是作者最真實的主觀情境，他讓故事裡現實的傷痕有一個容納收藏的空間，那是對戰後德國人尷尬困窘虛脫的生命境況的知解與疼惜。我想，這也是為什麼作者並不正面述及二次大戰的種種。身為侵略國的子民在戰敗慘痛的廢墟陰影裡，面對這樣難堪的實境，心情上難免寧可回到一個虛構的位置上吧！於是，那戰時的消息，就只能隱隱不留痕跡地在文字的草場中翻動，頂多像被丟棄的皺巴巴的過時報紙那樣被風旋起最後黏貼在花園的鐵絲網上昭告犯罪事實。

但即便罪惡是事實，作者也意圖藉由西吉的目光牽引讀者虛構自己，讓讀者一下子就能跨過時光的門檻，在那個傷痕的世界裡承受生命卑微的認知與無助，進而與作者的感知形成最美好的疊印，主體與客體之間如此附著，如同作者與讀者相互之間產生骨與肉的關係，誰能自我切割呢？我想，這是作者的衷心期盼，殘酷的歷史若能形同鏽蝕的廢鐵，就再也鑄不成傷人的刀劍。

回到故事裡去，一九四三年的四月（不免訝然於這樣的巧合，書寫的這時，我也在我春冷的四月，雖然足足相差了六十五年），時值二次大戰的尾聲，希特勒的納粹兵團正從歐洲戰場節節敗退，在納粹德國北境那個有強風吹拂的小鎮，主角西吉當時只是個十歲大的小男孩。他以第一人稱在佈滿線索的第一章最後寫著「對我來說，在這一片土地上，只橫貫著一條路，即從魯格布爾通往布雷肯瓦爾夫的路。」未入獄之前，所有的故事在那裡往返，路徑曲折，父親嚴斯與畫家南森是拉扯兩端相斥的力量。

在這兩者之間，西吉單純的瞳眸中所映射出來的父親是個偏執

又卑微，不斷設下陷阱入人於罪的警察哨長：他監視畫家馬克斯·南森的行動，他「逮捕」畫家全部的畫——即使是「看不見的圖畫」，他從火燄中滿足了對南森成就的不以為然，也許他更想燒掉南森曾經冒死救他的事實；他無視於他所服膺的掠奪者因引燃戰火而讓鄉土成為廢墟的罪行，卻強硬威脅要以他的「第二視覺」告發被稱為「格呂澤魯普的良心」的阿斯姆森；他是個殘酷的父親，他怕自己受牽連所以假裝無私將頻臨斷氣的大兒子克拉斯送回軍中受審。所有的這一切，「職責」兩個字只不過是為掩人耳目龜縮在心中的懦弱與自私，並且幻象地認為那身警察哨長的制服是權力的尊榮與保護色，而這荒謬的自以為是，最後竟都化身西吉心中黑暗花園裡掛滿枝頭被風吹得鏗鏗碰撞的恐怖面具。

（從某種角度上來看，主角西吉心中父親的角色，是否其實是作者齊格飛·藍茨心中家國的隱喻？）

相對於嚴斯，畫家南森在西吉心目中，則儼然是他艱困成長路途上的學習對象，不論是藝術創作上的，或是對鄉土情感上與探究上的（所以，西吉最後仍選擇回到家鄉魯格布爾），也是他的忘年之交與逃離父親掌握成為共犯結構唯一能夠信任與安定的去處，更是他對不可原諒的破壞力量產生抗拒之下一心想保護的對象。

（而畫家南森的角色，或者也可以視做作者對醒覺力量的另一種投射。）

是黑暗之中的焚火對上隨時等待接受萬事萬物的畫紙吧！所以西吉彷彿正義的那一方，有義務不讓這把破壞的火燒燬這些有醒覺力量的畫紙。這不是道德上的爭辯，是心靈對仁慈熱切的相應。所以他基於保護的立場而「收藏」這些畫紙，這種巨大的拉扯最終卻帶來西吉人格撕裂的災難。

但是，為什麼被懲罰的竟都是無辜的受害者？是正義的力量太過於薄弱？還是書中生物課上說的：「一切強者都依賴弱者來生

存，開始時，所有的卵機會都一樣，每一個簡單的卵包圍和吞食著一個生命，然後，當競爭開始時，那不體面的──就要滅亡。」這樣的自然法則？在倫理的相關位置上，父親（家國）的角色永遠不代表不體面的那個卵細胞？所以西吉替代父親受懲罰，因為「誰也不敢讓魯格布爾警察哨長去反省，對他進行治療；他就可以這樣病態地活著，病態地去履行自己那命中注定的職責。」

是的，西吉曾經十分痛恨他父親的那身職務，所以他在這本類似傳記體的罰寫「作文」裡，經常不削且諷刺地直稱「魯格布爾警察哨長」。但是，作文的最後他卻這樣寫著：「我知道，我自己的電纜永遠也不會越過魯格布爾通往其他地方」，那是一條永遠切不斷的聯繫，沒有為什麼，只因為那裡是他的家鄉，即使那裡有罪惡挾持體制（職責）借用位階的護身符行進掠奪與破壞，即使那裡大多數人沉默以對坐視罪惡成為食人饕獸，即使那裡有人在罪惡的面前低頭甚至甘願附庸成為共犯，他依然要回到那個地方去，去接受那個灰色的不堪的優弊參雜的，絕不被誤認為他鄉的平原：

「我不時地向魯格布爾方向的池塘看幾眼，但是，誰也沒有向這邊走來，牧場上只有牛羊。牛和羊，說來簡單，然而我必須把牠們安排在背景裡，黑白相間、灰色、凌亂，牠們融為一體，你不可能把牠們一隻一隻地區分出來，因為我想避免把我的平原和任何其他的平原混淆。我所描寫的不是隨便哪一個地方，而是我的故鄉；我所探究的不是隨便哪一個人的不幸，而是我的不幸。」

有些界線是不能隨便混淆的，不幸的界線也是。當一個人願意背負起這所有不幸的重量並堅信即使懷著恐懼也願意努力理解探究這個陰暗泥濘的沼澤地，那是愛與責任最終的歸屬，不應該被放棄。所以，「道德」真的不是這本書的重點，作者在文字中始終避及這兩個字，也許，齊格飛‧藍茨和我同樣憂心泛道德論最終也要沉淪到成為「履行職責」的荒謬劇情吧──

「因此，我非堅持這樣寫不可：一個令人感到壓抑的天空，薄霧濛濛，陽光微弱，我讓我們在有節奏的海濤聲中幹活，蘆葦沙沙響，鳥兒在空中結隊飛過，沼澤像滾開的一鍋粥似地冒著氣泡。沼澤，泥濘，原始泥濘地，我的外祖父不是在書裡強調過，從原始泥濘地裡產生的雖說不是一切，但也是最優秀、最頑強、最有抵抗力的生命嗎？難道他沒有宣傳過：一切生命都從蝌蚪開始，而蝌蚪是以自己的鞭尾從原始泥濘地裡誕生的嗎？」

（在三次的修改過程中，每每寫到這裡我的心緒就如同在強風中氣喘吁吁使勁兒往大壩高處爬行卻又難以自持不斷向後滑溜的自行車。眼前的地平線不斷不斷地升高，要高過壩堤了。）

春雨持續地下，所有不幸、泥濘裡的傷痕都會重新找到力量。我再啜一口已經冷涼的咖啡，聽著喬許・葛洛班（Josh Groban）我心中彷彿西吉乾淨的聲音，《You Raise Me Up》……

朱天

姑母
孤
逆
星
語

作者簡介

朱天，生於高雄，暫居臺北。臺師大國文系與臺大臺文所畢業，學術研究師承柯慶明先生，文學創作私塾楊昌年先生；現為政大中文博士候選人。曾獲耕莘文學獎、全國學生文學獎及高雄青年文學獎等獎項；著有論文《真全與新幻──葉維廉和杜國清之美感詩學》、詩集《野獸花》。

感言

楊昌年老師，是我文學的啓蒙；耕莘文教院，是我學習創作的起點；故當此耕莘五十週年的特殊時刻，特將與自身生命緊密相關的詩文作品挑選出來，以野人獻曝的態度，略盡棉薄之力。

孤姑

　　只因擁有兩位互異而相似的姑姑，我也飽餐了雙重的想像與憂傷。

　　還記得國小時期，最讓我戀戀不去的地方，不是高雄的風景名勝，而是一位黃姓同學的家：爸爸開明且兼具等量的開朗，哥哥溫文，妹妹嬌憨，而「媽媽」更是散發著一股莫名的美好，不論是低沉的嗓音、緩慢的步伐，亦或是妙手創造的滿桌伴餚──直到我更加深入黃的家庭腹地之後，才得知那位被我視為全家溫暖來源的人，不是媽媽，而是姑姑。

　　每日晨間，黃家人大都以現成食品為早點；因為姑姑必須節省力氣，以應付剩下的兩大戰役：午飯與晚餐。等到所有腳步都離屋遠去，姑姑整裝待發，緩步出門，走向足足有一個街口遠的市場採買一家五口的整日食！宛若棋盤的早市，是姑姑最擅長闖關的遊戲場，只見她三步一轉，五店一彎，不疾不徐，一一檢閱今日來朝的貢品；在數圈漫步後，雙手就各自抓滿了當令蔬果與紅艷鮮肉。返家首事，就是按先後順序處理食材：茄子切後易黑，要先備好一碗鹽水；至於肉類則怕它熱到流血，須放到冰箱等待傳召；而高麗菜體積龐大、刀工費時，首當問斬的非它莫屬；至於「食」辰未到的香蕉、芭樂，就只有躺在餐桌繼續補眠的份──剎那間，眾家食物各歸本位，聽候差遣──十時三刻，開火：一陣鍋鏟與蒜末的爆烈合奏之後，首先裝盤的就是清炒高麗菜；當清澈的菜湯尚未停止冒煙之前，醬油茄子也正式換上整身黑西裝，好讓待會選它的幸運觀眾，驚訝於內外截然不同的黑白對比所形成的和諧美味；起承之後，擔任本場表演轉折要角的，就是集酸甜口感於一身的糖醋排骨

——甫一亮相，便以強烈氣味與鮮明色澤，藝冠全桌；或許是為了平息高潮迭起的爭鬥所造成的口乾舌燥，負責壓軸的便只能是睡了整整一天的鳳梨苦瓜雞湯：入嘴雖苦，進喉回甘。

這是黃家的午餐。日復一日，姑姑在一條街、兩餐飯裡，用火用鑊用肉用菜堆疊、雕塑，黃家小孩的成長歷程。而我何其有幸，能在好多陽光美麗的正午或黃昏，享受姑姑的美食與叮囑；當她盛飯、夾菜，最終將一碗蒸騰的香氣，重重放在我的雙手時，恍惚間竟然覺得自己不再只是過客——這裡的美味與飽滿，從此有我一份！工作後，返鄉機會日漸減少，更別提有餘暇登門作客；即使真去了，或許也只能憑弔那群失去翅膀的過往：當原本的早市改建成傍晚營業的黃昏市場，黃家姑姑也逐漸慢成濛濛的夕陽：腳，走得更沉，彷彿不願再與時間競賽，只想靜靜留住身邊所有的光；當曾叮囑的受詞早已蛻變成各自飛翔的主格，話，也就說得更少了，不如讓耳窩深處的餘響繼續延長，讓日漸凋落的記憶力繼續衰退，退守鏗鏘一室、香滿小屋的太平過往！現在，黃家姑姑最常處理的食材，或許只剩電視的回鍋節目與相框中的過期影像……如此一來，我又該去何處吃喝，才能填滿對美好的飢渴？或許只能依賴另一段同樣逐漸老邁的記憶。

從小就聽爸不斷提起，在昆明的老家裡，還有一個最小的妹妹——我唯一的親姑姑——依舊守著那間歪敗磚屋。雖然每逢三節，我的親姑姑總會跨海連線，將她的祝福化作激昂的聲音，點燃父親平日深藏的熱情；但每當話筒傳到我耳邊時，除了口頭應答，心裡始終無法湧出等值的關心——直到全家回大陸探親那年，那一張張姑姑親手做的蔥油餅，才油亮了我對她的記憶：快刀細切後，蔥，真像開在砧板的花，緊接著拌入特製的中藥醬汁備用，讓點點的翠在黑褐祕方中繼續閃耀；麵粉則如小時候常玩的黏土，摺摺捏捏捶捶摔摔，加水，摔摔捶捶捏捏摺摺，往復施為十數次，終將散漫微

小的粉粒轉化為層次如岩紋積疊的麵團——備鍋，倒油，和進麵團的蔥花便一起歷火重生、香酥金黃。入口需留意，除了舌頭無法承受的燙之外，更要小心無孔不入的香氣會讓人暫時失去其他知覺，只想闔起眼簾，讓每一口的嚼每一次的咬都能充分享受這場單純的味覺饗宴——直到吞進最後一口，適才熱油煎餅的吱吱聲，依舊環繞舌齒，久久不散。

　　儘管我的年輪早已匆匆流轉，蔥油餅的保存期限卻似乎無限延長！或許正因如此，當我與姑姑相見於江浙名菜擺滿圓桌的高級餐廳時，蕈菜羹、炸響鈴、龍井蝦仁、宋嫂魚羹，等等價值不斐的高級佳餚，吃進嘴裡卻好像沒有什麼溫度與特別的味道！或許再濃郁的菜香也杳不過時空的醞釀，但我仍然願意支付昂貴的帳單，願意用去早已約好工作的周六下午，只因這是我與同源而異地的姑姑，此生的再度相見：她，已逾古稀；我，尚未而立。我在島嶼瞭望海洋，她默默獨守高原一隅。或許對我來說，姑姑只是一枚孤懸遠方的符號：她的銀髮終究模糊成灰白的殘雲，飄回比雲更遠的南方。

　　盛宴之後，上場的是明日的期待；期待之後……？我的姑姑已在北風冷肅之前，回到姑丈過世後留下的老屋，繼續料理孩子們的瑣碎糾紛，並且替我爸多看幾眼祖先墓園；第一道鋒面來臨之後，黃家姑姑據說動得更少了，總是坐在電視機前面，等待廣告，等待家中其他突發的聲響。或許，廚房的爐火終會轉弱，餐桌的面積不斷擴張；當曾經的美好已逐漸昏成濛濛的夕陽，我早也在遠離童年的異鄉租了一間小小套房，不定時燒出幾道淵遠流長的菜餚，餵飽我容易飢餓的記憶，憑弔失去翅膀的過往。

（本文曾獲第三十一屆耕莘文學獎散文類佳作）

逆母

天亮了，蓬鬆長髮才肯入睡
鐘聲的懷抱，收留昨夜：
灰塵與水滴的纏綿
抹布和掃把的殺戮
新月在窗外緩緩發胖
磁磚之上，妳玫瑰的容顏
倒懸而乾燥

遺忘時光與我加速奔馳的方向
在下一輪黃金午後，風推開如霧之窗
手掌依然擦試髒汙與光線交戰的痕跡……
童年萎縮與脊骨抽芽，我
知道，翻譯子女只需一碗微甜的安靜。
妳消化不良

天地再次暗紅，世界是妳
新貼的春聯
我灰塵般長大
遠行，如旋轉的水珠
妳退後
如寡言的土

（選自《野獸花》）

星語

彩色軌道逐漸拋棄初生的座標
我們是行星　以閃光緊緊相依

當你還在母體盪漾
我的聯想已淹過堤岸

眼淚伴隨爆炸響起
我們以劇痛證明手足的關係

從鮮嫩的注視　你貪婪呼告：
掠奪全世界的愛　霸佔我的太陽

我只能停在起點　等待
等你的雲走　我的風來

我開始走向另一條小徑
你仍固執如背影

──我恨你
嫉妒是水　總在夜裡失禁

當青春腫成你臉上的山丘
我在彼端　以沉默獻祭

我開始懷念童年的無語
當你也被命運逼供

失去座標　我們從傷痕提煉未來的食糧
鼾聲是星圖　僅存的合唱

　　　　　　（選自《野獸花》，另本詩修改自
　　　　第三十一屆耕莘文學獎新詩類佳作）

馬千惠

中國式快餐
魔幻是這樣的

作者簡介

馬千惠，南投埔里人，東華創英所95級畢。開始寫作是因為楊老師的鼓勵，如今雖為五斗米翻滾，卻仍未忘記寫。

感言

我從來都不是好學生。但我喜歡讀書，看到路邊耕莘文教院的布告欄寫小說班招生。就報了名。

如果沒有開始寫作，現在我會在哪裡？

第一次上課，一位白髮先生坐在堂上，我悄悄溜進去隨便找地方坐。很後來我才知道楊老師是位研究現代文學的名教授。班上的同學們個個神氣，來自台大師大政大的學生，每個看來都聰穎，在當中我沒有自信，交作業那天，我回家看著電腦，寫得忐忑。交出去時更不安，醜媳婦有自知之明，而人貴自知。

現在還記得老師在每堂課指導我們的模樣，認真且仔細，拿到手的每篇文章都有紅筆批改的註記。老師叫我的名字，外省腔有點點像我過世的父親。老師記得我們每個人的名字，而我也因這堂課，在耕莘打工時，決定考考看東華的MFA。

寫作可能不能改變什麼，但我仍持續寫，一直寫，緩慢寫作著，比起其他人我可能更多一點點什麼力量。像是相信文字，像是相信夢想，像是相信一個沒人期待的小女孩可能走上一條她從沒想過的文學路。

這條路上第一個遇到的老師，是位滿頭白髮，喝酒豪氣，有著溫暖外省腔的老先生。但我從來沒向您說過一聲謝謝。

謝謝您，楊老師。

中國式快餐

　　深圳這個地方已經是中國算挺「現代」的城市了，當然得先定義所謂的現代是西方的現代：高樓、水流般的車、一群穿著時尚的年輕人——另外別忘了全球化的餐飲連鎖，任何能想到的名字：麥當勞、星巴克、肯德基……幾乎應有盡有。上次瀏覽網站時，看到一本書名《中國改變你》，立刻點頭如搗蒜。是的，中國改變你，改變你對世界的看法，改變你對自己的看法，甚至所有你以為應該安全無虞的，來到中國後全都改變了看法。深圳的年輕人們如香港如台北，如地球上任何都市的年輕人一樣，過著自己的人生，吃著相同的食物，甚至可能看著同樣一片好萊塢電影，讀著同樣一本書，穿同一種牌子的衣服，聽同一個搖滾樂隊的音樂。我的鄉愁在全球化裡平面如紙，當我發現我的鄉愁只是一杯星巴克時，悲戚感油然而生。（大概也是一種白癡感。）

　　可是中國還是有什麼不太一樣，那都是細微的，如霧霾粉塵，有一天打開窗，突然發現門外的高樓顯得影影綽綽，鬼魅一般的城，只該出現在聊齋或者史蒂芬金的小說裡。可是這裡是中國，中國有什麼不可能？

　　在我居住的這座城裡，她們稱頌著一種迅捷的蓋屋，歌其名為「深圳速度」。幾天要蓋起一棟大樓？我忘了精確數字，可是真用幾天蓋起來的樓，誰人敢住？當然只有我這麼想，敢住的人其實太多了。我下班經過的高樓旁貼著斗大廣告，堂皇昭告中國建築有世界五百強，那些五百強底下掩蓋著多少幾千年的塵灰？然而灰只是灰，一吹就散。十年的歷史腰斬在進步的歡樂裡，高樓蓋得超英趕美，連破壞也是。

　　可是表面上看來一切新穎，新潮得幾乎要讓人以為這裡是什麼迷離都市，夜晚不熄的光，無盡恍惚。可是底下呢？那一切無人知曉的故事背後，有什麼在洶湧。

　　就連一盤飯裡也暗潮不斷。

　　那天合該幸運，身為一個上班族，不作飯的話只能外食。中午與幾位同事外出用餐，同事點了飯，我點了麵，只見同事扒兩口飯便停下筷子。

　　「瞧，」同事用筷子拈起一粒米遞到我眼前：「這啥？」

　　不細看看不出來，但仔細一瞧那米上黏著一片一片小小碎碎的綠，另一位點了飯的同事，米裡也有同樣問題。我看了看，那綠色材質看來像塑膠片，或者——另一位女同事說得好，像指甲油剝落的碎片。真是非常香艷，但指甲油只該存留在壯男赤裸的臂膀上，留在米裡，只予我無限想像與反胃。

　　無論怎麼樣都令人噁心。我們停筷，兩位同事跑去找了經理，換了兩盤飯回來，吃著吃著，又是相同的綠色小朋友出現在飯裡，探頭探腦。好吧，不吃總行了吧！雖然我吃麵，但誰知道麵裡有啥看不出來的好物呢？我擱下筷子，真是吃不下。這次前來處理的經理留了同事電話，客氣地說一定找出原因。下午三點，電話來了，是綁菜用的塑膠帶，洗菜的人一不小心，把塑膠袋子當米，一塊剪進去了。算是有處理，但只有我毛骨悚然。雖然台灣一樣有把手插在麵湯裡的老闆，或者吃出小強的攤販，可是，塑膠？我腦中赫然浮起那些因為吃了塑膠袋而死的烏龜及信天翁，我想像我開腸剖肚時滿腹真實的經綸——塑膠製的那種。

　　這是那天中午的事，彷彿還沒完，晚上我點了一盤炒飯，從飯裡吃出一條鋼刷絲來。咳唾成珠不再是夢想，只要在中國，想吐出什麼都行。可惜目前還真沒吃到珍珠，塑膠球倒不小心吃出一個來。

　　中國改變你，誠然。改變你對世界的看法，改變你對人生的想法，甚至那些以前覺得不該發生或根本不可能發生的，都存在了。Welcome to China。歡迎世界的人們，古老睡獅醒轉，張大雙手擁抱世界。只是誰也不知道這樣的親密最後會不會換來些什麼──目前我換到的是三個月拉肚子，這算幸運吧。我想。

魔幻是這樣的

　　那天媽與姐說好了要來看我，整日在辦公室內惶惶不安，總想著家人要來了，又是雀躍又是急迫。媽已經六十多歲，雖然有精明的姐姐陪著，但拖大帶小三口人，怎樣都讓我擔憂。好不容易接到了，吃了頓晚餐，回到家，小房間裡擠了三大一小，怎樣都顯逼窄。姐姐的小女兒睡在我床上，我與媽與姐躺在床上絮絮叨叨到午夜，才到前方客廳睡。鄰馬路邊上的房間總吵，我也同樣被吵得睡不著，隔天帶著兩隻眼圈，熊貓似的出去玩。母親是這樣的：見不著時總掛在心上，接到隔海電話便軟軟回應，可是當她真出現在自己眼前，所有的關心都變成嘮叨，碎碎滿滿砸在頭上，每個字都是包。我媽對我也一樣，從房間凌亂到人老珠黃，從頭到腳念，念得我成了孫猴子，抱著頭亂跳。

　　媽說她沒去過香港，在出發前，姐便想好要帶媽去香港玩，我託福，一起去。媽進了香港，突然像想起什麼似的對我說：「這是我第二次來了，第一次與妳爸一起，在香港過了一夜……那年我才三十八歲。」媽看著我，聲音遠遠的：「二十幾年就過去了。」

　　姐姐為媽找了間平實的民宿，在油麻地，沒多久姐夫也來會合，我們再度拖大帶小開始行程。媽喜歡那間單純的房間，雖然一樣鄰著大馬路，而我一樣輾轉難眠。但媽喜歡，像個孩子遇到喜歡的食物，直直說好。不過讚完好後又轉過頭念我，念得我生煩，連忙假裝睡覺。家人總是這樣，見不到時掛心，見到面了又吵吵嚷嚷。媽對我說起那年她與父親回鄉探親的事，說起她與父親在這裡為哥哥買了第一個錄音機，那年她才三十八歲，而我現在只差幾歲就要靠近這年齡。她三十八歲那年，孩子最大的都讀國中了。而我

姐姐現在過了媽當時的年齡，女兒才四歲。睡前我打開手機，看見小說家離世的消息，我想起我認識這本小說時才十來歲，第一次讀到嬰兒被螞蟻吃空時呆滯許久，連忙讀完又翻回去念。最後的那對戀人，背叛了血緣，最後只得到螞蟻吃空的後代。

　　那畫面讓我好幾天無法睡，等很久之後我才明白那是魔幻寫實，可是那對我而言一點也不魔幻，太真實，導致畫面存留在夢裡，常常閉起眼就想起來。

　　那幾天我們一家在香港，其實姐姐已經結婚了，她早已另外成家，但今天她仍牽著媽媽的手，一起與我行在香港。第一次來香港就是跟妳來的，我跟姐說，妳記得嗎？那年我們剛好趕上了香港的大遊行，夏熱的天，逼得人生汗。黏黏的味道與街角的魚蛋香，和成一鍋記憶的濃湯。姐姐茫然的看著我，她問我妳怎麼記得那是大遊行？

　　這種大事忘了也罷，但我們兩共同記得的是那些吃過的菜、行過的路，還有與媽一樣記得，那小小的房間。

　　爸人高馬大的，媽說，那香港旅館房間小，轉個身就碰到屁股。媽說，爸在那小小的床上，腿都伸不直。媽說，爸那年第一次回大陸，就過境香港。那年她三十八歲，爸六十三歲，與她現在的年齡，幾乎毫無差距。

　　我記得。我記得。

　　所有的小說都不魔幻，所有的寫實才是魔幻。在記憶的盡頭到底藏著些什麼，那是神一說就發笑，但小說家卻努力追尋的東西。馬奎斯如今也沉默了，到底百年的孤寂最後也就成為永遠的孤寂了。可是我卻覺得他過世了也好，終於不再有些人等待他寫出小說，而譏諷說這部比不上那部，卻不知每個字就是字本身，總有些人叫那些字敲得頭破血流滿頭包。馬奎斯可能知道這世界就是那只被吃空的嬰兒，一點一點，瑣碎細小的穿透，不停掏空流失，最後

只會看見那乾枯的小身體，任螞蟻抬著大遊行。

　　我記得。我記得。

　　所有的現實才最奇幻，當我看見尖沙嘴的天星碼頭邊，霓虹光閃爍，媽在我旁邊望著對岸，眼兒長長，瞇瞇的笑。她剛染過的、硬梆梆的黑髮上，映著流光。我伸手攬住她的厚厚肩膀，緊緊抱著她。

　　對我而言，也許這才是一種魔幻的顯示，一種奇蹟。

　　小小的發生，小小的沉積。

藍曉鹿

在世界書香日說書

作者簡介

曾經任出版社編輯，也曾接翻譯外稿。最大的夢想是寫作。

關於寫作我想說的是，有人寫書是因為他們想得一個超大的文學獎；

有人寫書是因為機遇命運，剛好以寫字為職業；

我想寫的動機是，生命如此渺小，但是渺小的身體卻要承載許多的歡喜和悲哀，

並把尋常的日子繼續過下去，我想傳達這樣的心情。

感想：

我覺得上楊老師的課，給我許多體悟。這種體悟不單單是文學上的，是一種更廣泛的對人生的體悟與洞察。

畢竟，說到底，文學再現的是人生，若沒有對人性的通透了解，對人情的練達把握，哪來世理文章。從這方面來說，楊老師教的不單是文學，更是人生的學問。

在世界書香日說書

　　在世界書香日說書，感覺很像在情人節的時候，說說一生最難忘的情人。很特別的感覺，一方面表面看來是應景，大家都在說這個，所以也來參一咖；另一方面，卻也有真情，因為一直念著，所以有機會就拿來說一下吧。

　　不知道如果有一道選擇題說，書對你來說，是愛情還是麵包，你會怎樣選。我的話，真的不知道該怎麼選，因為假如要我大聲說出來，「書啊，你就是我的愛情」，我覺得太噁心了；或者說，「書啊，你就是我的麵包」，也很噁心的。可是事實上，書既是我的嚮往，也就是愛情，也是我生活的一部分，給我一個存在的實在感。

　　讓我從兒時的一件往事說起吧。我的少年時代是大陸文革之後，文革已經結束了，我們是可以正常去學校上學的，但大環境還是一個文化的荒漠。每天除了課本之外，幾乎沒什麼課外書，唯一可以看的被毛欽定的四大名著：紅樓夢、水滸傳、三國演義和封神榜。而我們家唯一有的就是《紅樓夢》。

　　好像那一陣我們家剛好打家具，就是可以想像的，在一個諾大的客廳裡（舊平房所以還算大），東邊一個櫃子，西邊一個櫃子，有的剛打好架子，有的才裝上襯板。而我最大的快樂，就是拿著紅樓夢其中的一冊，躲在櫃子的後面。為什麼要躲起來？因為在那個嚴厲的家庭中，看書就應該看課本，什麼紅樓綠樓的，被大人發現一定是臭罵一頓。

　　於是在沒有人解說，沒有老師可以解惑的前提下，我就打開了紅樓夢。當然很多地方看不懂，每個人物出場都要來一首詩，那是

我鐵定會跳過去的一段；大好春光裡，那些姐姐妹妹聚在大觀園裡，又開始比賽寫詩，我又要大段大段跳過去了……其實即便如此跳著看，只看看得懂的地方，久了，我對紅樓裡的人物也熟稔起來。

對一個小孩子來說，很難理解我所處的那個年代。就是因為文化革命的洗禮，家人之間的情感是很淡薄的。我的父親是一個嚴肅的物理老師，他可能每天一大半的時間就是對著他的理論物理教課書，而我的母親，這個在文革中受排擠的黑五類，她唯一的希望在我們這些小孩子身上，我們考得好，她就是極大的鼓勵；但是大多時候，只知道頑皮的我，是考不出什麼好成績的，於是自然每天看到了也是母親冷漠的臉。

但是書上就不一樣了，即便是那個人人說她刻薄的王熙鳳，她說起來笑話來也是很好笑的；後來選了寶釵做孫兒媳婦的賈母，她一開始的時候也是極疼愛黛玉的，動不動就摟著她心肝寶貝的叫……比起低著頭看書的爸爸，擺著臉吃飯的媽媽，書上的人物要鮮活得多，可愛得多，我真的覺得他們是活著的，天天的，就同我一起藏在高高低低做到一半的家具後面。他們好詩好畫，雖然我看不懂的都跳過去的，但那是我的嚮往；他們愛說愛笑逃課玩鬧，給了我比真實世界更真實的感受。

如果這是對書的初戀，那麼我還有過一回錯戀。那是已經結婚生子的我，有段時間在出版社上班。大家可以想見的，一個受簡體字教育的人，到繁體字的出版系統工作，會是怎麼樣的一個情景。繁體字我認得，但是有時候碰到長得很像的，我就開始混亂了。這樣的結果當然就是在職場上的一種挫折。我想在職場上，其實每個人多少都會遇見挫折的，但是這樣的挫折對我來說，卻打擊非常大。因為我很愛書，很愛這一行，但是卻受到先天的限制。有一回，我記得是下午的時候，面對待編輯的稿子，眼淚忍不住掉下

來。就是我這麼喜歡這一行，為什麼卻做不好呢？

我記得坐在我旁邊的是一位出版圈的知名前輩，他低聲問我，「為什麼難過？如果真的不喜歡，可以做別的啊！」問題是我很喜歡啊。「那喜歡為什麼要難過呢？」因為雖然我編得不是很好，但是我想寫啊。繼續待在出版社，我就離寫自己的書更近了。

他聽完，就對我講起了一本書，那就是章詒和的《往事並不如煙》。他說，喜歡寫就開始寫，沒人說必須讀了什麼書，必須考了什麼學歷，才能寫。他說，章當初寫這本書，根本沒想過要出版，她只是想把經歷的故事記錄下來，寫得好，自然就有人出了。

可能是這句話吧，我在快四十的年紀，重新拿起了筆，每一天每一天紀錄著我所不能忘記的事，那些並不如煙霧散去的往事。

我想或許這句話也可以推得極廣的吧，所有的故事都是因為一些無法如煙般消散的過往，那些過去好像葡萄被裝進了密封的容器，好像掉進了蚌殼中的細砂，好像遇見樹脂的昆蟲，經過了時間的醞釀，成了葡萄酒成了珍珠成了琥珀，在有心的觀察者眼中，他們被回復到原本的樣子，生長著的葡萄或許有過憤怒，海濱的細砂曾經堆砌過孩子夢想的砂器，而松林中的昆蟲是不是曾經聽過柳林中的風聲，我可無法替牠回答。

那麼來吧。在四月二十三日世界書香日裡。我們一起來讀書吧。

林雪香

動畫《茉莉人生 Persepolis》
教我們的事

作者簡介

林雪香，新北市雙溪區人，先後自國立臺東大學兒童文學研究所及國立臺北教育大學語文創作所碩士班畢業。著作：《散文隱地──隱地的散文創作觀及其實踐》（二〇一四年爾雅出版社）。

感言

就讀國立臺師大其間，曾因駐足「耕莘」肅穆的外牆聆聽二樓彌撒傳來的聖歌，從此喜歡至三樓自修室來自習，畢業後，曾先後參加過耕莘文藝夏令營及當過夏婉雲、凌明玉、黃英雄、楊昌年老師的學生。耕莘文藝之風影響著我對文學文藝的喜好，也因婉雲老師（為我兒童文學研究所的學姊）及昌年老師（為我論文口考教授）的啓蒙，讀完兩所研究所，並將論文付梓出版，此榮耀皆要歸功於與耕莘寫作會的因緣。

動畫《茉莉人生Persepolis》教我們的事

《茉莉人生Persepolis》，改編自長篇漫畫書《我在伊朗長大》，是作者瑪琪・莎塔碧（Marjane Satrapi）的自傳式作品，被譯成十多種文字，暢銷全世界。2001年，曾因改編動畫得到諸多獎項，包括2007紐約及洛杉磯影評人協會最佳動畫、2007渥太華國際動畫影展最佳影片、2007溫哥華電影節觀眾票選最佳影片、2007美國金衛星獎最佳動畫等。

從伊朗歷來大事記（背景）及近來大局勢看來，伊朗卡扎爾王朝歷經伊斯蘭（伊朗）革命、集權主義、兩伊戰爭逐漸累積成20世紀石油中立國的富裕情況，莫不以政教來箝制人們的行動思想，換句話說政府以原教和政治作為專政手段，實行的紅色恐怖政權，隨後引起游擊隊穆斯林以愛國狂熱為號召，實行恐佈攻擊，使全世界對與伊朗相關的穆斯林族群等的觀點不佳。原教旨主義與佛教和基督教文明不同，穆斯林生而為穆斯林，他們沒有選擇權力，去不去寺廟做禮拜，只是區分穆斯林好壞的標準，而非區分是否為穆斯林的標準。伊斯蘭文明一貫崇尚政教合一，宗教影響到他們的一切，包括政治、文化以及日常生活、人際關係。女人地位低下的伊斯蘭社會，專制而封閉，秘密警察四佈，人心惶惶，民眾生活在重重的恐懼中。如此天差地別。生活與宗教密不可分，宗教教義真的能找到解決現實的力量，抑或是專制領導掛羊頭賣狗肉的伎倆呢？

《我在伊朗長大》系列漫畫的作者瑪琪・莎塔碧為文想為自己的過去平反，持平道盡其中心酸與追求自由的決心，並喚醒同樣處於此種絕境的人們一絲希望。將作品與另一導演文森帕何諾Vincent

Paronnaud，一同改編呈現出來。

　　以下，就作者兼導演動畫原創瑪琪・莎塔碧的思考的觀點，來列點分析作品的特色：

壹、我們想用藝術力量成為一個瞬間是一樣好，表明我們配得上這場文明，所以這是可能的，這是我的希望。（2007瑪琪・莎塔碧受訪）

　　瑪琪・莎塔碧曾經說過這麼一段話：「人們談起這個偉大的文明古國，總是將她與原教旨主義，狂熱主義恐怖主義聯繫在一起。我們為一個伊朗長大的伊朗人，知道這個形象遠非真實。正因為此，創作《我在伊朗長大》對我來說才這麼重要。我認為，不應該根據少數幾個極端分子的惡劣行為而對整個國家做出評判。」

　　我也不希望人們忘記那些為了扞衛自由而在獄中失去生命、在兩伊戰爭中喪生、在各種暴政統治下遭受折磨、或被迫離開親人和祖國的伊朗。（受訪）也就是她為推翻大家對伊朗壞的形象（少數極端份子）要以她童年的所見所聞，用影像和語言作辯解，紀念為自由獄中死去的人和兩伊戰爭喪命及暴政統治下遭受折磨，被迫離開親人和祖國的伊朗人，將自己對於伊朗這一神祕而古老國度的個人記憶描繪出來的懷鄉懷舊作品。她接著又說「我不能用我寫的東西，或與我的電影改變世界，但我嘗試和努力，滿足別人能試圖和有的希望」碰到不合理的事，我會喊出來。（受訪）也就是瑪琪創作的初心，是使伊朗讓大家看得見！

貳、畫面內涵涉及成長、親情（婚姻）、宗教、政治、生死、認同等主題。

懷舊過去是一件好事，借由自己問問題的同時，雖問題沒有答案，只靠澄清當下正確的處理。他說：我相信我可以在瑞士和日本和美國引發普世性的感動。（受訪）

故事為1979年後的伊朗，由國王專政被推翻，伊斯蘭革命勝利，到兩伊戰爭，記錄的是這個文明古國歷史以外的女孩生活，在紛亂變動的社會和個人日常生活夾縫中強烈的追求。

我們從瑪琪身上，看到了成長路上憧憬、愛和夢想，也看到了恐懼與反叛，伊斯蘭革命、兩伊戰爭製造的戰火，她盡其所能地生存著。她或許變了很多，但不變的是跟家人那永恆而堅定的情感，不變的是奶奶懷中那淡淡的茉莉花香，就像小時候安穩睡著的感覺一樣，不時提醒著她，別忘了她是誰，別忘了她的根，他的國家。「恐懼讓我們失去自己的知覺，恐懼也會讓我們變成懦夫」每個女人可以有自己想法，克服恐懼追求理想世界。忠於自己內心所要的，JUST DO IT NOW！應是本片的中心思想。

參、挑戰極限

瑪琪・莎塔碧曾經說過：在電影界中，女性通常被社會結構成為男性主導世界的「他者」或「圈外人」。女人無法說自己的故事，因為影像被男性控制。我不想做一個政治電影，我認為傳統電影是不恰當的，並會使人遠多於要求他們去思考。思考如果不制定一個個人的觀點，你失去了你的民主。這就是為什麼我的電影是關於一個人，這就是這部片子的開始……

在技巧方面《茉莉人生》的呈現，就有意識地透過插畫強烈的視覺傳達去書寫，簡單的線條所勾畫友善的臉蛋，搭配占據相當篇幅的黑色背景，面紗少女、烈士、暴警……等等重複的人物圖像，是她這套插畫書圖畫的基調。

（一）漫畫改編風格特色

1. 視覺風格強烈，是漫畫改編電影的超級成功範例。作者認為圖像本身就是寫作的一種方法，因為她能寫也能畫，於是就更覺得最好同時透過文字和圖畫的搭配創作。在色彩線條，黑白鑲嵌的變化，使研究者尚能對此作品漫畫改編的技巧有深究的空間。

2. 在故事的鋪陳上，她自認與其他電影不同的特點又是什麼呢？她曾經把插畫創作跟電影比較，作為一種說故事的經驗，作者一定要先知道自己有什麼想說，再發掘不同的方法，並選擇最佳的方式去說，像有些藝術家要強調加入音樂／聲音的元素。而她在創作黑白的色調，版畫般的質感，導演對戲劇素材所採取的態度，所造成的氣氛很有個人獨特風格。

3. 在3D動畫掛帥的主流市場中，製作一部《茉莉人生》2D的動畫片很有挑戰性。難得的是，此片幾乎都以簡單的黑白構成，漫畫風格濃厚，簡單的圖像表達了最深的寓意，充滿無限的張力。

4. 選用傳統動畫製作方式，找來老師傅以手工的方式，尤其其作品內容特色，採主題擴張法強調主題意識，使生活政治、宗教虔誠、推陳出新思想前衛的基調，並以時間推演演繹自傳形式：鋪陳成長、性別、宗教、親情、政治，戰爭、時代、革命運動；黑白張力，底調強化我從哪裡來得

　　探問，嘲弄了各個人與人之間，尤其男人與女人或女人為
　　難女人等角色的價值。

5. 動畫表現手法，特別以卡通式夢幻來說維也納戀情，其中
　　有不少人物以現實人物為藍本作卡通化，或以皮影戲說明
　　伊朗的改變，政治傀儡象徵意味濃厚。串場與轉場部份以
　　漫畫自述或對話的方式呈現，還算流暢。

（二）敘事方式

1. 依照時間、事件發展次序排列，並以里昂機場做為一個過
　　門或空鏡頭故事敘述轉場的一個接合點。《茉莉人生》敘
　　述手法高明流暢。此敘述呈現多軌平行敘事（並加以倒敘
　　穿插區隔過去與現在）。

2. 從一個女人在機場，本要回家，想起她所有的生活到這
　　一點一個內部的旅程，整個過程經歷下午，終了，放棄回
　　國，轉折點變成流放在異鄉的路上。這是《茉莉人生》電
　　影的結構。

3. 自傳（BIOGRPHY）配和副導演文森的黑色幽默，將人物
　　的特徵：鮮活的角色超齡好奇愛書、叛逆、主動冒險、早
　　慧、喜愛新奇事物、勇敢機靈，穿插在事件中，更借由家
　　人的關愛（父親對他的看法）奶奶的鼓勵呈現勇敢正直傳
　　統家教，顛撲不破的道理。

（三）以意識型態隱藏在故事中

　　此部電影中有不少的意識型態在裡面：主角本身是為導演也就
是整個故事思維的的代言並借由（奶奶，叔叔，爸爸，媽媽……）
來傳遞社會主義思維，一件件事件的鋪成也道盡電影的文化價值、
宗教扮演角色；種族價值、及性的政治又如何？女性怎麼被描述

的？並涉及同性戀角色的自覺。

電影以類型性的小說手法卻是顛覆了許多傳統思維，包括（此分類參考《認識電影》一書）民主vs.階級；相對vs.絕對；世俗vs.宗教；未來vs.過去；國際vs.本國；性開放vs.一夫一妻婚姻，明顯的意識型態度。尤其莎塔碧勇敢挑戰禁忌，與週遭女友談性，將伊朗這塊禁慾之地的女人心聲，大膽說出，其辛辣、幽默的程度，不但徹底顛覆了我們的成見，簡直就是讓人大開眼界。

當然這樣的拍攝電影手法，源自他的繪本原著的百分之八十的改編：強調主體建構需要透過個人經驗的事實。

肆、美中不足

（一）主題不夠聚焦

1. 雖然作者以主題擴張法反覆自探「我從哪裡來？」、「我是誰」強調《茉莉人生》的主題意識：「愛」、「夢想」、「成長」、「自我認同」，她所看到的世界，不在面紗之下，卻是什麼都提到，什麼都不深刻。*若以相似作品比較，《風起》也是以戰爭及自傳式的題材，能以單一主題：起風了，只能試著努力活下。去貫穿全場，象徵意義更為明顯簡潔。*雖然大部分的劇情片的意識型態都屬於暗示類，可是要讓他更圓熟。還需經過琢磨。

2. *《風起》一片不會因惠子的死，而感到太沉重。*相對的，讀完《茉莉人生》，卻是備感壓力與沉重呢！可能的原因會風起的導演宮崎駿以深厚的導戲經驗，將電影給不著痕跡的美化或加入想像虛構的部分了嗎？

3. 談及愛情觀：*在《風起》裡，面對死亡下的愛情，是越挫*

越勇，堅毅不拔。 而反觀在《茉莉人生》下的幾場愛情則是受困於政治無可奈何的儀式，或處在異地青澀少年，矇懂的愛情。其對感情得負責忠誠度在哪裡？

4. 封建與傳統、現代化西化的問題也不停的出現在兩個故事的一些事件中，可是，*在日本因民族文化的不同人們並不怨天尤人，採取得是一切逆來順受的態度。* 在伊朗的女主角不知是否因主角家庭是共產主義的服膺者，竟然聞到不少火藥味，連在維也納也不停的與房東有叛逆的行動。

5. 夢想的實踐：此部分筆者仍嫌過於簡陋，*追求自由，只是一個階段，然後呢？* 由阿努什叔叔講故事的革命傳承對她的任務，支持思想和身體和精神自由的夢想，瑪琪做到了嗎？若以解放女性（面紗）做為人的自由為例，支持思想和身體和精神自由的夢想。青春成長點滴除扣人心弦，應加以深入界定男女性別認同的過程的女性形象，以具體行動來證明會更有說服力。或許瑪琪導演應該補些之後成功的作為為花絮，談談她目前的理想作為與發揚國格的可能。

（二）時間跨度太大

融30年於126分鐘。還得包括古伊朗的王朝部分，在動畫技法上，《茉莉人生》是每秒30格，雖然其以時間接續手法，利用機場交通工具的空間轉換，有無需延長或縮短的可能，過去現在時空分配是否恰當？若比起《風起》中，導演以崛越二郎的夢境使用自然景物傾訴人物心情，反映大時代底下的生命軌跡，由對比催生悲憫，同情的轉化，其深刻性就顯得略遜一籌。

（三）藝術非普世工具，僅為社會少數人的娛樂。

若聽聽其他相同年齡女孩，諾貝爾和平獎得主，巴基斯坦馬拉

拉的演講。是否此部片仍無法普及，深得中產階級以下民眾的共鳴。如何將小眾文化推及大眾，引起更大的影響力呢！

（四）兒童觀

　　劇中提到以佩琪兒童在場的八卦政治，早熟挑釁、參與遊行、成立自主教派等，源自家庭環境影響因素，渲染她的早熟，是否過度。長大後的佩琪回顧的一切，或許故意（有可能是）選擇想要的記憶留下，卻篩選掉不要的，不合情理的地方如何在成長後適時澄清才是恰當。自傳個性呈現本是民主的基礎，借此鋪陳成長、性別、宗教、親情、戰爭、時代、革命運動等本是加分，只是凸顯小大人的誇飾手法會因此就影響到整個說故事的方式之不同。尤其是劇中大部分以兒童為第一觀點敘說，其敘事觀點與角度會給有心份子，拿去炒作，也為如紅衛兵般的政治模式找到了藉口。童年之死，成了悲哀的現實。

結語

　　《茉莉人生》的茉莉花香扣緊了一張屬於家的記憶，更是在劇中阿努什叔叔對瑪琪說過的「一個家的記憶不能被丟失」有所呼應。天鵝傳承及和平的訊息能使讀者感受當事者或犧牲者國破山河在的骨氣。相信一些流亡在外的遊子，讀了會有更多感動及迴響。至於處於社經地位高的人們真的能將愛能跨越族群、宗教、語言、階級、性別嗎？（還是僅只於同情心），女人何必為難女人，這些問題更因劇中的反諷，懷鄉讓人放大視野，去思考大愛與和平世界大同的可能。

延伸閱讀

《帕瓦娜的旅程》Parvana's Journey 作者：黛伯拉・艾里斯 譯者：鄒嘉容 出版社：東方出版社 出版日期：2005/07/01
《在德黑蘭讀羅莉塔》Reading Lolita in Tehran 作者：阿颯兒・納菲西(Azar Naf isi)譯者：朱孟勳，出版社：時報文化出版企業股份有限公司 出版日期：2004/10/25
《風起》是少數宮崎駿的電影作品，以男生作為主角。

參考書目

《認識電影》路易斯・吉奈堤著，焦雄屏譯，遠流出版2005。
《圖像小說的編寫與繪製》麥克著，張晴雯譯，視傳文化2005。

提問

一、從《茉莉人生》給我們的啟示（自我認同的過程）你如何從期許付諸行動？
二、如果換做你要來敘說你的生命故事，你會採取何種方式呈現帶入感動？（動畫部分）
三、鼓勵閱讀除了運用動畫外，還可以用什麼引導方式？

古煦清

晉江街的路邊食堂
過期
我願意為你焚舟

作者簡介

一個還在未知的到路上尋找方向的旅人。
一個在影視作品幕後默默筆耕的愚者。
一個用剪刀慢慢剪出童年，溫暖自己也療癒他人的業餘剪刀手。
FB: https://www.facebook.com/papercut.a.childhood
BLOG：http://blog.roodo.com/singabluesongin1room

感言

　　大學剛畢業，初入社會職場時，我覺得自己像塊海綿，迫不及待想去接觸象牙塔摸索不到的一切，不斷伸長觸手去丈量自己能感覺到的天地，想知道自己能走得多遠。我想跳脫框架，重新認識這個世界。除了職場上的學習，我更加渴望獲得精神上的自由，讓我在出版社的工作中得以喘息。下班趕往耕莘寫作會時，一位編輯同事曾對當時的我說，才剛畢業，怎麼比大學生還像個學生？！

　　楊昌年老師曾在課堂上比喻：「大學應該要像南門市場，想要學什麼，應有盡有。」如果沒有，我就在社會大學裡尋找我想要了解，渴求獲得的知識與經驗。而一路走來，我更加確信，大學畢業後，反而更像學生的我，會一直帶著求知若渴的態度，創造自己的人生，拓展屬於我的「南門市場」。

　　卞之琳的〈妝台〉曾這樣寫道：「世界豐富了我的妝台，宛然水果店用水果包圍我」。謝謝耕莘成就我的妝台，謝謝老師豐富我的世界。期許未來，我也能成就他人的妝台，豐富他人的世界。

晉江街的路邊食堂

　　在古亭晉江街小巷，有間沒有招牌的家庭食堂，類似室內路邊攤，只是在一般住家門前搭出一個臨時的路邊食堂。某個面試失敗的傍晚，我在那點了咖哩雞腿飯，咖哩雞腿大而鮮嫩，咖哩入味辛香四溢，75元一份，飯給的多，不夠可再加。老闆娘固定附上一碗熱湯，還多給我一顆家裡的橘子。她看得出我的心事？鄉愁會跟著你從家裡離開，在另一個城市成為臉的一部分。

　　我想把看膩的新聞台換成正要播出的「櫻桃小丸子」，老闆娘爽快的一邊幫我轉台，一邊笑說：「這麼大了還看《小丸子》，跟我孫子一樣！」店裡就我們倆，老闆娘一邊顧攤，一邊與我閒聊。

　　一條台北小街上路邊食堂大娘的拿手風味，酸中帶甜，有離鄉背井的感慨，有異地的人情，滋味全在那一片片橘瓣中被送進嘴裡，刺激著脾胃。像我這樣的異鄉人是店裡的常客。她常跟像我這樣的客人聊天，懂外地人的辛苦。

　　有位天天固定來食堂報到，年齡同我相仿的常客，某日來吃飯時，告訴大娘下週末她要動手術，暫時不會來吃飯了。大娘問：「誰陪妳去醫院？」她說一個人去。據說是癌症初期，沒敢告訴家鄉的親人。大娘說她好勇敢，問她在哪間醫院開刀。

　　住院期間，大娘燉了雞湯去看她，她又驚又喜，喝著湯，淚流滿面。大娘代替家鄉的媽媽照顧她，她把溫暖全喝進肚裡。後來呢？勇敢的女客出院了，如往常天天來吃飯。今天中午才來過呢。

　　此時，店裡來了一家四口，爸媽帶著兩個小學生入座，催促吃飯的速度，趕著送去補習班，孩子專心看《小丸子》，分心吃飯，被爸媽責備。大娘送上一碗碗熱湯打圓場，笑著說：「跟我孫子一

樣！」接著轉頭，與我相視而笑。

　　幾年後，再回晉江街，那間路邊食堂已經不在了。

過期

世界末日來了又走。
人們為祂瘋狂為祂絕望
祂卻彷彿沒有來過。

一整個下午
看著過期的夢發呆
時而對峙。

天氣突然變得寒冷
誰知道穿在身上那麼久的衣服
究竟是何時過期的,
竟已不是自己的style?
脫下來,赤裸裸;
穿著時,也光溜溜。

我帶著過期的夢去操場跑步
在喘息聲中稀釋迂腐的味道
第15圈,我捧著心跳大叫
「我活著!我存在!」

我背著過期的夢去吃到飽
想把自己也吃掉
爆米花、番茄和薯條

牛排、咖啡和蛋糕
努力把胃裝滿了
心卻空空的。

我聽見
過期的夢在咽喉裡竊笑。

我願意為你焚舟

我願意為你焚舟
讓掀天的浪花摧身
破碎成漂流的屍骨
燒不盡的海水　不曾為誰煮乾

我願意為你焚舟
叫搏浪的風碎首
漂流成破碎的屍骨

驅不走的狂疾　不曾為誰免疫

我願意為你焚舟
但水不能載我
這炎色本不相容
水將火稀釋成
黎黑的煙霧

浮浪人的倒影
踏著浪梗遠去

白千翌

刀人

作者簡介

白千翌，本名王兆立。年紀是七年三班座號十一號，嘉義大學中文系畢業，現為輔仁大學宗教所研究生、耕莘青年寫作會成員。2012年曾出版少年小說《西遊記：燃燒吧！五行戰士》。熱衷於新時代身心靈與宗教研究，喜歡的作家有：村上春樹、東野圭吾、乙一、伊　幸太郎、駱以軍、甘耀明等等。

感言

耕莘是個充滿怪物的地方，因為神奇的、優秀的人們太多了。在大學畢業後才加入耕莘的我，常常覺得我又再次進入了大學，進了耕莘認識了這群人，才讓我知道什麼是真正的學習。在2011年左右，我也上了楊昌年老師的文學課，發現這位年歲近百的老人，思想竟然開放得和年輕人一樣，充滿活力，幽默風趣，完全不像是刻板印象中的「長輩」。儘管在2012年後，我一頭栽入宗教學的研究中，對於文學稍微生疏了，但想要將兩者結合的志業，至今從未改變。未來也想以此志業，回饋給一面在寫作會帶領我們，一面又在宗教所教育我的陸達誠神父，也因為他，才啟動了我進輔大宗教所的契機。

刀人

喀擦喀擦，喀擦喀擦。

那是刀人走路的聲音。刀人全身上下都是銳利的刀。刀不堅硬，但銳利，銳利的刀上發出亮銀的色澤，那是被封在雪地裡的金屬。

刀人的眼眶發紅，那是剛哭過的樣子，刀人總是這樣子，沒有人看過他哭，他卻紅著眼眶。沒有人曉得刀人為什麼總是紅著眼眶，也沒有人想知道為什麼，但所有的人都只知道一件事：刀人是危險的。

一個全身上下都是刀的人，怎麼會不危險？刀子是用來傷害的工具。

當然刀子也可以不用拿來傷害，它可以切菜、劈柴、分割零件等等之類，但它總還是給人傷害的感覺。畢竟，刀子就是人類為了傷害什麼而發明出來的工具。

刀人已經不住在村子裡很久了，自從刀人發現自己原來是刀人之後，刀人就不得不離開村子了。沒有人會跟刀人做朋友的，這是刀人小時候還沒發現自己是刀人的時候，就知道的道理。

說那是傳統也好，迷信也罷，村子裡的人都說，和刀人扯上關係的人，會一輩子的不幸。在傳說中，刀人是一種隨時隨地都會傷害別人的怪物，就連和刀人呼吸同一塊區域的空氣，都會被那帶有銳利刀鋒的氣體給割傷。在刀人身邊呼吸的人，會不停地流鼻血，原因就是空氣中所帶有的空氣刃，會將人鼻孔裡頭的壁腔一刀刀劃開，熱熱地流血。

當然也沒有人敢跟刀人握手，因為刀人手上都是刀，握了會流

血，也沒有人敢踩刀人的影子，根據傳說，刀人的影子是由被他殺死的人的血所凝結而成的，之所以是黑色不是紅色是因為那些血早就乾涸了。

從小就聽了這麼多關於刀人恐怖的傳說，因此他從小時候就立志千萬不能成為刀人。但終究他失敗了，於是成為了刀人，離開了村子，住進了森林裡。

「那你為什麼選擇森林呢？」

刀人眼前的小女孩問。

因為森林是個遙遠的地方啊，刀人這麼回答。

刀人現在所居住的這座森林平常沒有什麼人類出入，也因為少有人類，所以野獸和蟲子特別多。各式各樣的植物潮溼以及乾燥的氣味交織在一起，森林就像是一層透明的保護膜掩蓋住了刀人身上刺鼻的金屬味。

刀人眼前的小女孩穿著一身樸素的布衣，素色的布衣還沒染上森林的骯髒，布料反射著穿過森林樹葉的陽光，蒸出了一種牛奶的香氣，刀人已經很久沒有聞到這種香氣，這種氣味讓他不自覺地想起了村子，在他小的時候，村子有時候會有牛奶，牛奶在村子是奢侈品，他鮮少喝到牛奶，但喝過一次就永遠忘記不了那溫暖。

妳又為什麼來到森林呢？聞著小女孩的味道，刀人反問。

「我是被我的爸爸媽媽遺棄在這裡的。」

小女孩的聲音異常的開朗，彷彿這是一件沒什麼大不了的事。

遺棄？刀人在心中咀嚼這詞。看來村子的情況依舊沒有好轉，刀人想起過去在村子裡，每年冬天要來臨的時候都必需遺棄大量的老人與小孩，讓他們在荒野裡頭餓死、冷死，好讓村子順利地過完這一年的冬天，這當然是在村子裡的收成不好的時候才會採取的不得已的作法，不過從刀人有記憶以來村子裡的收成從沒有好過。

刀人想起來，他小時候也曾經被遺棄過，但他很幸運地在森林

裡活了下來，渡過了冬天，逃到了春天，然後不受歡迎地回到了村子裡，在那不久之後他就成為了刀人。

只有妳一個人被遺棄嗎？刀人再問小女孩。

「還有我的哥哥，不過我跟他走散了。」小女孩聳聳肩。

小女孩告訴刀人，她和哥哥一起被爸爸媽媽遺棄在森林裡，但聰明的哥哥在前一天就發現了爸爸媽媽的這個計畫，因此他在沿路上做了記號，讓他們就算在森林裡走失也能找到回家的路。

「不過我們終究是走散了。」小女孩再次聳聳肩。

那接下來你要怎麼辦？去找哥哥？還是去找回家的路？刀人問小女孩。

只見小女孩搖搖頭，說：「我不想去找哥哥，也不想回家，我想跟你一樣，住在這個森林裡。」

你會變成刀人喔！這樣也沒有關係嗎？刀人問。

「那不就跟你一樣了嗎？」小女孩笑得燦爛。

你會後悔的，就跟我當年一樣，刀人說。小女孩搖搖頭，蹦蹦跳跳地跟在刀人的身後，刀人很希望小女孩不要跟著他，不過小女孩卻已經像水蛭一樣黏在他身上不肯走了。水蛭吸著刀人的血液，越脹越大，逐漸變成一顆堅實的褐色果實，上頭佈滿了環節的紋路，喀擦喀擦作響。

住在森林裡其實有許多危險，刀人本來不怕，但他如今卻很害怕，因為多了小女孩這樣一顆果實，像水蛭般吸著他的血。森林裡有很多危險叫做「野獸」，野獸有著五顏六色，有的火焰紅，有的冰雪白，有的沼澤綠，最可怕的則是那深夜黑。

刀人這四種野獸都有遇過，他切過火焰，斬下雪白，曾經沈入沼澤並不斷地浸泡在黑夜之中，在遇見小女孩之前。

「你會保護我嗎？遇見野獸的時候？」小女孩問。

刀人想不出也說不出拒絕的理由，或者他其實已經說過不下無

數次的「森林是危險的，有很多很多野獸，快回村子吧」，可是卻被小女孩回辯「村子是殘酷的，你難道要我回去那樣殘酷的地方嗎？」

可是，殘酷的不只是村子。日子一天一天過去，刀人看著小女孩的衣服一天一天地髒去，身上的香氣一點一點地被掩蓋，堆疊上去的是五顏六色，火焰冰雪沼澤以及黑夜。刀人想起小的時候，大人常常講的，一個專門用來嚇唬孩子們的故事。

「你們再不聽話，就把你們丟到森林裡頭！」

大人總是這麼說，他們說，在森林深處的深處，總有著身穿黑夜色斗篷的老婆婆，老婆婆駝背，身高很矮，臉上佈滿著比水蛭還要噁心的皺紋，皺紋的中央有著一道高聳的鼻子，鼻子上頭掌著一顆大大的疣，疣的形狀像極了把水蛭揉成一團所擠成的果實。

雖然老婆婆長得如此醜陋，可是她住的地方卻美極了，那是一棟矮平房，卻有著溫暖的牛奶味道，房門的木質紋路像是過節時才會吃到的薑餅，彩繪的玻璃窗像是閃亮亮的玻璃彈珠糖，就連磚瓦都像是灑滿了可可粉的堅果，屋頂上白白的雪就是棉花糖了。

「這個老婆婆是巫婆，她用她美麗的房子當做陷阱，專門誘拐小孩，然後把關起來，等他們又肥又胖的時候，在把小孩吃掉！」

村子裡頭的小孩從來沒有一個是又肥又胖的，刀人想起來，在他小的時候幾乎沒曾吃飽過，他總是和他的妹妹在晚上偷偷摸摸地從床上爬起來找食物，他和妹妹從廚房的櫃子裡發現了冷掉的牛奶和餅乾，於是他們像是貓般舔喝著牛奶，又像老鼠般嚙唂著餅乾，而在隔天一早他們就被爸媽吊起來打了，好吃嗎？你們這些小偷，他們說。好吃嗎？

你覺得好吃嗎？刀人問。

生肉和血的氣味交織，身旁渾身汙漬的小女孩點點頭，大口大口吞食著眼前這頭野獸的屍體，牠的肉還是溫熱的，因為剛死不久。

「以前在村子裡的時候，很少吃肉。」小女孩說。

在村子裡，應該什麼都很少吃到吧？刀人笑著說。

「不過你好厲害，居然可以殺死這麼大頭的野獸欸，是因為你是刀人嗎？」

刀人握起他的手掌又放開，尖銳的金屬手指摩擦發出「喀擦喀擦」的聲響，沒什麼大不了的，因為刀子是用來傷害的東西，這世界上沒有什麼東西不會被傷害，道理就跟這世界所有的東西都會死是一樣的。

「那你會傷害我嗎？」全身髒兮兮的小女孩用唯一還很乾淨的一對大眼睛問。

刀人倒抽了一口氣，瞬間好像有千百把空氣刃竄進了他的鼻孔鼻腔，將鼻孔裡的壁腔一刀刀劃開，流出了熱熱的鮮血。

不會，絕對不會，我絕對不會傷害你的。刀人說。

「你流血了。」小女孩指著刀人的鼻子，是鼻血，流鼻血了。

刀人試著用手擦去鼻血，可是卻覺得自己的鼻子一陣刺痛，又有更多的血流了出來。糟糕，他忘了，身為刀人的自己，不管觸碰什麼，都會害那樣東西受傷，包括自己。

只能等血自己乾了，刀人想。

可是這時候卻發生了一件刀人想不到的事，他的臉上一陣溫暖，越來越暖，像是被熱牛奶倒在臉上。原來是小女孩把自己的一雙小手貼在刀人的臉上，而如今這雙小手，卻也開始流血，流出來的血嘩啦啦般地溫暖，那是鮮紅色的牛奶。

不要碰我！刀人緊張地把小女孩推開，碰到自己是會受傷的，他絕對不希望小女孩因為自己而受傷，他怎麼會大意到讓小女孩來觸碰自己，這完全是自己的失責。

「我、我只是想幫忙……」小女孩的聲音嗚咽。

我不需要你幫什麼忙！我很危險的！不要靠近我！

刀人失控般地尖叫。

小女孩低著頭不斷哭泣，什麼東西從她的胸口擴散開了，越來越大，那好像是洞。而實際上，那是血。被刀人推開的小女孩的胸口也開始流血，紅色染開了已經變得骯髒的素色布衣，就像是自動換了個新衣一樣。

等到血都暫時乾涸的時候，刀人和小女孩彼此都沒有說話了。

事實上，他們也開始互相不說話了。

刀人曾經想嘗試著說些什麼，他或許該告訴小女孩，那一天的事情其實都只是個意外而已，事實上也是。不過刀人無法理解，為什麼那一天他會逕自地流起鼻血，他唯一想到的可能性就只有一個，但是他是絕對不會承認的。

而自從那天以後，小女孩的乾淨眼睛也開始髒了，一點一滴。一點一滴混濁的眼睛不斷擴大，像是黑色森林裡的綠色沼澤中央長出的藍色的食蟲植物，張開了它那充滿著黏液的牙齒，向刀人襲來，讓刀人窒息，黏液從刀人的眼眶、鼻孔、耳朵滲入，黏液用力抓著刀人不停地搖晃，越晃越大、越晃越大，直到刀人的身體發出了有如金屬撞擊般的震動。

小女孩看著體內正發出劇烈震動的刀人，沒有說任何一句話。小女孩還會再跟自己說任何一句話嗎？刀人好擔心。可是不管怎麼樣的擔心都是徒勞無功，因為只要刀人想要和小女孩開口說任何一句話的時候，刀人自己就會開始流血，嘩啦啦啦啦。

刀人的血流了一地，刀人發現自己的血早就讓自己生鏽了。生鏽的味道從刀人腳下的這一大攤血慢慢擴散出去，越散越遠，聞到刀人生鏽的血的味道的動物都流血了，森林裡頭的樹木上頭的也因此枯黃了，枯葉一片片地掉落，一片一片地覆蓋在小女孩的身上。

不知道什麼時候開始，小女孩會默默地蒐集起枯葉，把一片片的枯葉用泥巴黏在自己的身上。當小女孩蒐集了森林裡頭所有因為

刀人的血鏽味而掉落的枯葉時，小女孩已經變成了比所有枯葉更加枯敗的聚合物。

妳到底在幹什麼？為什麼要把自己搞成這個樣子？看不下去的刀人終於說話了。

「那你呢？你又為什麼把自己搞成這個樣子呢？」小女孩反問。

這時候的小女孩已經不應該被稱為小女孩了，滿身枯葉的她，像是一團圓形的枯葉怪球，枯葉怪球充滿著彈性，每天每天在森林裡跳跳跳，用一雙藏在枯葉中的眼睛看著刀人。

嘩啦啦啦，嘩啦啦啦，刀人聽了枯葉怪球的話之後，又開始流血了，先是鼻血，然後是血的眼淚，刀人覺得溫度又開始被抽走了，帕擦帕擦帕擦的。

「你為什麼又要流血呢？你有什麼血好流呢？你知不知道只要你流血，都會造成別人的困擾？」枯葉怪球瞪著刀人說：「你堅強點，好不好？你不是一把刀子嗎？你幹嘛受傷？你不是專門用來傷害別人的嗎？你有什麼資格受傷？這世界上不管做什麼是都需要資格的你知道嗎？你沒有資格還敢受傷還敢流血，你不知道連這座沒有人要來的森林都希望你趕快死掉死掉死掉嗎？」

喀擦喀擦，喀擦喀擦，喀擦喀擦又喀擦喀擦然後還是喀擦喀擦。

刀人想起了村子裡的事情，事情是這樣的，那一天村子裡下起了雨，淋得整個村子是滴滴答答的，村子很少會下起雨，不過雨一旦下起來就不會停止。如果太潮溼的話金屬是會生鏽的，生鏽了可就不好了，刀人的母親曾經這樣的還不是刀人的刀人講過。

那時候的母親，拿著磨著刀，試著讓刀變得銳利一點。不銳利一點不行啊，母親說，不銳利一點的話就不會快，不會快的話就會有叫聲，有叫聲就會把鄰居們吵醒，這件事情就不能靜悄悄了。

那時候的刀人已經好幾天沒有吃東西了，刀人剛從森林裡逃出來，牽著妹妹千辛萬苦地回到家，父親和母親用著驚愕的眼神歡迎

著他們。

　　然後，這天下雨了，妹妹還睡得很沉很沉。

　　「你一定餓了吧？」

　　母親一面磨著刀一面問他。

　　刀人那時用力點點頭。用力的程度就像是拿著一把菜刀在剁骨頭一樣，鮮紅色的肉汁伴隨雨滴的節奏喀擦喀擦，喀擦喀擦。之後的晚餐有肉，不過妹妹卻不見了。

　　「可能是貪玩不曉得跑到哪裡去了吧？」母親若無其事的說，而父親則大口大口的吃著肉，好像這世界上沒有什麼比這好吃。但刀人吃不下去。

　　直到他變成刀人的那一天，他也把父親母親吞嚥了下去。

　　不過已經太遲了，他已經開始聽見耳邊總是響起下雨那天「喀擦喀擦，喀擦喀擦」的聲音，而這也逐漸變成他的腳步聲了。

　　「你堅強一點，好不好？」充滿著彈性的枯葉怪球凝視著他。

　　你的哥哥呢？你真的不去找你的哥哥嗎？刀人反問。

　　「我們終究是走散了啊，既然已經走散了又有什麼好找的呢？待在這森林裡不是挺好的嗎？為什麼要回家呢？」枯葉怪球跳啊跳，跳啊跳。

　　天空，開始下起了雨，嘩啦啦啦地好像不會停。雨淋在樹葉上、樹枝上、泥土地上還有即將腐爛的枯葉堆上，清麗的雨水將早已凝結成塊的血漬化開，變成粉紅色的墨水。

　　刀人覺得這森林美極了，裡頭到處都散發著牛奶香，樹木泥土都像是溫暖的閃亮亮的薑餅屋、玻璃彩糖窗戶等等，等到自己身上被撒滿了可可粉，他才發覺枯葉早已散落一地。原來枯葉怪球不知道什麼時候又變回了小女孩。

　　「血流乾的話，就再也不會造成別人的困擾了吧？」全身赤裸裸的小女孩燦爛地向刀人微笑微笑，用她的小手撫摸著刀人的全身

上下。

　　刀人漸漸地想睡，這一定是下雨的關係，那一天妹妹也一定跟自己現在這樣如此地想睡，不久之後自己就會睡著了，睡著之後就跟妹妹一樣，再也不會造成任何人的困擾了。

　　刀鋒上亮澤的顏色逐漸暗去，不堅硬但銳利的刀上開始下雪，雪花片片飄飄，飄進森林，滲進土地，然後長眠而去。

　　森林剩下了野獸，剩下了沼澤，剩下了剛哭過的聲音，剩下一棟用各式各樣美麗的點心搭起來的矮平房和裡頭鼻子上長著可怕的疣的老婆婆。森林裡再度鮮少有人進去，不過根據從森林裡逃出來的人說，他們在森林裡總是可以聞到血和金屬生鏽的味道，還有「喀擦喀擦，喀擦喀擦」的聲音。

　　據說，那是刀人走路的聲音。

王詩儀

風吹
殘
嘉年華
輪

作者簡介

1983年生,在農業與生命科學的領域中打滾多年,對文字有一種不切實際的幻想戀愛,始終無法真正像個科學人理性而有條理地生活。

喜歡在一個人的下午,臨窗坐看人來人往,也許攤著一本書,聞上一杯茶或咖啡,沉浸在自己的世界裡,隨筆,胡思亂想。

感言

我是個文學研究的門外漢,感謝老師及學伴們在研討課及課餘不吝分享許多關於文學、關於人生的種種,不曾對我這個外行人有任何歧視,讓我在研討課上得「勇於發言」。雖然研討課每週只有一堂,這一堂課卻為我開啟了不同以往的視界,也很榮幸能認識老師及眾學伴,讓我在個人的閱讀及創作旅程中有所借鏡和分享。

風吹

城市裡的風
吹翻了老太太在陽台上種的紫色矮牽牛
吹翻了夾腳拖妹妹膝上三十公分的花樣裙襬
頑皮呀！這城市的風
夏天暖得不得了
冬天冷冽得像外公走時那間白色病房
吹不停的風
頑皮呀！
葉好不容易落下
要被帶往哪兒呢？
一翻又一翻　在半空中盪呀盪
朝西邊　祖先們乘著浪辛苦登上的岸
飛去……
這城市裡的風　放肆地狂奔在巷弄間
在一棟棟設計不凡的屋舍與架橋間
找不到頭緒地竄著
百年前的城牆怎成了又寬又廣的雙向道
殘破的紅磚瓦片又怎麼在博物館中給鎖上了
風竄著　在城市裡
尋找著熟悉的紫色花樣和服
頑皮呀！
老太太的矮牽牛讓這城市的風吹得東翻西倒

像極了她見過母親年華時拍的黑白相片裡
翻飛的衣襬

殘

在灰暗之處，我們總能較清楚地看見些微的光亮；
而那些破敗的醜陋的髒汙、風揚四起的塵埃隱隱閃
在大片的影子下，不被提及。這是我們的所在，是
世間是現實，是充滿戲子和明眼盲人的夢的一角。

嘉年華

這是一場無止盡的嘉年華
我們戴上喜愛的面具，準備狂歡
昏黃的天際是即將揭開的幕
喧鬧樂音自八方響起
這是一場無止盡的嘉年華
我們高舉熱情的酒杯，歌頌輝煌
相仿的舞步在進退之間試探
笑容如花開了遍地
這是一場無止盡的嘉年華
我們奮力妝點的華麗，直至雲端
璀璨的煙火連綿取代了爆竹
驅趕不安的獸
這樣一場無止盡的嘉年華
我們拋棄殘破的真實，迎向希望
無限的科技使黑夜不再晦澀
褫奪萬物原始的風貌

輪

一場不可逆的時間的輪裡

我們競賽

所有的所有

都將成為勝負的賭注

沒注意

盛開的青春

已在眾人吆喝聲中

日漸凋零

編輯後記

許春風

在我規畫好新的方向，準備暫停編輯工作的今年（104年）農曆年初，應昌年老師召見，接下了這本明年耕莘寫作會五十週年慶——以昌年老師在耕莘授課卅多年，師生共同串起的繁櫻繽紛——發行的紀念文集編輯大任。這樣的莫非定律在我的人生總是不停地發生，只能默默在心中把行進的箭頭撥轉回來，所有計畫從來都不是變化的對手。

當天楊老師給了一封親筆手寫邀稿信，以及一份五十二人的手寫邀稿名單，名單上大約有四分之三的人是不相識的，剩下的四分之一，約有一半的人毫無聯繫，當下戒慎恐懼，心中質疑，我到底可以邀請到多少人願意共襄盛舉？

我的本質其實是極大部分櫻桃小丸子性格元件的組合，拿著邀稿信以及這份名單回家，足足發呆了將近兩個星期的時間，對邀稿事宜仍毫無頭緒。我的工作向來都是現成的作者和現成的稿件，這當下卻是我最害怕的尋人作業。現在已經不時興在報上刊登尋人啟事了，我這個長期使用電腦工作的人所有聯絡事項都倚賴電子郵件，對於完全沒有電子信箱也許只能以電話找作者重複說長串的邀稿事由和請託，簡直就像得上外星那樣困難（唉呀，這該死的電腦族人際障礙），是的，這些名單上的人，對我而言都是外太空那麼遙遠星球上的小王子，我只有機翼殘破、機身鬆動，外加機槳葉片喀啦喀啦吵死人的生鏽小飛機，「小丸子」要尋找眾多「小王子」，到底要飛越多少不知名的星球才能達成任務？

　　當然，我還有八分之一可以聯繫的熟識對象，很快的，這些人的大部分都有回音，雖然，期間發出去的電子郵件因對方的電子信箱爆掉所以屢遭退信，或者如石頭丟擲幽暗的深潭連波紋也無（我因此才明白，這個時代不僅僅大家不再貼郵票寄手寫信，也已經進階進化到連電子信箱都任其荒廢），所以只能轉往我極其不喜歡的Facebook和Line這兩種社群怪物尋人。這第一批稿件讓我有很大的信心可以繼續，真的非常謝謝他們給我的安定力量，沒有他們，這本紀念文集或許難以成冊吧！

　　事實上，我在耕莘跟著昌年老師上課是近十年的事，那些更早之前廿年、卅年的學長們（所謂論輩不論歲就裝裝小），有好些是老師常掛嘴邊非常得意的門生，這些人就成為我要積極尋找的第二批人。透過網路搜尋或傳手機簡訊取得他們的電子信箱或臉書或其他聯絡方式，這些老師口中的菁英（其中還有我崇拜的創作者）我知道他們都是非常忙碌的，很感謝有好幾位很快就給我這名不見經傳的小人物回音和稿件，甚至不吝提供更多稿件讓我感動不已，他們謙遜的大家風範在我心裡留下更深的銘刻，這是從遙遠音波傳來，最大最寶貴的意外收穫，原來外太空的星球也有極度的光與溫暖。

　　然後，「小丸子」的破飛機油量不足有些星球始終到達不了，這種時候當然就要耍賴去尋求昌年老師的協助了（真是內疚不安），沒想到三兩天不到，昌年老師就掛號寄來這些第三批「小王子」們的稿件。原來最遙遠的距離，路程卻是最近的。我想起《小王子》第二十一章中狐狸對小王子說的：「我會認出你和別人不同的腳步聲，當聽到別人的腳步聲時，我會立刻鑽到地底下，而你的腳步聲就像優美的音樂一樣，總有辦法把我從洞裡吸引出來。」所以，「小王子」們始終沒有忘記昌年老師的腳步聲，無論相距多少光年，始終能把你們從遙遠的星球召喚到他的地表。

　　「小丸子」終於可以吁一口氣坐下來書寫編輯後記了，書名是昌年老師定的《二十八宿星錦繡──耕莘寫作會金慶研究班文集》，「二十八宿星」作品的編排次序，以「小王子」們各自進入耕莘寫作會昌年老師課堂時間為依據、依序唱名。另，由於我的貪心，加上「小王子」們的慈悲，稿件數量意外暴增，所以運用我的直覺心算平均法則：單純詩稿較輕薄短小，編收不超過四首為限；散文與小說篇幅較大，編收不超過兩篇為限；前者若與詩作組合，則編收不超過三篇為限。「小丸子」的數學與邏輯，天生與別人有所不同，這樣的殘缺如有造成大家的損害或情緒上的不快，真的真的要請遠在各星球的「小王子」們原諒。

　　時序進入2015年的11月了，很快的，2016即將到臨。很快的，轉眼就是耕莘寫作會五十週年慶。我記得羅斯福路十年前或十五年前的樣子，也許有人可以記得羅斯福路廿年前或卅年前的樣子，而五十年已經超乎我的想像或仰望了。時間不記得我們啊，但我想，我們都記得我們年輕歲月時，在車潮隆隆寬大的羅斯福路上，熱情穿梭的渺小身影，和那位聲如洪鐘、健步如飛、永遠像父親那樣說你乖的昌年老師。

　　是的，是的，是的，我們一定記得。

語言文學類　PG1599　耕莘文叢05

二十八宿星錦繡
——耕莘寫作會金慶研究班文集

主　　編／許春風
審　　訂／白靈、夏婉雲、黃九思
責任編輯／徐佑驊
圖文排版／周政緯
封面設計／陳明城、陳德翰
封面完稿／蔡瑋筠

發 行 人／宋政坤
法律顧問／毛國樑　律師
出版發行／財團法人耕莘文教基金會、秀威資訊科技股份有限公司
　　　　　114台北市內湖區瑞光路76巷65號1樓
　　　　　電話：+886-2-2796-3638　傳真：+886-2-2796-1377
　　　　　http://www.showwe.com.tw
劃撥帳號／19563868　戶名：秀威資訊科技股份有限公司
　　　　　讀者服務信箱：service@showwe.com.tw
展售門市／國家書店（松江門市）
　　　　　104台北市中山區松江路209號1樓
　　　　　電話：+886-2-2518-0207　傳真：+886-2-2518-0778
網路訂購／秀威網路書店：http://www.bodbooks.com.tw
　　　　　國家網路書店：http://www.govbooks.com.tw

2016年7月　BOD一版
2019年9月　二刷
定價：300元

國家圖書館出版品預行編目

二十八宿星錦繡：耕莘寫作會金慶研究班文集 /
許春風主編. -- 一版. -- 臺北市：秀威資訊科
技, 2016.07
　　　面；　公分. -- (語言文學類；PG1599)(耕莘文
叢；5)
　　BOD版
　　ISBN 978-986-326-385-2(平裝)

830.86　　　　　　　　　　　105010113

讀者回函卡

感謝您購買本書，為提升服務品質，請填妥以下資料，將讀者回函卡直接寄
回或傳真本公司，收到您的寶貴意見後，我們會收藏記錄及檢討，謝謝！
如您需要了解本公司最新出版書目、購書優惠或企劃活動，歡迎您上網查詢
或下載相關資料：http:// www.showwe.com.tw

您購買的書名：＿＿＿＿＿＿＿＿＿＿＿＿＿＿＿＿＿＿＿＿＿＿＿＿＿

出生日期：＿＿＿＿＿年＿＿＿＿＿月＿＿＿＿＿日

學歷：□高中 (含) 以下　　　□大專　　　□研究所 (含) 以上

職業：□製造業　□金融業　□資訊業　□軍警　□傳播業　□自由業
　　　□服務業　□公務員　□教職　　□學生　□家管　　□其它＿＿＿

購書地點：□網路書店　□實體書店　□書展　□郵購　□贈閱　□其他

您從何得知本書的消息？

　□網路書店　□實體書店　□網路搜尋　□電子報　□書訊　□雜誌
　□傳播媒體　□親友推薦　□網站推薦　□部落格　□其他＿＿＿＿＿＿

您對本書的評價：（請填代號　1.非常滿意　2.滿意　3.尚可　4.再改進）

　封面設計＿＿＿　版面編排＿＿＿　內容＿＿＿　文／譯筆＿＿＿　價格＿＿＿

讀完書後您覺得：

　□很有收穫　□有收穫　□收穫不多　□沒收穫

對我們的建議：＿＿＿＿＿＿＿＿＿＿＿＿＿＿＿＿＿＿＿＿＿＿＿＿

＿＿＿＿＿＿＿＿＿＿＿＿＿＿＿＿＿＿＿＿＿＿＿＿＿＿＿＿＿＿＿＿＿

＿＿＿＿＿＿＿＿＿＿＿＿＿＿＿＿＿＿＿＿＿＿＿＿＿＿＿＿＿＿＿＿＿

＿＿＿＿＿＿＿＿＿＿＿＿＿＿＿＿＿＿＿＿＿＿＿＿＿＿＿＿＿＿＿＿＿

11466
台北市內湖區瑞光路 76 巷 65 號 1 樓
秀威資訊科技股份有限公司　　　收
　　　　　　　BOD 數位出版事業部

··

（請沿線對折寄回，謝謝！）

姓　　名：＿＿＿＿＿＿＿＿＿　年齡：＿＿＿＿＿　性別：□女　□男

郵遞區號：□□□□□

地　　址：＿＿＿＿＿＿＿＿＿＿＿＿＿＿＿＿＿＿＿＿＿＿＿＿＿

聯絡電話：(日)＿＿＿＿＿＿＿＿＿　(夜)＿＿＿＿＿＿＿＿＿＿＿

E-mail：＿＿＿＿＿＿＿＿＿＿＿＿＿＿＿＿＿＿＿＿＿＿＿＿＿